CLASSIC

古典推理文库

MYSTERY

——保罗·赫尔特系列——

犯罪七大奇迹

Les Sept Merveilles Du Crime

[法] 保罗·霍尔特 著　　王琢 译

吉林出版集团有限责任公司

古典推理文库之保罗·霍尔特系列
导　读

◎ 吴非/文

两年前,保罗·霍尔特(Paul Halter)对于国内读者来说还是一个较为陌生的名字;两年后,借着古典推理的出版浪潮以及密室之王约翰·狄克森·卡尔(John Dickson Carr)的作品被引介到国内，这位默默耕耘的农夫也终于在中国收获果实。

霍尔特与中文读者的缘分要追溯到上世纪90年代初,当时国内出版了他的一部早期作品《血色迷雾》(Le Brouillard Rouge,1988)。进入新世纪,先是在今年4月,台湾出版了霍尔特的处女作《第四扇门》(La Quatrième Porte,1987);岁末之际,欧文·伯恩斯(Owen Burns)系列作品由吉林出版集团出版;明年,霍尔特笔下另一位名侦探推斯特博士(Dr. Twist)也将有机会与读者诸君见面。

霍尔特热爱旅行,但并未来过中国,他说"这是一个古老而遥远的梦”，现在他笔下的人物先一步替他完成了这个梦想，真可谓推理无疆啊！

生 平

1956年6月6日清晨，保罗·霍尔特出生在法国东北部阿尔萨斯（Alsacien）地区的阿格诺（Haguenau），历史上这里是法德战争的惨烈战场。

霍尔特对于谜题的热情能够追溯到他的童年时代，各种鲜活的记忆至今都镌刻在他的脑海里。父母与祖父母在霍尔特小时候给他讲过许多童话故事，关于恶龙，关于巫师，还有蓝胡子、白雪公主和睡美人——那些故事都让年幼的霍尔特战栗不已。

霍尔特说，自己永远也无法忘记蓝胡子的故事当中，他交给新婚妻子的那把染有血迹的钥匙，同时又明确地禁止她去打开那个神秘的壁橱。血迹和神秘的东西，这两样东西已经足够来定义推理小说了。

在很小的时候，霍尔特阅读了漫画版的《黄色房间的秘密》（Le Mystère de la Chambre Jaune，1908），这是法国作家加斯通·勒胡（Gaston Leroux）的推理小说，在不可能犯罪推理小说类型中具有相当重要的地位。读完这本书之后，霍尔特初次感受到密室犯罪的魅力所带来的震撼。不过事实上，最刺激霍尔特想象力的应该要算他的母亲和姐姐之间关于阿加莎·克里斯蒂小说的议论。因为当时霍尔特只有七八岁，所以还没有权利阅读那些小说。他的姐姐常常会问母亲一些问题，例如："妈妈，到底是谁谋杀了书房里的上校？""凶手是如何离开一个从里面锁住的房间？"每逢此时，霍尔特便心满意足地在一旁倾听。直到12岁那年，霍尔特终于获得阅读那些神秘故事的许可。久旱逢甘霖，霍尔特在14岁到17岁之间，读完了阿加莎·克里斯蒂的全部作品，并在幼小的心里埋下了成为一个作家的梦想。

尽管有一腔热血，不过霍尔特当时认为靠写作尚不足以谋生，于是便选修了技术类的专业课程，打算朝电气工程师的职业方向发展。毕业后，霍尔特怀着见识世界的梦想，加入了法国海军，结果发现出国的机会少得可怜。失望之余，他便离开部队，一度卖起了人寿保险。同时，为了增加收入，他还担纲当地一个伴舞乐团的吉他手。之后不久，霍尔特在国有电信公司找了一份专业对口的工作，同时继续兼职吉他手。

白天搞研发，晚上弹吉他，周末"阿加莎"，本来日子也许就这么平平淡淡地流逝，不过因为一次偶然的机会，霍尔特读到了约翰·狄克森·卡尔(John Dickson Carr)的作品。

约翰·狄克森·卡尔，美国人，公认的密室之王，倾其一生创作出质优量多的密室诡计，将此类型的推理小说写到了极致。霍尔特接触的第一本卡尔作品是《耳语之人》(He Who Whispers，1946)，尽管这并非卡尔最杰出的密室杀人代表作，但其中精彩绝伦的心理诡计以及恐怖悬疑气氛的渲染，让霍尔特就此发现了一个全新的世界：原来推理小说也可以这么写！

从那之后，霍尔特就四处搜罗，读完了所有法文版的卡尔作品，并于1985年开始动手创作自己的第一本长篇小说《红胡子的诅咒》(La Malédiction de Barberousse)，没想到竟获得了次年的阿尔萨斯及洛林地区的作家协会奖。霍尔特本打算使用卡尔笔下著名的菲尔博士作为书里的侦探，不过因为无法取得使用权而作罢。本书最初由霍尔特自费印刷约50本，直到1995年，在海外友人的鼓励之下，霍尔特才决定交由面具出版社(Le Masque)正式出版发行。霍尔特的第二本书《第四扇门》摘取了1987年的科尼亚克侦探小说大奖(Prix du Roman Policier, Festival de Cognac)，这令他在推理文坛更上层楼。1988年，他更是勇夺欧洲惊险小说大奖(Grand Prix du Roman Adventures)，获奖作品是《血色迷雾》(Le Brouillard Rouge，1988)，故事讲述了一名伪装成记者的年轻人回乡调查一桩不可思议的案件，进而牵扯出一连串离奇恐怖的不可能犯罪，包括众人监视下的密室杀人以及数个不可能消失的谜团。本书将与欧文·伯恩斯系列同时出版。

截至目前，霍尔特共计创作长篇33部，短篇集1部，绝大部分皆包含不可思议的犯罪谜团。除了法国本土，霍尔特的作品还被译介到美国、意大利、罗马尼亚、日本、韩国、中国等地，权威推理杂志 EQMM（Ellery Queen Mystery Magazine)每年也会刊载霍尔特的短篇故事。

霍尔特的最新作品《米诺陶之夜》(La Nuit du Minotaure,2008),尽管是长篇奇幻小说,但仍包含一个密室问题。另有《沙罗曼蛇谋杀案》(Les Meurtres de la Salamandre)预计明年出版,此为推斯特博士系列的第 18 部作品。

系　列

霍尔特笔下有两大名侦探，分别是推斯特博士和欧文·伯恩斯。

推斯特博士全名阿兰·推斯特(Alan Twist),1882 年 5 月 23 日生于爱尔兰首府都柏林，就读于牛津莫德林(Magdalen College)学院,获哲学博士学位。推斯特博士身材颀长清瘦,却食量惊人。他有一对清澈的蓝色眼珠,蓄着优雅的红色短髭。和菲尔博士一样,他的金边眼镜上系着细长的黑色丝带。给人的总体感觉是沉着冷静,具大智慧的犯罪学专家形象。

推斯特博士接手的第一个案件既非《红胡子的诅咒》也非《第四扇门》,而是《塞壬之歌》(Le Cri de la sirène,1998),时年 40 岁的博士在办案过程中结识了自己的“华生”:苏格兰场的亚契博得·赫斯特探长(Inspector Archibald Hurst)。这位倒霉的探长总是抓着脑袋说:“为什么老是叫我遇上这种案件!简直不可思议!我是不是被诅咒了啊!”值得一提的是,向来心如止水的推斯特博士在本案中不慎坠入情网。

欧文·伯恩斯则更像是一个小说中的人物，他的原型是英国天才作家、诗人、戏剧家——奥斯卡·王尔德(Oscar Wilde)。与王尔德一样，伯恩斯是一个极端的唯美主义者，迷恋充满一切艺术感的事物。王尔德有过一句名言："一个人要么成为一件艺术品，要么戴一件艺术品。"而伯恩斯则说："我只对不寻常的、超出常人理解范围的案件感兴趣。换句话说，就是那种最高深莫测的最具有艺术感的犯罪。"着装打扮方面，伯恩斯也是自由大胆，特立独行，喜欢鲜艳的色彩和前沿的款式，从不在意他人的眼光。不过这一切都不妨碍伯恩斯成为苏格兰场的好帮手，每当有疑难案件发生，韦德堪探长(Inspector Wedekind)就会打电话求助我们这位傲气满满的艺术鉴赏家。伯恩斯系列的故事记述者名叫阿西里斯·斯托克(Achilles Stock)，他是伯恩斯的一位朋友。

欧文·伯恩斯算是霍尔特较晚开始创作的一个系列，案件背景设定为20世纪初的伦敦，截至目前共计出版5本。

《混乱之王》(Le Roi du Désordre, 1994)：欧文·伯恩斯登场之作，挑战"雪地密室"的杰出作品。故事发生在维多利亚时代末期的伦敦乡下，每个圣诞节，曼斯菲尔德家族的成员就会有一人被"混乱之王"杀死。而死者周围的洁白雪地上，完全没有留下任何脚印……(吉林出版集团北京分公司2008年12月出版)

《犯罪七大奇迹》(Les 7 Merveilles du Crime,1997):疯狂的罪犯模仿古代世界七大建筑奇迹,逐一上演了惊世骇俗的罪行:暴风雨中无人接近的灯塔上,出现了被烧死的尸体;暖棚里的上校由于脱水而亡,但他触手可及之处却有一瓶清水;爵士被射杀,但箭矢唯一的可能是从天空射下的……这本书完全展现了霍尔特天马行空的想象力以及浓郁的浪漫主义文风。(吉林出版集团北京分公司2008年12月出版)

《赫拉克勒斯十二宗疑案》(Les 12 Crimes d'Hercule,2001) :1017年的伦敦,出现了一个狮子皮肤的连续杀人魔,他按照大力神赫拉克勒斯的行为方式进行犯罪。时隔百年后,伦敦出现一个名为赫拉克勒斯的男子,在肯特庄园悼念失踪的妻子。他与杀人魔有没有联系?死去的女孩又为何改名换姓出现在家中?家族长老封禁的“中国房间”里藏着什么秘密?本书谜团数量超过任何一本霍尔特的其他作品。(吉林出版集团北京分公司2009年出版)

《幻影小巷》(La Ruelle Fantôme,2005):卡拉肯街是一条险恶的小巷,传说有很多人在去过此处以后就神秘失踪了,拉夫·提埃尼就是其中之一。这条巷子里究竟潜伏着怎样的魔物,几个世纪以来不断地吞噬着生命?欧文·伯恩斯将面临严峻的挑战。

《荷鲁斯之巢》(La Chambre d'Horus,2007):19世纪初,一名考古学家在埃及发现了某座尘封已久的法老王陵墓。奇怪的是，虽然陵墓入口完好无损，可是里面的石棺盖板却没有盖好，灵柩内空空如也。大理石祭坛上放置着荷鲁斯（古代埃及的太阳神）的一个眼球和一份写着可怕预言的手稿。

一个世纪之后，有一队新的考察队来到此地，结果队员们仿佛都集体中了诅咒，纷纷死于各种不可思议的手法。远在伦敦的欧文·伯恩斯临危受命……

创　作

霍尔特的作品常常交织着温柔的浪漫与刺骨的悚然，这自然是年轻时代的阅读经历在创作中的投影。

每当被问及对自己影响最大的作家时，除了卡尔，霍尔特总不忘表达对克里斯蒂的敬爱。霍尔特深受这位推理小说女王的影响，不仅体现在编织情节方面，还有其中典型的英国气息。霍尔特曾说："她（指阿加莎·克里斯蒂）对我的影响太深刻了，以至于我的写作风格很难越出这个框架。"即使在一个阴森诡谲的故事之中，读者也能够见到鸟语花香的英式景致。通过构造强烈的场景反差，霍尔特笔下的危机感更加具有逼人的压迫性。

话说回来，虽然普遍认为对霍尔特影响最大的作家非卡尔莫属，但实际上卡尔更多地是在"不可能犯罪"的概念上主导了霍尔特，换句话说，因为有了卡尔的存在，霍尔特明确了创作的方向——我就是要写那种发生在上锁的房间里的案子。至于气氛渲染以及谜团设计，其实和另外两位英国作家颇有渊源，那就是詹姆斯·哈德利·契斯(James Hadley Chase)以及 G.K.切斯特顿(G.K. Chesterton)。

詹姆斯·哈德利·契斯，英国作家，读完詹姆斯·凯因(James M. Cain)的《邮差总按两次铃》(The Postman Always Rings Twice,1934)后，决定自己尝试创作推理小说。他的作品风格非常阴暗，但悬念感极为出色，其中的英雄经常处于受追捕的状态。许多故事中，虽然“凶手是谁”从开篇就昭然若揭，但读者仍充满好奇，迫切地想要了解“接下来发生了什么”。同时，契斯的故事总是使用第一人称的方式叙述，霍尔特认为这有利于渲染焦虑的情绪，并在自己的某些作品中也采取了类似的方法，例如《血色迷雾》、《死亡书简》(La Lettre qui tue,1992)、《石巨人》(Le Géant de Pierre,1998)等等。

而 G.K.切斯特顿对于霍尔特的影响更为重要。毫无疑问，切斯特顿是最早开始设计“神奇犯罪”或者说“不可能犯罪”的作者，密室之王卡尔亦表示常受其启发而获得灵感。但与卡尔不同的是，切斯特顿擅写短篇，且论情节之古怪、人物之诡异，比卡尔有过之而无不及。在这一类作品中，收录在《奇职怪业俱乐部》(The Club of Queer Trades,1905)中的《布朗上校的奇遇》(The Tremendous Adventures of Major Brown)，被霍尔特誉为“一个难以逾越的杰作”。《死亡书简》、《第七重解答》(La Septième hypothèse,1991)、《赴死的

139级台阶》(à 139 pas de la mort，1988）等作品比较明显地体现了霍尔特驾驭复杂情节的功力，敏锐的读者可以从中嗅到布朗神父短篇的味道。

在案件背景的设定上，霍尔特钟爱英国伦敦，这一点他绝对赞成卡尔的说法："对于推理作者来说，伦敦是最好不过的背景。"歇洛克·福尔摩斯的出现，使得伦敦更加当仁不让地成为了诸多推理故事的舞台。可以用简单的几个词来形容这个特殊的环境：迷雾，四轮马车，路灯，昏暗而狭小的街道。当这些元素融进墨色的夜里，灵魂深处仿佛能够听到惴惴不安的鸣叫。

因为对案件本身有诸多限定，不可能犯罪可算是一种"狭隘"的推理小说，故而坚守阵地的代价便是要花费更多的脑力，思考如何不断地推陈出新。

每当想到了一个好主意，例如密室问题的诡计，霍尔特就仔细地写在纸上，然后把这些纸放在一个绿色的鞋盒子里。天长日久，就能够积累很多点子。在开始编织故事情节的时候，喜欢历史传说的霍尔特通常都以一个著名典故为蓝本：比如说开膛手杰克，魔术师胡迪尼的生平，大力神的传说，神秘的亚特兰蒂斯等等。他还尽量让小说中的人物贴近所选中的故事背景，以便营造最佳的神秘氛围，接下来再到绿盒子里去寻找最合适的诡计，将诡计与传说完美地糅合，辅以吸引人的情节，一部杰作便这样诞生了！

然而知易行难——一个故事可能只有50多页，但是要想完全解释清楚构思的过程,至少需要1000页纸。构造一个绝妙的谜题需要漫长的时间和艰苦的工作。

霍尔特的工作习惯是这样的:天明前的时间是他的最佳写作时间——也就是凌晨的四个小时。天还黑着,万籁俱寂,思路也很清晰;柚子汁,咖啡,面包片——开工了!

保温咖啡壶就在手边,这是保持清醒的良药。这样一直写到中午。吃过午饭之后,要进行一场远足,因为霍尔特认为散步最有利于思考。一边回忆已经完成的内容,一边在脑子里准备后续章节(这一点更为重要)。等回家的时候,大概下午四点,写一些笔记,总结散步思考的成果。然后,从事一些休闲活动,比如看电视、阅读,或者其他。晚饭后,继续考虑故事情节,并开始写一个新的章节,但是不会写太多,因为写作中最费力的部分就是:开始一个新的章节。这样一来,第二天早上就能够比较轻松地续写章节的剩余部分。

通常一本书会以一气呵成的方式被完成，持续不断,每天都写。故事一日没完,霍尔特就一日不得安心!

霍尔特曾经说过:“要创作出好的作品,最重要的一点就是要醉心于故事。当然,根据常识,所有的激情都会随着时间慢慢消退,对于作者来说,最大的考验也许就在于保持住‘神圣的热情’,如果没有热情,就不可能写出好的故事。”

20多年来,霍尔特对于“不可能犯罪”这种神奇故事的挚爱，令他在这块少人问津的创作领域踽踽独行却自得其乐。霍尔特的小说总是充满了各种不可能,但人生永远比小说更精彩,有梦想与爱,就没有不可能。

2008年 12 月 9 日

于上海

致中国读者的一封信

欧文·伯恩斯要去中国旅行了！这位受我偏爱的侦探真是太幸运了，这要感谢他的朋友吴非帮他实现了这次长途跋涉。

我对于中国最早的记忆是在我的童年时代。我翻看着《丁丁历险记》中的《蓝莲花》，从那个故事里，我发现了一个神奇的世界，满是异国情调和神秘色彩。唉，可是太遥远了！要知道，在六十年代初，到中国去旅行只能是一种梦想。

我的另一个梦想是写侦探小说，因为我一直对于神秘的东西感兴趣。很幸运的是，我这个梦想实现了：在九十年代末的时候，品位讲究的欧文·伯恩斯诞生了。在他所接手的案子中包括《赫拉克勒斯的十二宗疑案》。我是借着《蓝莲花》设计了这个谜题，我在梦中神游中国。您能够发现，在这个故事中经常出现的“蓝龙”是一个很重要因素，还有神秘的“中国房间”,在这个小说中还有很多神秘性的东西。不止十二个!十二项伟绩,十二桩惊人的谋杀。从表面上看,只有超自然的生物才有可能做到。比如说:凶手登上飞驰的火车去刺杀受害者!七只恶狗被砍了头,但是没有任何其他伤口,也没有被麻醉的迹象!三个兄弟被谋杀了,脊背都断了;只有从二十米以上的高空坠落才会造成这样的创伤,但是周围十英里之内都没有高过二十米的高点!……

这十二桩谋杀案是仿照著名的大力神(希腊神话中宙斯之子)的十二项伟绩所设计的。与此相似的是,在《犯罪七大奇迹》中,凶手受古代七大奇迹的启发设计了他的谋杀系列。其中,一个受害者是被从天而降的箭矢射中了!另外一个受害者在一个暖棚里渴死了,在他面前触手可及的地方有满满的一瓶水,而且他完全行动自由。

在《混乱之王》当中,故事和希腊神话没有什么关系。但是其中的凶手同样像是超自然的生物:多名目击者都说看到他在雪地上行走而没有留下脚印!

要知道,这些“犯罪天才们”给欧文·伯恩斯出了不少难题。他被迫使出浑身解数。同时,他也很欣赏那些案子,因为我们的大侦探特别喜欢那些复杂的诡计。他喜欢去破解那些看似魔法的谋杀案,那些“不可能的谋杀”(已故的约翰·狄克森·卡尔 John Dickson Carr 喜欢的那种)。您现在肯定已经熟悉这位伟大的作家了,因为吉林出版集团已经开始翻译他的精品了。我本人就是一个他的忠实的仰慕者,我也是贪婪地阅读他的著作之后才开始写我的第一部推理小说的。

我认为,是法国作家皮埃尔·维里(Pierre Véry)给侦探小说下了最好的定义，他把侦探小说比做写给成人的童话。您读侦探小说的时候会惊叹不已,就像孩子们听到一个童话故事一样！当您读到鬼魅一样的凶手穿过墙壁去接近受害者,您肯定会发抖!我的愿望就是能达到那样的效果。如果您在阅读的时候感受到我写作时的乐趣,哪怕是一半,我也会心满意足！祝您阅读愉快！

Paul Halter

保罗·霍尔特

目 录

第一部分　伊卡洛斯……001

第二部分　乃塔尔……131

第三部分　阿吞神……273

尾　声……305

第一部分 伊卡洛斯(ICARE)①

① 伊卡洛斯是希腊神话中代达罗斯的一个儿子,代达罗斯用羽毛和蜡制成了翅膀。伊卡洛斯在飞行中过于接近太阳,以至于蜡融化了。他最终跌落水中丧生。他被埋葬在一个海岛上,为了纪念伊卡洛斯,埋葬伊卡洛斯的海岛被命名为伊卡利亚。

01

“您爱我吗？我真是心满意足。那么，现在去杀戮吧！”我的朋友突然宣布说。

这发生在五月初的一个晚上，凉爽而湿润。我去探望我的朋友欧文·伯恩斯，他的住所在圣杰姆广场。我们闷闷不乐地坐在炉火旁边，各自陷入了沉思。整个白天，倾盆大雨把伦敦浇了个透湿，而且完全没有停歇的迹象。我那飘忽不定的思绪把我带回了南非。带着乡愁之感，我回想着家乡宜人的天气。我如此怀念那些好天气，以至于我花了几秒钟才对欧文的奇怪言论作出反应。我从扶手椅里坐直了身子，转向他，等着他解释。他的胳膊拄在壁炉台上，像腊肠一样的手指上小心地捏着一张白色的小卡片。他盯着那张小卡片若有所思。

“这是和晚上的信件一起来的。”他用手搓着下巴解释说。

“哦……就这些?”我嘟囔着问,“上面就写了这么点儿?”

“是的,就这么多。简简单单的一行字。除了信封上有我的名字,多一个字都没有。邮戳显示这封信是今天早晨,在维多利亚车站附近,第一次取信之前被扔进邮筒的。”

“没有笺头吗?没有回信地址?难道连签名都没有?”

“跟您说了,什么都没有。只有这么一行字,不过这行字很不错,非常简洁,而且非常清楚明了……啊!我忍不住想要再向您复述一遍:您爱我吗?我真是心满意足……”

像往常一样,欧文·伯恩斯拿腔拿调地念了起来。不熟悉他的人肯定会觉得很可笑。他好像在仔细品味他念出来的每一个音节,如同品尝美酒甘露。很显然,这个句子对他来说是特别地有滋有味。他披着苋红的丝绸睡衣,动情地朗诵那么几个单词。如果一个陌生人看到了这个样子肯定会忍俊不禁。欧文的身材高大,体胖,而且他有一种引人注目的做作劲儿。他的面相很平常,然而厚嘴唇和厚眼皮让他与众不同。他的眼神特别敏锐、狡黠。

那些有幸读过我叙述的《混乱之王》的朋友对于欧文的怪癖个性应该有所了解。他是一个极端考究的唯美主义者,他的生活里只有一种癖好:在所有的艺术领域里寻找美感,甚至是在完美的犯罪中寻找美感!他经常罗列种种证据,洋洋自得地把一些谋杀案和艺术大师的作品相提并论。他具有

“极其敏感的神经”,能够帮助他理解那些“艺术家”。结果是他最终不可避免地猜到真凶。他如此出色,以至于警方都不敢轻视他。警察遇到错综复杂的案情手足无措的时候,他们总是来满怀期待地听取他的宝贵见解。

“阿齐勒,您怎么看?”他又说,“这个句子是什么意思?”

“如果连您都不知道,怎么能指望我知道?我只是您的一个谦卑的助手。”

“我只是想要知道您的感觉,阿齐勒。再说,不要摆出这副恼人的样子,每次您的智慧遇到一丁点儿谜团都要发火!”

“我发脾气?”我叫了起来,“我只是用天底下最正常的方式回答了您的问题!”

“不管怎么说,您已经离发作不远了。在您的语调里有少许的气恼,而且还流露出一点好战。这些我都看得一清二楚。更不要说您刚才那番违心的自我贬低。您是我的助手,这倒是没错。但是您可不够谦卑,您实际上是想推诿了事。拿着,看看这个东西。然后告诉我您怎么想的。”

他小心地把那张卡片递了过来,好像那是一件珍贵的瓷器。我二话不说,从他手上夺过卡片。我仔细地察看了一番,然后说:

“字母都是大写……用的是浅蓝色的墨水……笔体有力而且清晰……这大概是个女人?”

“别假装明察秋毫的警探好吗,阿齐勒。您搞这一套完全不在行。是那行文字的用词给了您暗示,根本不是您仔细观察的结果!”

“您问我有什么感觉,我已经告诉您了!就像一个普普通通的人一样,我按照常理推断写这封信的是一个女人。这个女人,在委身于您之前,要求您去实施一次谋杀以证明您的真心。”

欧文停在那里想了一下,然后又在炉火前面走了几步。接着他满怀疑虑地看了我一眼:

“您真的这么想?还是为了讨我欢心?”

我不动声色地回答说:

“这个吗,我不明白您的话!我完全摸不着头脑……”

“不管怎么说,这个字条不是写给我的。”

“但是上面有您的名字和地址!”

“这倒是没错。但是我根本不是‘您爱我吗?’这句话的主语。”

“那么,您认识这个字条的作者?”

欧文不好意思地抿紧了嘴唇,走到了橱柜跟前。橱柜里展示着他那些名贵的中国瓷器。

“我想我能猜到一点。但是我觉得这也太离奇了……算了,先到此为止吧。我不应该用这种琐碎的小事来给您添麻烦。但还是要感谢您宝贵的意见。”

他又最后看了一眼那个纸条,然后就往书房走去。他的书房里堆满了没有付的账单，明白无误地证明欧文的生活方式远远超过了他的财务能力。他在账单当中不屑地乱翻了一阵，最后丧气地走了回来。他走到书架跟前，从架子上抓了一本出来。他打开书把那封信夹在里面，然后把书放回原来的位置。干完这些之后，他懒洋洋地坐回他的扶手椅。他满腹心事地盯着壁炉架上那九个优雅的希腊女神雕像。那些雕像是他最近的收藏，在壁炉架上占据了显要的位置，这可是他的骄傲。

我们沉默了良久，只有炉火噼啪的响声和雨打窗棂的声音相互交映。其间，偶尔有四轮马车经过，清脆的声音打破静寂。在寂静当中，我的心头有一个挥不去的问题。这其实是一个无关紧要的问题，这个问题对于这个星球上的任何其他人来说都是毫无意义的。我想知道的是：欧文究竟选择了哪本书来收藏那个神秘的字条。我坐的位置角度不好，而且离得很远，刚才没有看清楚。他肯定是刻意地选择一本书藏了起来。通常一个住所都会反映出其主人的一些特点：欧文所选择的书能够给我一些提示，会告诉我一些他避而不谈的关于那个字条的东西。我并不急于满足我的好奇心，我装作完全漠不关心的样子。因为我深信不疑：当我想要满足好奇心的时候，欧文常常以故意保持缄默为乐趣。

欧文朝我扭过头，语气愉快又带着嘲弄：

“怎么，您还没有猜到？这其实很合乎逻辑！如果您像我一样把这个优美的句子多重复几遍,您就会明白我只能把那个字条放到一本特定的书里……您什么都不说,阿齐勒?如此说来,您和寓言里的蚂蚁一样沉默寡言?……”

“《德·拉封丹[1]寓言集》!”我叫了起来,“您把那个字条放到那本寓言里了。”

“真不容易,阿齐勒。对于我来说,您的反应速度是这个宇宙里最难解的谜题!当然是《德·拉封丹寓言集》!您应该没有忘记那个伟大的诗人所留下的让人耳目一新的诗句!那个蚂蚁嘲弄可怜的蝉的时候,他的语调多么坚定、多么残忍:‘那好,现在您去跳舞吧!’没错,这个让·德·拉封丹是个了不起的艺术家!我跟您说吧,如果他拥有良好的爱好,对庸俗的大众来说是邪恶的爱好,我是说投身于犯罪;如果他搞起犯罪来,连太阳王也会害怕他的臣民们。”

“我注意到了,您一直沉醉于这种对犯罪艺术的热衷。”我正色地提醒他。

“我还有这个权利!因为犯罪的贵族阶层还没有绝灭!您看了最近的报纸,不是吗?一个接着一个,警察忙着处理那两起绝妙的谋杀,真是了不起的谋杀!一个人身上着了火,就像

---

① 让·德·拉封丹(Jean de La Fontaine,1621年7月8日—1695年4月13日),法国诗人,以《拉封丹寓言》(Fables choisies mises en vers)留名后世。其著名的寓言为《蝉和蚂蚁》:冬天到了,蝉又冷又饿。它向邻居蚂蚁求助。蚂蚁质问蝉:“您夏天都干吗了?”“我在为大家歌唱。”蚂蚁冷冷地说:“那好,现在您去跳舞吧!”

灯塔顶上的火把一样！另外一个是弓箭手，被弩箭射死了，凶手真是出奇地精准！”

我的朋友这一番用词夸张的评论对于揭开谜团是毫无益处的。第一个案子是上个月的事情，我在报纸上看到过很详细的介绍，所以对于案情还有很清晰的印象。受害者是一个叫亚历山大·瑞雷的灯塔管理员。他在自己所管理的灯塔上以一种恐怖的方式死去了。灯塔坐落在西海岸，靠近巴赫纳斯坦普①。恶劣的天气迫使他在那个高耸而狭小的地方过夜。对于灯塔管理员来说，这种情况很常见，也属于他的工作职责之一。

悲剧发生在他登上灯塔之后大概十二小时之后。灯塔是一个很坚固的花岗岩建筑，坐落在一串礁石的尽头，探入到海水里很远的地方。人们在滑溜溜的石头中间开凿了一条狭窄的小路，非常危险。鲁莽的人被汹涌的海浪卷走的事情时有发生。在有暴风雨的时候，那条路是根本无法通行的。发生悲剧的那天就是这种情况……

当时刚刚日落，从外面传来的惊慌的呼救声打破那个港口小镇里居民们的宁静生活。他们立刻就找到了呼救声的来源：在灯塔的顶端，一个人变成了人型火把，像被投入了地狱一样痛苦地、绝望地呼救。他在那个高高的建筑的顶上的矮墙后面徒然地挣扎着。

① Barnstaple：英国西南部，德文郡的一个城市。

在灯塔和小镇之间隔大约两百米的距离，所以人们无法辨认那个灯塔上的人。但是那应该是亚历山大·瑞雷。最悲惨的就是他们没有办法去救援。大海被强风吹得异常狂暴，根本不可能从礁石中间开凿的小路去往灯塔。从水路去往灯塔也是行不通的。整个晚上人们只能眼睁睁地看着那个不幸的人痛苦地死去。一个目击者形容说"（他）在晚上熊熊燃烧，好像他自己就是灯塔"。人们被迫等到第二天上午，等大海稍微平静一些了之后，两个勇敢的年轻的警官抵达了发生悲剧的现场。在螺旋形的楼梯顶端是安置灯火的地方，他们注意到通向顶端天台的门是从外面锁着的，钥匙还在锁孔里。这一点排除了意外的猜测：肯定有人故意把可怜的瑞雷锁了起来！在灯塔顶上的矮墙边上，在安置了反射镜的小房间外面（也就是人们晚上看到他的位置），他们找到了灯塔管理员烧焦的遗体。但是找不到一丁点儿谋杀者的痕迹，在那个狭小的地方根本藏不住人。警方很容易地确定了灯塔管理员的死因。在一些峭壁上、在小房间的入口处、在受害者的身上都发现了碳氢化合物的痕迹。很显然，受害者被神秘的袭击者浇了一身的汽油。瑞雷是一个嗜好吸烟的人。有人猜测是汽油意外泄漏了，可怜的灯塔管理员不小心用烟头引火上身。但是人们发现用来点亮信号灯的汽油罐和照明系统都工作正常，因而完全排除了意外的可能性。在现场唯一让人生疑的是在离受害者的尸体不远的地方有三个空的威士忌瓶子。瑞雷嗜酒和抽烟一样地出名，但是他在灯塔上的短短几个小时内也不太可能喝这么多。

另外值得注意的是，警方收到了对于这个悲剧的警告。有人在案件发生的早上寄出了一封匿名信，信里宣称在那个日子里要实施一桩怪异的谋杀。也就是说这是一个预谋犯罪，是一个非常自信的罪犯的恶行。这个罪犯肯定是一个善于游泳或者飞行的家伙。实际上，只有带翅膀的东西，或者海里的生物才能在案发的时候离开灯塔！在案发之前，整个下午也不可能有人登上灯塔：所有的证人都肯定说，在起浪之后任何人都无法游泳或者通过礁石上的小路到达灯塔。而且，案情发生之后，案发地点就处于多个目击者的监视之下。警察在风暴刚有所平息的时候就第一时间到达了现场。换句话说，在瑞雷死亡之前和之后的八个小时里，没有人，绝对没有人能够抵达或者离开悲剧的舞台！

有一种假设是说凶手安装了可怕的机关：在案发当天的上午安装到灯塔上，用定时器的方式发动。如果在现场能找到一些确实的迹象，这个假设还有可能。然而事实并非如此。况且，调查的结果显示受害者并没有被打晕，也没有被捆绑或者束缚。也就是说受害者当时能够自由行动。亚历山大·瑞雷既没有什么债务也没有什么遗产，更没有不共戴天的死敌。他是那种善良的老单身汉，开朗而且喜欢聊天，伙伴们都喜欢他。凶手要杀死他的动机和凶手的作案手法都令人费解。

无意间，我把自己记忆里的这些社会新闻用生动的语言叙述了出来。我叙述完之后，欧文露出了一个奇怪的满意的笑容：

“一桩绝妙的谋杀，不是吗？”

“要我说是非常出人意料……”

“出人意料？”他惊呼起来，“那个谋杀可远不止是出人意料！根本找不到一种合理的、让人满意的解释！出人意料？您不如说是不可能！没错，这是一个‘不可能’的犯罪！”

出于反驳的精神，我觉得有必要给他的狂热降降温。

“理论上说，是的。”我清了一下嗓子，回嘴说：“尽管不太可能，我们不能排除自杀的可能性。”

“点火自焚？那个倒霉鬼还真不如直接从灯塔上跳下来更好一些！还有，您别忘了警察收到的警告信！如果是自杀，这种死法已经够恐怖的了。要是死者还搞这么个异乎寻常的警告信，处心积虑地让警察把自杀当做凶杀来处理，这也太离奇了！我本人对这个勇敢的瑞雷了解得不多，但是老实说，根据报纸上的描述，我觉得他不会把事情搞得这么复杂！还有，您忘了钥匙的问题，我的朋友！钥匙是从外面插在门锁上，那个门又是通往灯塔顶端的唯一通道。注意，瑞雷绝对不可能自己把钥匙插在门锁上，因为他自己是被锁在门的另一边的！您自己刚才也强调过这一点！”

我默许了他的说法，同时心里埋怨自己的粗心大意。欧文开始兴高采烈地用拨火棍用力地翻动火炉里的木炭，他又接着说：

“实际上，阿齐勒，您知道凶手给警察的警告信是怎么写的吗？”

我承认说我不知道，我解释说信的内容没有出现在我所读的那份报纸上。

“没错，”他又说，“报纸在这一点上含糊其辞。我知道的比您多，因为我的一个警察朋友信得过我，向我透露了警告信的内容。这就是那个警告信的内容，一个字都不落：‘亚历山大 .I...今晚将会受火刑！全世界都将看到！他会成为灯塔，大海上的太阳！’(ALEXANDRE .I... SERA LA PROIE DES FLAMMES CE SOIR ! LE MONDE ENTIER POURRA L'ADMIRER ! IL SERA LE PHARE, LE SOLEIL DE LA MER !)您需要注意受害者名字后面，‘I’这个字母的位置。这个字母很显然是代表了他的姓氏，瑞雷(Riley)中的第二个字母‘I’，但是奇怪的是缺少其他几个字母，而是用“.”来代替。不管这封信里面隐藏了什么机密，警方是完全摸不着头脑。他们并没有特别在意这封信，认为这是一个恶作剧。直到他们听到了灯塔管理员被杀的消息之后才重视起来。很显然，他们明白那个警告的严肃性了！”

“……‘受火刑’”，我重复了一遍，眼睛盯着壁炉里噼啪作响的火焰，头脑里想象着那个不幸的家伙的最后时刻。“‘他会成为灯塔，大海上的太阳。’事实上，这个警告的意思很清楚。我不得不承认这个案件真是够棘手的！”

“这还不算什么，”欧文又微笑着补充说，“这个警告不是写在一张纸上，而是写在一块画板上！我们这位神秘的寄件人用画笔和油画颜料在画布上写下了警告，然后小心地把画板包好，寄了出来。全部是大写字母！为什么我刚才谈到这个行当里的艺术家，现在您明白了吧？”

“一个画在画板上的警告信！”我惊叹道，越来越觉得惊奇。

“而且是还没有干的颜料，想想看！据说打开那个包裹的警官沾了一手的颜料！”

“这……这……，”我嘟囔着不知道该说什么好。

“妙极了！”

“不对，是让人恶心！”

欧文耸了耸肩膀：

“这是看问题的视角不同。两个星期后，苏格兰场收到了第二个画板，上面写着：‘....A.先生，明天午后要完蛋。他会被射死，从天而降。’(MISTER ....A. PÉRIRA DEMAIN APRÈS-MIDI. LA MORT VIENDRA D'UN TRAIT, TRÈS HAUT DANS LE CIEL.)和前一次的情况一样，颜料还没有干……这一次凶手还是说到做到。您知道了，这个托马斯先生在第二天凶手指定的时辰死掉了。请允许我向您介绍一下这第二宗谋杀案，可能比发生在亚历山大·瑞雷身上的凶案更让人难以置信……”

02

欧文接着说:“我在想,也许这个凶手实施的谋杀系列是受塔利娅的启发……”

“塔利娅?”我问,“谁是塔利娅?”

欧文正在全神贯注地盯着壁炉台上的雕像沉思。他猛地转过身,脸上满是难以置信的惊诧:

“怎么? 您不知道塔利娅?”

“我猜她是您的一个熟人?”为了缓解他那投向我的越来越严厉而满是质疑的目光,我挤出一个笑容试探着问:“大概是又年轻又漂亮的女画家之一。您非常欣赏她的作品中所表现出来的完美,这个塔利娅……”

“阿齐勒,您知道吗,您身上有一种吸引人的特点。”他打断了我的话,语气带着傲慢和嘲讽。“老实说吧,您的特点就是您能蠢到很完美的程度。塔利娅是一个年轻漂亮的姑娘,不折不扣的艺术家,也是我的一个朋友……但是您完全不知道她是谁,对吗?"

"嗯,我确实不知道!"我反驳说,他的语调和深深责备的目光惹恼了我。"我不知道这个塔利娅是谁!我完全不认识她!这是一项罪过吗?"

"阿齐勒,看在老天的分上。"他低下头严肃地说,"看……在那儿……就是她(他费力地抬起胳膊,指着上面的一个小雕像)。她戴着面具,手上有铲头木棒……她是掌管乡间化装舞会和喜剧的缪斯。也是这个雕像启发了我,让我联想到这个出色的谋杀是发生在乡间背景之下的一出'戏剧'……"

"缪斯?"我重新打量着"塔利娅"和她旁边的女神们。"告诉我,这九个雕像就是九个缪斯?那九个给艺术家以启示和灵感的希腊女神?"

欧文的脸上是难以理解的表情。

"天哪?您不知道?您不认识那些缪斯?"

"嗯……不知道……您从来没对我讲过!"

他一时语塞了,脸上是越来越无可奈何的表情:

"您甚至没有注意到这些迷人的年轻姑娘手上拿着的东西:长笛,竖琴,天球仪,罗盘,成卷的纸,齐拉特琴?……"

"我看到了,但是我以前没有真正走过去仔细看……"

"老天,"他嘟囔着跌回扶手椅里。"这不是真的……这不可能是真的……"

他闭着眼睛,把头仰靠在椅背上。他用虚弱无力的声音说:

"您怎么能这样对我,阿齐勒?众所周知您是我的朋友,而且您以作为我的朋友为荣……可是您竟然不知道塔利娅也认不出她……天哪,我受不了啦!您这等于是狠狠地扎了我一刀!

"行行好,去给我找一点提神的东西……"别磨磨蹭蹭的,我真的感觉很不舒服……我要晕倒了……快!"

我二话不说地去执行他的命令。自从我认识他开始,我就习惯了他这种极端夸张的作风。一旦有人冒犯了他,不管是以何种方式,不管是破坏了和谐,还是没有品位,抑或破坏了美感,他总是会感到无法抑制的不适。根据冒犯行径的不同严重程度,他的不适也有所不同,最严重的情况下他会完全失去知觉。这些最严重的情况常常是带有戏剧性色彩,也常常发生在一些非常特殊的场合。比如说,几年前在维多利亚女王的葬礼上就有过那么一次。他站在一些高级官员中间,大家都表情凝重。送葬的队伍从他面前经过的时候,他就像一捆稻草一样倒在了地上。等他恢复了神志之后,他旁边的人都等着他解释这是失去女王的深切的痛苦,但是让他们大吃一惊的是,他居然批评说一个葬礼花环扎得不好,而正是那个花环糟糕的配色深深地引起了他的不快,这很自然也是他晕倒的原因。值得一提的是,他的观点受到了不同程度的赞赏。

我已经在不同的场合见识过欧文的这些特点。我借这个机会向您介绍一下我自己,您忠实的仆人。当时我刚离开我的故土南非,到英国的首都定居了下来。因为有一笔丰厚的遗产,我得以专注于和欧文相近的爱好。当然我没有他那么专注。时至今日,我仍然不知道当时我想要干什么。但是经过几次在不同的艺术领域里失败的尝试,我在这个故事发生的时候已经决定从事一项特定的职业。我找到了合适自己的位置,成了科茨沃尔德①附近威治伍德②的一个艺术餐具公司的经理。这是一份很有意思的工作。因为工作需要,我经常会到伦敦来,也就有机会经常来看望欧文。他把时间花在各种各样的案件调查工作上,有些是私人的委托,有些是受苏格兰场的邀请,他还时不时地搞一些艺术评论。

距离我们第一次见面已经有十年了。离那个阴森可怖的《混乱之王》的故事也有很多年了。在那个案子当中,我见识了欧文·伯恩斯强大的推理能力。那个凶手拥有奇特的本事能够在雪地上行走而不留下一丁点儿痕迹!但是最终,那个了不起的罪犯还是被欧文揭露了出来。那个案子之后,是一

① Cotswolds:英格兰中西部的山区。

② Wedgewood:是一家英国陶瓷公司,由约书亚·威治伍德创立于1753年,是英国工业革命时代设立的工厂之一。

段充满了新鲜事的时光,先是悲惨的波尔战争,接着是第一条有轨电车投入使用,然后是爱德华国王登基。在这段时间里,我的朋友欧文当然也没有闲着,他进行了大量的卓绝的侦破工作。这其中也有我这个谦卑的助手的功劳。好了,我的题外话到此为止。该回到我们晕倒的唯美主义者和他的塔利娅身上。

我给他喝了一点上等的香槟,他费力地喝了几口之后,又开始恢复精神了:

“阿齐勒,下次我们见面的时候,我会再考考您。”他一边说一边往炉火跟前挪了挪。“您需要了解塔利娅和她的八个姐妹:克莉奥,卡莉欧碧,墨尔波墨,欧特碧,特尔西科瑞,埃拉托,波莉海妮娅 ,还有乌拉妮娅。我相信在威治伍德的工厂里的工人都比您知道得多,他们免不了要常常把这些女神绘制在你们出售的餐具上。老天,别人会怎么看待您?我们俩站在一起的时候别人会怎么评论?博学的草民和无知的贵族?我这么说全是为了您好……”

“感谢您的仁慈。”我举起酒杯回答,然后一饮而尽。

欧文转过身,冲我笑着。炉火的光芒让他眼神里愉悦的神采更加鲜活了。

“好吧,阿齐勒。您又回复了本性。现在我们能够继续刚才引人入胜的对话了。我刚才说了,毫无疑问,掌管喜剧和乡间化装舞会的缪斯给了我们的艺术家灵感。于是在早春的花草之间，他着手创作了一出恐怖的露天戏剧。一个非常生动的演绎，特别值得一提的是：尽管种种迹象表明凶手就在现场，我们始终没有见到这位出众的演员。”

说这几句话的时候，他站了起来。他在壁炉前面走了几步，思索着，然后又说：

“这是两个星期以前的事情。警方吸取了上一次的教训，他们对于寄来的新的画板很重视。但是很显然，‘...A.先生，明天午后要完蛋。他会被射死，从天而降。’这句话还是太含糊了。我们那些出色的警官们除了干等着什么也干不了，然后就是托马斯·波维英爵士（Thomas）离奇的死讯。他就是那个‘...A.先生’。情况是这样的：

托马斯·波维英爵士有五十多岁，酷爱运动，养成了和朋友一起练习射箭的习惯。他们在离汉姆敦皇家宫殿①不远的地方进行练习，在一大片草地上。在那一天的早上，他们按照计划进行了一场比赛，他们经常搞这种比赛。他们有十多个人，朝三个大靶子射箭。那三个靶子差不多是并排挨着，离他们有大概三十码远。在靶子后面是一棵已经砍掉了顶的老橡树，这棵橡树可以说是为那些拙劣的射手准备的一个大号方向标。那天的天气很晴和，地平线起初有些许朦胧的薄雾，但是春天的暖阳逐渐驱散了雾气。半个小时之后，比赛进行到了关键时刻。这时候，一个射手成功地正中靶心，引得周围的

① Hampton Court Palace：伦敦西南部一处原皇家宫殿。

同伴们鼓掌喝彩。就在这个时候，托马斯·波维英爵士惊叫了一声，踉跄了一下，然后往前扑倒了……他的背上中了一箭！那是致命的一击，就在脖子下面。他趴在地上，猛地抽搐了一下然后就蹬腿了。他的同伴们首先注意到一个奇怪的情况：那个致命的箭并不是由弓箭射出的，而应该是由弩射出来的。虽然当时箭还深深地插在那个可怜鬼的背上，看不到整个箭身，但是能看出明显的弩箭的特征。我们不需要研究细节，只需要知道：从技术角度来说是不可能用弓来射这种弩箭，至少不可能射得准，也很难射出足够杀死人的力度。”

“那么这就排除了某个同伴意外地，或者是故意地朝他射箭的可能性。”我下意识地评价。

“绝对不可能是他的同伴。要知道，他们当中的一个射出了一连串的高分，然后又是一个绝妙的射击。他们当时凑在一起，正在争先恐后地为那个神射手喝彩。因此，如果他的同伴当中的人偷袭托马斯爵士，偷袭者的动作肯定逃不过其他人的视线。所以我们尽可以排除这种可能性。托马斯·波维英爵士和其他人稍微有一点儿距离，稍稍靠西南的方向，离其他人不会超过五到六米的距离。另外，受害者是朝向正北方向的箭靶往前倒下的，还有他是背部中箭，这些都清楚地表明箭是从他的背后，也就是正南面射出的。

当时差不多所有的人都或多或少地背向这个方位。托马斯·波维英爵士的位置等于是在其他人的后方，其他人不可能注意到身后发生了什么。但是,让人吃惊的是在他们周围根本就没有其他人!在三百码的范围里都看不到一个人影!在这片方形的大草地周围有一圈自然形成的篱笆,离他们有三百码的距离。当时虽然有一点雾,但是还不足以影响到视野。在他们周围就只有那三个靶子,没有枝叶的老橡树和两三个更远处的小灌木丛有可能被神秘的射手用作藏身之地。但是这些东西的位置和致命的弩箭射来的方位正相反!更何况,他们在练习过程中轮流到箭靶那里去取回他们的箭,他们当中谁也没有见过陌生人,连可疑的影子都没有见到过。”

“但是这支箭,它总不可能自己飞过来吧!”

“毫无疑问,杀手只有可能躲在篱笆后面发射弩箭。随后,他可以从那里轻易地消失掉而不被人察觉。但是在这么远的距离上,射手必须有超常的准确性。那几乎是奇迹,可以和罗宾汉的传奇相提并论了。这个领域里所有的专家都认为这堪称奇迹。这个神秘的射手也许是瞄准了那一群人而不是专门针对托马斯·波维英爵士?也许他中箭是偶然的,或者说是走了背运。这种说法也许能站住脚,因为弩箭插在背上的角度很陡,好像是从很高的地方落下来的。箭的轨迹应该是一个抛物线,所以射手应该在很远的地方……”

“‘他会被射死,从天而降。’”我庄重地宣布道,“凶手在他的警告里已经说得再清楚不过了。”

欧文一动不动,眼光盯着炉火。

“说得没错。正是因为警告信中出现了准确的预言，我们可以排除其他可能性，这是不折不扣的谋杀。这支弩箭不是射飞了的意外，而是罪恶天使的恶行；从中箭的角度来看，这支箭是正正经经地‘从天而降’。还有，在警告信中‘先生’后面是六个字母的名或者姓氏，第五个字母是A。在现场出现的弓箭手当中只有托马斯·波维英爵士(Thomas Bowring)的名字符合这个要求。这就是说，托马斯·波维英爵士毫无疑问就是凶手指定的受害者，凶手可不是随便乱射的。”

“总结一下，现在的问题可以归纳为：我们知道有一个罪犯，我们知道他大概的藏身之所，我们也知道他射出弩箭的轨迹，但是我们没有办法解释他的准确性……”

“看起来就这么简单。”欧文点头同意，他把一个手指放到了嘴唇边上。“很自然，警察去请教了那些最老练的弩箭专家。他们的回答都很一致：在这么远的距离上，虽说不是完全不可能，但是即使是非常出色的弓箭手，也很难达到如此的精度。在这种条件下，成功率大概是百发一中……”

随后是一阵沉寂，只有雨点轻轻地打在窗格上的声音。

“实际上，”我说，“关键问题并不是说不可能做到，而是说这么做非常不现实！”

“考虑到那些制约条件，这可以说是一个奇迹，差不多是个奇迹。阿齐勒，我要承认，这是一个非常棘手的难题，对于我这样优秀的推理专家也是一个难题。”

我看了看他。他对自己如此大加赞扬，而脸上毫无愧色。

“那么苏格兰场是怎么看的？”我问。

“那还用说，他们在黑暗中胡乱摸索。连我都理不出头绪，您认为他们能有什么办法吗？顺便告诉您，这一次是我的老朋友维德科恩德侦探负责这个棘手的案子。当然还有那个灯塔谜案也归他管，因为我们的警察朋友们终于明白了这两个案子有相同的特点。不过，在讨论这两个案子的相同点之前，让我先讲完托马斯·波维英爵士的故事。还有两三个细节我没有告诉您，比如说死者手指上捏着的硬币。注意，这可不是一枚普通的硬币，而是一枚收藏品，是罗马时代的硬币，上面刻有一个神庙……”

这个细节确实很奇怪，但是从我的朋友的语调判断，他在等着我从这个细节推断出什么东西。我老实地向他承认说，我什么也没有想出来。

他把手指尖并到一起，像是在祷告。他直盯着我的眼睛，又说：

“‘...A.先生’，背后中了一箭，在手上捏着一枚代表古罗马庙堂的硬币……这难道对您没有一丁点儿启示？”

在我的朋友追近的目光之下，我尽量保持着从容的态度。我试着从这些怪事中整理出一点头绪，但是毫无结果。我只好摇头。

“那么,想想那个 Alexandre ‘I’,那个像灯塔上的火把一样燃烧的人。按照一个目击者的说法是‘好像他自己就是灯塔’。这些也不能让您联想到什么？”

我要火冒三丈了。很明显,我的朋友迷恋于晦涩的文字和玄奥的空话。他自己知道答案,可是他喜欢看到朋友们面对难题束手无策。我已经习以为常了,但是这总有一个限度。这一次他显然是太过分了。他所说的东西对普通人来说毫无意义。我冷冰冰地说,既然他那么能干,就请他为我点亮灯塔,指出方向。

他在回答之前不好意思地轻咳了一下:

“我要承认,有时候我过于敏感的神经可能会凭空地发现美感。另外,我认为唯美主义者常常遇到的陷阱就是过分追求纯洁的美感。第五感,只有诗人才能察觉到的……点亮您的灯塔,阿齐勒,我很愿意这么做!要知道看到您茫然无知的样子,我也很痛苦。作为您忠实的朋友,我也在分担您面对难题时深深的恼怒,但是我不能冒险放弃您分析和思索的结果。尽管是一些外行的见解,有时候您的见解比诗人的理解更加现实。如果我告诉您我自己的想法,就会妨碍了您偏颇的判断力。我是绝对不能这么做的。您常常有一些突如其来的见解,对我来说是非常重要的,您知道的!”

我在心里把他的话重新翻译了一遍:“您什么都敢说,但是这能帮助我集中精力。”

“坦白地说，”他接着又说，“尽管我刚才已经陈述了案情中惊人的巧合之处，我还是觉得搞错了方向。因为，这也……也太完美了。是的，我肯定是搞错了，这种完美程度是闻所未闻的！啊！这让我想到了最后一个细节，您肯定还不知道。一个证人认为他看到天上有什么闪亮的东西，就在托马斯·波维英爵士倒下之前。这肯定不是幻觉，因为另一个弓箭手也看到了类似的东西，但是他的描述是天上掉下来的一点黄金……”

“既然这么说，为什么不说是一阵金子雨！”我低声嘟囔着。同时想到了外面凄惨而无趣的雨从早上开始就在浇灌着伦敦。

欧文的眼神显出了一丝赞赏。

“一阵金子雨……，”他重复着这句话，冥想着。“我的朋友，您说得太好了。这很符合那些目击者的一些感觉。一个美丽的场景，就像宙斯化作金雨降落凡间，去抚慰被亲生父亲关在铜塔上的可怜的达那埃……真是美丽的场景，对，但是这一次是致命的雨。”

“怎么？您难道要说那个弩箭是用未知的高科技合金制成的，闪着金光……”

“当然不是！但是，阿齐勒，您为什么用这样尖刻的口吻？又不是我编造了这些难以置信的事情！那些证人看到天上有金色的反光难道也是我的错吗？对于这个现象可以有很多种合理的解释。也许是光线的把戏,反射在雾气上的阳光就有可能制造出这种效果,就像是彩虹……”

“您说什么,一道彩虹?那么说我们的凶手只可能是一个天使了!不用说了,他射出的都是金箭!”

“您为什么总是用嘲讽的态度讨论问题,我的朋友?难道十几个值得信赖的证人所叙述的现象都很可笑?您难道没有感觉到这个杀手的诗意盎然?请您试着用乐观的方法来考虑事情。闭上眼睛,想象一个美丽的画面:在一个广阔的青翠的草地上,点缀着一些雏菊,第一批春花,沐浴在融融的晨光中,只有一点儿薄雾,刚够造成一种朦胧的艺术感觉……塔利娅的‘乡间化装舞会’可以开始了!射手们做好了准备,马上要开始他们喜爱的游戏……然后,在庆典的高潮,伟大的宙斯落下一阵金子雨……但是这一次,他并没有像以前那样赋予生命,孕育出英勇的珀耳修斯①;而是降下了天神的雷电。托马斯·波维英爵士倒了下去,再也没有起来。他死了,被一道‘彩虹’杀死了,就像您刚才所说的。这难道不是一个绝妙的谋杀吗,阿齐勒?难道不是一个完美的罪行,真正的伟大的谋杀?”

我赞同他的说法,但是对于他描绘的奇特画面有所保

① 希腊神话中,预言说阿耳戈斯国王阿克里西俄斯的女儿达那埃的儿子将对他不利,因此他将他的女儿锁在一个铜塔里。宙斯化为金雨与达那埃交配,由此珀耳修斯出生。

留。而且我向他指出，不管这个谋杀多么出众，我们还是完全没有合理的解释，第一个案子也是这样。

“其中的秘密始终难以解释，就像这个糟糕的雨天一样没完没了。”我总结说，然后转头往窗外望去。“真是糟透了，我马上就要去应付这个雨天……”

“但是您不是要走回去吧，我的朋友？”欧文惊奇地问，“您肯定会叫一辆出租马车……”

“已经有很长时间没有听到马车的声音了。”我一边回答一边看了一眼放在壁橱上的漂亮的彩釉座钟。座钟显示已经十点多了。外面一点儿动静都没有，在这种天气里……

我的话音刚落，街上就传来了马蹄的清脆的响声；好像是故意要和我的断言作对。起初声音很远，但是逐渐接近了，最后停在了我们所在的建筑的外面。一声马嘶，然后是模糊的对话的声音。

“这会是谁？”欧文脱口而出，然后迅速地走到窗口。

我也凑了过去，但是透过雨幕我们只能看到模糊的影子。在煤气灯昏暗的光线之下，我们看到马车小跑着离开了，人行道上有一个人影急忙地跑到屋檐下面。

我们回到原来的位置，刚一坐下，我们就听到楼梯上的脚步声。

“我感觉这是来找您的。”我对他说。欧文紧皱着眉头，望着座钟。

果不出所料，几秒钟之后，门铃响了。欧文去开门，回来的时候，他的身边是一个被雨水浇透了的访客。尽管他的圆顶礼帽压得很低，我还是立刻认出了他：苏格兰场的约翰·维德科恩德警官。

他的鬓须看起来像是强盗，很自然地给人以阴沉而严厉的感觉。还有那一身湿透了的衣服，看起来真是糟糕。这个钟点儿，他的不期而至可不是什么好事。

“第三起了！”他脱下帽子，直截了当地说，“一起新的谋杀，真是发疯了，这一次比前两次更加让人瞠目结舌！”

03

“什么鬼天气！”警官舒舒服服地坐在炉火前面，开始抱怨起来。“我几乎一整天都在冒着雨等着我的线人，可他们居然都没有露面！这是什么雨啊！只要五分钟就能把您浇成落汤鸡！”

我赞同他的观点，但是我不想把时间花在讨论天气上。我的朋友欧文没有说话，他在尽力克制着内心的焦躁。他的手合拢在嘴前面，面部的肌肉绷紧了，正处在焦虑不安的等待中。

欧文平时喜欢用铺垫来刺激听众的好奇心，但是维德科恩德的风格完全不同。经过难熬的一天之后，他看起来真的是又疲惫又烦躁。尽管他这次造访的主要目的就是来讨论案情，他并不急于叙述细节。维德科恩德已经有五十多岁了，壁炉中的火焰更加重了他脸上的皱纹。又黑又浓的胡须，还有浓重的眉毛都使他看起来像是一个疲惫的日耳曼战士，刚刚在遥远的国度里进行了一段漫长而艰难的的跋涉。

“鬼天气，”他又说，“还有这个见鬼的案子，都已经是几天前的事情了(他闷闷不乐地看了一眼欧文)。我们这个星期初就收到了警告信，但是这一次我们花了很长时间才找到相对应的社会新闻报道……”

“我猜测，这一次还是写在画板上的警告？”欧文询问。

维德科恩德点头确认。

“他在行动之前，大概二十四小时之前寄出了一个画板，像前两个案子一样。还是从伦敦寄出的，但是换了一个邮局。我们在这方面的调查没有得到什么确实的结果。上一次，在托马斯爵士的案子里，邮局的工作人员说好像是一个孩子来寄的包裹。我们可以认为那个孩子只是一个无辜的代理人，被我们的凶手用什么狡猾的借口指使了……”

欧文耸了一下肩膀：

“这是很显然的。画家的工作是绘画，他又不是快递员。但是他这一次到底写了些什么？”

维德科恩德从他的一个背心口袋里拿出一个笔记本。他打开笔记本，抽出一张纸条，我们在纸条上看到：

“玛丽小姐将成为皇后

明天下午

当天上的星辰被遮掩之时”

(MISS MARIE SERA LA REINE

DEMAIN APRÈS-MIDI

QUAND L’ASTRE DU JOUR SE VOILERA)

一阵沉默。欧文露出一个微笑，像行家一样出神地欣赏着这段谜一样的信息。

“要知道，”警官叹息说，“这次的警告提供的信息很少。我们花了两整天的时间才把这个警告和一起怪异的意外联系在了一起，那个意外是发生在肯特郡……”

“玛丽小姐？您确信您原原本本地复制了画板上的文字？难道没有代表隐去的字母的点点？”

“没有。没有这个必要。受害者是一个年长的未婚女子，叫做玛丽·多蒙。”

“在上次亚历山大·瑞雷的案子里，他的姓氏里的字母‘I’没有被隐去。”欧文强调说，“这是多此一举……但是这些细节现在不重要。告诉我们细节，警官，细节！”

“好吧。”警官深深地叹了一口气。“玛丽·多蒙的死亡最初是作为一个常见的无聊的意外事故。这种事情每天都有，一个巨大的花盆砸到了她的头上。这个悲剧发生在通不瑞治镇[①]，那里的警察并没有把三个证人的说法当回事。因为他

① Tonbridge：英国东南部肯特郡的一个小镇。

们的说法对于当地警察来说太不着边际了，当然也是因为那几个证人的年龄……要知道渥格特先生和约伯先生的年纪加起来比一个半世纪还多。但是他们还没有衰老到糊涂的程度，我昨天晚上和今天早上分别约见了他们。”

维德科恩德看了看他的记录本，想了想，然后把眼光投向窗户：

“那是三天前的事情。那天的天气很晴和。在通不瑞治镇也是一样，白天的时候阳光明媚。在下午两点左右，渥格特和约伯先生在市政公园里散步。那是一个相对开阔的场所，在公园的中间矗立着一个拱门。拱门是简单的砖制装饰性建筑，在上面摆满了装饰性的花盆。有一条石子铺成的小路横穿过草地，从拱门的下面经过。那个拱门很高，有两个结实的方形石柱作为支撑，拱门的宽度和小路一样。

“两个老人注意到在草地边上的长凳上坐着两位女士。渥格特先生认为她们是寡妇，因为她们穿着黑色的衣裙。但是约伯先生注意到两个女人当中比较胖的一个戴着一顶漂亮的装饰着花朵的帽子。那就是玛丽·多蒙小姐，当然他们当时并不知道她的名字。两位老人继续散步，并没有留意她们。后来，他们在小路上又遇到了戴帽子的女士。玛丽小姐在离拱门几米远的地方停了下来，看起来极其不安，她的目光投向了拱门的上方。两位老人很好奇，就询问她不安的原因。玛丽小姐犹犹豫豫地回答说：‘我不敢从那下面经过……我看到太阳里有一个阴影。'‘太阳里的阴影?'渥格特先生吃惊地说,‘您说的肯定是一片云彩!'但是他很清楚地知道当时天上一片云都没有。‘可是,我真的看到那上面有一个影子,在拱门的上面……她刚才短暂地挡住了阳光……那是一个女人,很漂亮的女人……穿着打扮就像古代的王后……但是她想要伤害我……我不敢从那下面走过……'

"两个老人就开始安慰玛丽·多蒙小姐,最后说服了她,让她相信根本没有什么危险。她肯定是因为天热而一时眼花了。约伯先生建议她回到长凳上去和另一位女士会合。渥格特先生则不以为然,他建议玛丽放心地继续散步,穿过拱门的下面。他想让玛丽完全打消对于安全的疑虑。

"玛丽小姐好像犹豫不决,于是两位老人向她告别然后继续散步。过了一会儿,他们听到背后传来的一声尖叫。他们立刻回过头,他们看到拱门顶上的一个巨大的花盆砸中了可怜的玛丽小姐。玛丽小姐试图往后退躲避,但是太晚了。她又叫了一声,然后倒在了地上。在这时,两个目击者来不及刻意观察周围,但是他们的位置足以看清整个现场。一个人都没有,草地上除了他们自己没有任何其他人;拱门顶上的‘平台'上也没有人。玛丽小姐的同伴站了起来,跑过草地来和他们会合。我们那两位证人毫不迟疑,他们一眨眼的工夫就跑过二十多米的距离,跑到了受害者跟前。他们能看到玛丽已经不行了,她那顶漂亮的漆过的草帽还在头上,但是没能保护她。掉下来的花盆摔成了两半,溅出来的泥土撒在地面上,里面混杂着花草和几块花盆带下来的砖头。可怜的女人勉强说了几个字。但是太含糊了,两个老人不明白她的意思,他们只能分辨出'皇后'和'平台'这两个词。玛丽小姐的伙伴这时候也赶到了。她浑身颤抖,脸色煞白,俯身在那个垂死的人身上。玛丽小姐的朋友哭了起来,这个时候约伯先生和渥格特先生着手去查看立柱后面视线不及的地方。如果有人搞鬼,他只有可能藏在那后面,或者是在拱门的顶端,就是那个'天台'。但是在天台上面,在花盆中间藏一个大活人也不太现实。两个老人匆匆地巡视了一番,毫无结果。他们又回到了玛丽小姐的朋友身边。她刚刚又叫了一声,因为玛丽现在已经僵硬不动了。渥格特先生去通知警察的时候,约伯先生作为一名退休的医生目睹玛丽小姐咽下了最后一口气。他找到了致命的伤口,在帽子下面,死者的太阳穴上有一道血迹。'鲜红的颜色,和她帽子上花的颜色一样',他的原话就是这么说的。然后,约伯先生又询问死者的朋友。那个女人说玛丽从午后起就显得异常紧张,好像她在害怕什么事情。而且玛丽还多次问她的朋友是否看到一个太阳里的'人影'……"

"情况就是这样,"维德科恩德闷闷不乐地说,"赶到现场的警员显然不太相信证人所叙述的死者的临终遗言。从他的报告上说证人的话含糊其辞。但是那个警员还是认真地找来一个梯子,爬上去检查了拱门的顶端。上面没有任何不妥之处，只是有一两块砖砌得不牢固。这使得警员更加确信这只是一起常见的意外事故。说实话，从当时的情况来看，我们也不能责怪他没有对所谓的太阳里影子和复仇王后的说法给予足够的重视！对于我们来说，这是另外一码事……”

维德科恩德接过欧文递给他的雪茄，欧文显得很专注。

“欧文，在听取您的见解之前，”警官又说，“先容许我向您介绍一些最新的进展。我是昨天下午听说这件事的。刚开始是死者的名字——玛丽引起了我的注意；然后是她死亡的日期与时间和警告信上的内容相吻合。我毫不怀疑，立刻就去调查这个离奇的悲剧。为了看一看现场，我跳上了去往通不瑞治镇的第一班火车。然后我见到了渥格特先生和约伯医生。他们确实已经很大年纪了，两个人都戴眼镜，而且很明显视力不佳。然而，我感觉他们还没到老眼昏花的程度，何况他们的证词相互吻合，所以我们应当严肃对待他们的证词。他们承认说在花盆掉下来之前，可能有人巧妙地藏在了一根立柱的后面，以避免在他们经过的时候被发现。但是他们可以肯定地说，花盆掉下来之后，草地上只有受害者和他们三个目击者。没有别人了！草地上没有人，拱门的顶上也没有人！我自己去看了一下，我可以向你们保证，在那上面很难藏一个人！”

“您去询问那个死者的朋友了吗？从她坐着的长凳，她应该也能看得很清楚……”

“没有，很遗憾。”维德科恩德嘟囔着说。“那个愚蠢的警员对这个案子完全没当回事，居然都忘了记下她的姓名和地址！不过我们很快就会找到她的……在警察和看热闹的人到来之前，她和约伯都没有离开过死者。简而言之，凶手不可能凭空消失，除非他像空气一样透明……”

“了不起！”欧文刚才一直默不作声，现在突然惊叹了起来，“这是伟大的艺术！我们应该向他鞠躬致意！”

“您说什么？”维德科恩德惊惶地问，“您要认输？”

“绝对不是！我只是说我们应当赏识一个艺术家的天赋，现在我们遇到的是一个犯罪天才。您来找我是明智之举，维德科恩德，我猜您是想请求我的帮助，是不是？”

警官的脸上露出了一丝狡黠：

“对于这个案子，您肯定不赞同我的看法，肯定有不同的见解。现在，我对于先前探讨过的问题确信无疑了：这是蓄意的系列谋杀案，是专门针对您这样的专家的……”

“没错！”欧文赞同说，同时用手指抚摸着那九个缪斯当中的一个。“您说得很对，这是系列谋杀案，如果我们不加以制止的话，肯定还会有新的谋杀发生……”

“说得很对……”维德科恩德警官叹息说，“我很担心，从明天开始报纸就会大肆宣扬，这次他们知道不少细节。我们以前还算控制住了他们的喉舌，但是从这第三起谋杀开始就不可能了。您很清楚，我们越早抓到凶手越好。这对大家都有好处……”

我注意到欧文兴奋的眼神好像在说:“当然对您最有好处,警官先生!”但是他忍住了没有把这句话大声说出来。

“我们第一步要做的,” 他宣布说,“就是满怀激情地、用审美的眼光来看待这最近的一起谋杀,我们需要完全感受其中的美感。

“有人宣称一个玛丽小姐将会成为皇后,第二天下午,当天上的星辰被遮掩之时。然后,到了第二天下午,玛丽小姐真的在一个满是花草的‘平台’上面看到太阳里有人影。她把那个人影形容为‘王后’,而且是一个古代的王后,意图加害她。过了一会儿,她就趴到了地上,被天台上掉下来的大花盆砸破了脑袋,倒在花草之间。现在,她也成了王后,一个死去的王后。这就像是一种死亡的权力交接的过程,有另一个王后对她怀恨在心,于是赶来实施她的威胁,加速玛丽的死亡……”

欧文停顿了一会儿,试图找到合适的句子来表达他的意思。他的脸上神采飞扬,然后他又接着说:

“……一个花园,对,我们可以说是一个花园掉到了她的头上。这不比一个花盆更有诗意吗?”欧文朝我们露出神秘莫测的笑容。“好吧……我看出来了,这些对你们就像希伯来语一样难以理解。从一个纯理性的角度来分析,凶手不在现场已经被证实了。这个悲剧只可能是巧合的结果:就在玛丽经过的时候，有几块没有砌好的砖因为花盆的重量而松动了，于是砖头和巨大的花盆都掉了下来。同样的，托马斯爵士的死亡也只能解释为巧合。致命的弩箭只可能是被人偶然射飞了的，当然也是意外事故。至于亚历山大·瑞雷，就有点不同了。因为从外面反锁的门很难说是意外事件。但是这一点正好用无法辩驳的方式证明了我们面对的是一个真正的谋杀案。这些谋杀是由一个举世无双的罪犯策划、准备和实施的。而且他还很有品位，在动手前二十四小时把他的谋杀计划通知警察，而且寄的是……油画！”

维德科恩德和我都下意识地把目光投向装饰在欧文的客厅里的一幅油画。油画上是一派美丽的英国乡间景色。根据我的朋友的说法，那是一幅约翰·康斯特勃[①]的真品，但是我很怀疑。不管是不是真品，那幅田园风光起到了正相反的作用，我们更觉得手上的案子离奇和悲惨。

“这幅画和这些谋杀案之间必然有某种联系。”欧文又说。他凑近了那幅巨大的油画，仔细地检查了起来。

“有什么联系？”维德科恩德满怀期待地问。

“为了实现作品的最终效果而细致地工作。想想看绘画所需要的耐心和细致，每一笔，每一个细微的修改，就是为了达到出色的效果……需要很多个小时耐心地观察，思考，还

① 约翰·康斯特勃(John Constable，1776年6月11日—1837年3月31日)，英国风景画家。

需要有很高的天分才能画出这样的杰作！”

“那么，让我们庆祝这个伟大的犯罪奇迹！”为了打断他这恼人的闹剧，我叫了起来。

“可是，理当如此，阿齐勒，‘这个伟大的犯罪奇迹’！和往常一样，您说中了而浑然不觉！”

我很怀疑维德科恩德警官冲动地想给这个荒诞的私人侦探一个耳光。但是警官很清楚欧文的价值，也知道一个耳光会让他彻底失去欧文能够带来的宝贵的协助。他捻着厚重的胡须，压着火气用平静的声音说：

“我想我明白您的意思……按照您的说法，我们现在追踪的是一个很讲究审美的罪犯，他要求自己的作品都是完美的犯罪！”

“完全正确。”欧文心满意足地回答说，“这些谋杀的真正目的纯粹是为了寻找美……”

04

夜幕已经降临了，出租马车把我们送到了伦敦东区[①]一个不太体面的地区。相隔很远的煤气灯用微弱的光线照着肮脏的人行道。除此之外，就只有小酒馆的窗玻璃透出来的光线，照着街面上一群兴高采烈的人。水手的笑声掺杂在这个街区风流女子咯咯的笑声当中，她们艳俗的衣裙在这个昏暗的环境中格外显眼。

我完全不知道我们到这个地方来的目的，但是我很快就猜到了。我并不是这个街区的居民，据我所知欧文也不是。当然，是欧文的唆使我才跟着他跑到这儿来了。

他这次穿上了一身运动装，一套方格图案的西装，戴了一顶双层帽檐的鸭舌帽，但是他的行头看起来都很新，和周

① 是 Tower Hamlets 的一个区域，在伦敦东部。附近有利物浦街车站和 Brick Lane。

围的环境很不协调。我自己穿了一身最破旧的衣服，还有一个帽子扣在脑袋上，我可不愿意有人在这个堕落的地方认出我！

"欧文，"我向他转过身说道，"如果您现在不立刻告诉我为什么……"

我的话等于是对牛弹琴。他跳到了出租马车的外面，除了付车费还按照惯例非常张扬地给了丰厚的小费。在这里，这种做法意味着冒傻气或者就是招摇过市。马车刚刚小跑着离开，我就对他发表了这样的评论。

"跟着我。"他只甩给我这么一句，同时他迈开了步子。

我们还没走几步，就有一个漂亮的异性拦住了他。那个女孩子看起来很面色红润，有一个顽皮可爱的小鼻子，头上戴着一顶精致的羽毛帽子，脚下的红靴子也很相配。但是粗俗的口音破坏了她的魅力——至少对我来说是这样的。

"嘿！我的甜心！跟这个街区里最漂亮的人到天堂上逛一圈怎么样？"

"是整个世界上最漂亮的，小姐。"欧文优雅地欠身纠正说。

那个卖笑为生的女人陶醉地睁大了惊讶的眼睛：

"先生可真会说话！要知道，我喜欢您这样的人！"

"我明白，但是我，唉，小姐，我是伦敦最大的傻瓜。"他又致敬了一次，然后走开了。

我们的身后是一阵诅咒，我借机更正说：

“欧文，应该说全世界！您这样拿性命开玩笑，就是全世界最大的傻瓜。您难道完全昏了头吗？我们可不是在伦敦西区的里根街上，那儿有教养的人大概会赏识您的闹剧！”

他继续大步地走着，完全不理会我。我紧紧地跟着他，继续用同样的语调骚扰着他，向他强调说我们出现在这里不合时宜，还有这个街区和我们的街区有很大的区别……

“您相信吗？”他突然打破了沉默，这时我们已经进入了迷宫一样的小巷里。“看那里，在这个后院里有一辆马车的门上有徽章，难道是属于住在这里的一个脚夫的吗？如果我们仔细看的话，在这个小酒馆的窗户里面，能够看到一些大礼帽。我相信脚夫可不会戴那些礼帽。”

“这倒是没错，”我没好气地承认说，“但是我们已经不在刚才那个街区了。我们正在往西走，而且……”

“那就忘掉您吹毛求疵的臭毛病吧，阿齐勒。您这么做让人难以忍受，而且毫无积极作用。我们为什么到这里来？当然是为了我们的调查工作！还能是什么其他原因？该是时候找个酒吧了，在酒吧里我们能够更方便地讨论问题，我可以向您解释所有这一切。”

我劝告自己要冷静，同时我想到了维德科恩德警官所接手的棘手案子。他上次夜访通报了第三起系列谋杀之后，一个星期已经过去了。很自然，在那次夜访之后，苏格兰场的干将对于欧文关于凶手动机的假说只是部分满意。他当时的回答是:“为了追求艺术而谋杀,这也不是不可能,但是这种东西出现在小说里比出现在现实里更可信。”从逻辑上讲,我赞同警官的看法,尽管欧文的意见看起来很有道理。凶手的动机仍然毫无头绪,警方只好仔细地调查三个受害者的情况。很自然,在三个人当中,托马斯爵士的生活看起来是最引人注目的;说白了,他的身份地位注定了他最有可能拥有大量的对头。欧文还另外秘密地调查了托马斯爵士身边的人。刚开始的时候,我们没有发现任何关于亚历山大·瑞雷的新情报。玛丽·多蒙小姐的情况也是一样,不过她有一些特殊之处:她具有法国血统(就像她的名字暗示的那样),她一个人单独住在通不瑞治镇,在一家服装工厂里工作;她生性内向,朋友很少。维德科恩德并没有能够找到案发那天陪伴着玛丽·多蒙小姐的女人。玛丽·多蒙小姐唯一的家人是她的弟弟,岁数比她小很多。他住在英格兰北部,很少来探望玛丽·多蒙。

从表面上看,三个受害者之间毫无联系。但是在前天,维德科恩德又来找我们,他面露喜色地宣布:“亚历山大·瑞雷和玛丽·多蒙可能相互认识,因为这两个人都出生在普利茅斯,都在那里度过了一大段的童年时光!他们两个人的年龄相近,都是五十多岁!”

托马斯爵士也是这个年龄段。但是很可惜,事实证明他从来没有踏足过普利茅斯,至少是在童年期间。

尽管有这个障碍,警官还是很乐观。他自认为找到了正确的方向:“亚历山大·瑞雷和玛丽·多蒙可能后来认识了托马斯爵士。调查很快就会证实这一点。当前最重要的就是建立起他们之间的联系,然后我们就能够着手研究这些联系的意义!”

欧文对于维德科恩德警官这段满怀希望的言辞不置可否。这之后,我们再也没有从警方听到新的消息。另一方面,就像维德科恩德所预见的那样,报纸开始对这个奇特的系列谋杀案产生了浓厚的兴趣。报纸上出现了很多文章,配合丰富的细节。那些文章强调指出三次谋杀之间具有奇特的相似性,很显然是出自同一个罪犯之手。凶手会就此罢手吗?可以打赌他不会……我的思绪到此被打断了,因为欧文已经在一个小酒馆前面停下了脚步。在一个华丽的招牌上能够看到一行漂亮的镀金花体字:维多利亚瀑布。

这个酒馆的生意看起来是整个街区里最好的。墙上有枝形煤气灯用作照明,还有一些屏风把舒适的座位分隔开来。这避免了来自喧闹的客人的骚扰,其实并没有太多喧闹的客人。酒馆里空着的座位很少。要了两杯啤酒之后,我们坐了下来。

“注意看后面那扇门。”欧文低声鬼鬼祟祟地说。

我把眼光转向那个方向,我注意到一个绅士正朝那个方向走去。他不慌不忙地拉开了门,动作很自然。然后又把门带上了。

“又是一个,接二连三!”欧文低声说,他的眼睛闪耀着兴奋的光芒。

“您到底在说什么?什么又一个?”

“一个太阳神俱乐部[①]的成员。这是一个崇拜太阳的宗教派别……”

“一个宗教派别!”我吓了一跳,把举到唇边的酒杯放了下来。

“没错,一个宗教派别。根据我得到的情报,托马斯爵士就是这个派别里的一个重要成员。”

“一个宗教派别!那些人通常都是极端狂热的,什么都干得出来……老天!这可能会非常危险……”

“我们的调查难道不是危险的吗?据我所知,杀人犯从本质上说就是危险分子,即便他们是艺术家……”

“那么,您认为这个系列谋杀案和这个教派有联系?”

“这只是诸多线索当中的一个。很遗憾,就我们目前所知道的情况,亚历山大·瑞雷和玛丽·多蒙小姐都不是这个太阳神俱乐部的成员。但是这个线索值得继续追踪下去。”

欧文停了下来,点燃了一支雪茄。他吸了几口之后,又继

---

① Helios 是希腊神话太阳之神。泰坦神海泼里恩(Hyperion 许配利翁)与提亚之子,月女神塞勒涅(Selene)与曙光女神厄俄斯(Eos)之兄。

续小声说：

“我们已经讨论过已故的托马斯爵士，对吧？他生前是一个古币学的专家，他在皇家地理协会的时候也是很少出门的。但是您知道吗，在这之前，他曾经有一段无畏的冒险家生涯，或者说他曾经是一个异常勇敢的考古学家，他在古埃及的考古学上很有权威。更早的时候，他曾经参加了几次尼罗河流域的私人考察团。我猜想就是这个机缘使他对太阳神教迸发了‘信仰’。那些埃及人是很崇拜太阳的……”

“他是古币学的专家？那么案发那天，在他手上发现的古钱币毫无疑问是属于他的藏品！”

“根据维德科恩德的说法，那枚古币并不属于他的私人藏品。我们现在先不讨论这个问题。我们还是考虑一下进入狮子巢穴前的准备工作吧……”

我花了几秒钟才明白了欧文的意图。

“没错，”他点着头肯定地说。“根据我得到的情报，这个俱乐部的活动是允许参观的，只要披上与太阳神相匹配的服装……据说只要去找酒馆老板就行了。这是一个不容错过的机会，要知道他们每个月只聚会一次。别这么看着我，阿齐勒，我没有发疯！我只是想要试着凭借手上这么一点信息来完成我的调查工作！赶紧喝掉您杯子里的酒，跟我来！”

我们找到了酒馆的老板，他露出和蔼而会心的微笑，这让我很困惑。他没有显露出一丁点儿的威胁。这个善良的人向我们解释说我们应当走大厅尽头的走廊，进入右手边的第一个房间，打开墙边的大衣柜，在里面找到“面具和长袍”。下一个房间就是聚会的大厅。

我跟着我的伙伴往酒馆里面走去，心中的疑虑有增无减。我们穿过了走廊，那里有一股淡淡的香气，还能够听到模糊的人声，好像是有人在朗诵。在酒馆老板提到的房间里，桌子上点着一盏汽油灯。墙边的大衣橱里面存放着六七套酒馆老板所提到的衣物，空余的衣帽架已经所剩不多了。我们把自己的衣物挂在衣帽架上，然后又穿上了紫色的大长袍。那些长袍的领口和袖口都镶着金边，在胸口的高度上有一个金线刺绣而成的圆形，象征着太阳。这个太阳的光芒只向长袍的下摆方向扩散。面具是一种坚硬的壳子，上面同样覆盖着赭石色的丝绸，还有金色的花边。面具上有三个窟窿，分别对应眼睛和嘴。等我们装扮成标准的太阳神教徒之后，我问欧文他是否知道这个化装舞会能给我们带来什么。

他把一个手指放到嘴唇边上，让我不要作声，然后示意让我跟着他走。我不知道他现在是非常严肃认真的态度，抑或正在面具下面偷笑。

顺着昏暗的走廊走了几米远之后，我们停在了第二扇门的门口。我们能够听到门的后面有人在说话。欧文把门扇开了一个小缝，谨慎地朝里面张望了一下，然后走了进去。

为集会准备的大厅很宽阔，但是房间里面的照明设备非常少。只有几盏油灯放在“祭坛”上的焚香盆旁边的支架上。我们能够闻到焚香盆里散发出的醉人的香气。油灯摇曳的光芒照射在大约三十多个信徒的面具和长袍的花边上，折射出金色的闪光。祭坛是一个简单的桌子上面覆盖着一张白色的桌布，有两个人——两个祭司正在祭坛后面主持仪式。他们的穿着和其他教众一样，其中一个人很瘦小，另一个比较高大魁梧。那个身材高大的祭司在滔滔不绝地向神情恭敬的集会者布道。他用非常教条的语调赞颂着太阳，颂扬它神圣的力量，它的光芒，它的美丽，它的壮丽和种种的美德；太阳神俱乐部所属的教徒拜倒在太阳面前，满怀谦卑和永恒的感激之情。我在这里只摘录了一小段演讲者的讲话。这一小段就足够让您对于他的溢美之词有所了解。

您那美丽的光芒出现在穹顶的边缘
阿吞神，是最古老的圣体
当您从东方升起
您的美丽照亮每一个国度
因为您是如此的美丽和壮观
在大地上光辉四射
您的光芒让所有的国度一片辉煌
所有您所养育的
都把您当做国王……

我和欧文找了一个最隐蔽的位置，在出口旁边坐了下来。没有什么人注意到我们,除了那个小个子的祭司。她朝着我们看了一眼。我的眼睛逐渐适应了昏暗的环境,我猜那肯定是一个年轻的女祭司,因为她身上的丝绸长袍显露出柔软纤细的曲线。

"注意看,"我的朋友在我的耳朵边小声说。"看到了吗,在两个祭司旁边,还有一个空着的位置。祭坛上放着一个面具,好像是为了代表那个缺席的祭司……或者是一个过世的祭司。我打赌这是留给托马斯爵士的位置！"

我未加任何评论。那个高个子祭司不断地喷涌着颂词,我觉得他的语调过于动情了,不能当真。我刚进来的时候有点心虚,现在我的恐惧逐渐减退了。不仅如此,我还发现听众都很安静,很放松,他们的态度和我想象中的宗教信徒的狂热完全不同。我继而注意到欧文越来越失望了,他的沉默比喋喋不休更能说明问题。

一刻钟之后,我受不了了。我向欧文建议到外面的大厅里去喝一杯啤酒。他二话不说就同意了。

我们细心地把太阳神教徒的服饰放回了他们原来的位置。五分钟之后,我们回到了我们先前的座位,面前是两杯冒泡的黑啤酒。欧文看起来很消沉,沉默不语,显然不太开心。

"您的情报很准确。"我说话的时候试图抹去语调里的嘲讽。"但是我感觉这个教派和我们的调查没有什么关系。他们大概不是那种喜欢报复的教派,不会有那种消灭不遵从教规的教众的惯例……”

过了一会儿，我们看到有人从走廊尽头的门走了出来。他们是按照一定的规律,分头离开的。很显然,集会刚刚结束。他们看起来都出身于中产阶级,面露笑容,忠厚温和。有几个年轻人的眼睛里闪耀着那种热诚信徒的沉醉之情,但是那也只是我的一种感觉。一些夫妇直接走向了出口,另外一些单身的男人坐到了吧台边。

“看起来都是最普通不过的人,”我评论说,“说实话,我很难把他们和一个谋杀犯联系起来……您怎么想,欧文?”

他皱着眉头。几秒钟之后,他把身子靠到扶手椅里,突然露出一个直爽的笑容,好像是在自嘲。

“您想知道我怎么想的,阿齐勒?我现在的想法就是:我是这个世界上最大的傻瓜!”

“不对,当然不是!”我用慈父般的口吻回答,“即使是最伟大的人也会有疏忽的时候,不是吗?”

“说得很对!”

“还有,我们的工作不就是要调查每一个细小的线索?”

“您的口吻倒像是个哲人……”

“再说,我们也完全没有糟蹋这个晚上。这儿的啤酒很不错……您还想再要一杯吗?”

“您真是一个名副其实的哲学家。”他朝着我扬起了手。

“鉴于我的宽厚仁慈，我原谅您所有的过失，阿齐勒，甚至包括您不认识我的九个缪斯那件事！”

几天之后，尽管报纸上的文章连篇累牍，但是调查毫无进展。欧文为了给自己打气，就艺术家罪犯做了一番演讲。一如既往，我那天上午去找他，又成了唯一的听众。和前几天一样，这个五月中旬日子阳光明媚。这让多数伦敦居民心情舒畅；当然了，这样的天气也让欧文很兴奋。

“罪犯就像是一个画家，他所实施的谋杀就像是他的绘画作品。”欧文一边在壁炉前的旧地毯前面踱着步子，一边宣布说。

“您有点儿夸张了。”我反驳说。其实我很清楚，我这种反对意见只会让他越发不可收拾。

“我根本没有夸张！”欧文又加重了语气反驳说，“我认为，这种比较毫无疑问是最贴切的，是绝对有必要的。但是我也要承认，确实有很多绘画作品没有达到完美犯罪的艺术水准。有些绘画所表现出来的庸俗程度，唉！常常让人难以忍受。当然，还是能找到配得上艺术这个称号的绘画作品，比如说我的客厅里这幅约翰·康斯特勃的作品，这是让我引以为豪的佳作。”

欧文走到了那幅油画的前面，他仔细地观察了一番之后又说：

“首先是画布上的背景，在这幅画上是碧蓝的天空和宁静翠绿的英国乡间景致。一个完美的犯罪同样总是有一个有寓意的背景，我们通常把这叫做犯罪的‘布景’或者是‘舞台’。要留意这些布景的暗喻，他们选择布景的时候也是从艺术角度慎重考虑的。

“然后是绘画的主题。看这个犁，旁边站着两个农夫，还有这个小小的乡间住宅。尽管它不太显眼，但是它是这幅画中关键的元素。在完美的犯罪中，这可能是悲剧的主角，他们的举动和证词都是非常关键。或者也可能是一些和犯罪直接相关的东西，比如说犯罪的凶器，或者是受害者身子下面的桌子。

“第三个元素，尽管看起来不起眼，却很重要。就是那些细小的微妙的笔触，大量的润色之笔，还有无数细小的色调变化。正是这些东西让一幅作品脱颖而出，也正是这些东西显露出大师的天分。在一桩谋杀案中，这第三个元素就是种种细节。有时候是环境所致，偶然所造成的一些细节；或者是凶手所故意留下的，用作误导的种种痕迹。通常，外行和业余罪犯就是在这一点上会露出马脚。只有专家才具有足够的鉴别力，才能区分出这些元素之间细微的差别。您比别人都更加清楚，在这方面我可以说是无以匹敌的。

“最后一点，就是作品的整体色调。在每一幅作品中，主导的色调都是独一无二的。在完美的犯罪当中，这种底调的色彩是很难发现的。因为这种色调会泄露出凶手的动机和他的最隐秘的意图。凶手当然会对此保守秘密,不想被人察觉到。狡猾的罪犯能够用种种把戏来掩饰这些隐秘的东西。根据他们的天分不同,他们所采取的手段也表现出不同程度的聪明才智。当然,您应该很清楚了。在我们所处理的这个案子里,我们要找到的就是这个色调。正是这个色调能够把我们带到真相!”

他走到窗户跟前,抬眼望着外面明亮的天空。

“阳光,”他赞叹地说,“太阳的光芒……不管怎么说,太阳神俱乐部的会员们并没有说错。我感觉自己处在一种奇妙的状态之下,真是无与伦比的感觉!我敢肯定,我们很快就会掌握新的情报,那会让我们有重大的进展……”

欧文的话被门铃声打断了,他敏捷地离开了客厅。过了一会儿,欧文陪同着一个金色头发、面色凝重的年轻人回到了客厅。我本能地感到:欧文的预感应验了。他的眼眸里激动的光芒也证明了这一点。

“阿齐勒,”他宣布说,“我向您介绍米歇尔·丹哈姆先生。他要告诉我们一些非常重要的东西,是关于报纸上所关注的系列谋杀案。他认为他知道谁是谋杀案的作者!”

05

我们的访客的年龄介于二十和三十岁之间，面相俊俏，一头金色的长发一直垂到他的茶青色礼服上。他并没有胡须，但是消瘦的脸颊上有从鬓角扩散出来的稀疏的须发。他的脖子上系着一条丝绸围巾，颜色和他的眼睛一样——湖蓝色。这给他的形象增添了一点做作的味道。他点烟的时候动作笨拙，显得有点儿紧张。

“我当然没有百分之百的把握。”他开口了，“我没有任何证据来证明我要说的内容。但是从心理学的角度看，种种推测都指向这个人，我相信我没有搞错。当然了，要想更好地讨论这个问题，我想我应该先介绍一下我自己，艾美莉，还有保罗……我想伯恩斯先生已经对我们稍有了解，是吗？”

“就当做我不认识你们好了，”欧文挥了一下手，“澄清事实是这个世界上最有效的方法。”

“我目前受雇于约翰·布鲁克先生。他拥有好几家造纸工厂，但是他的兴趣很广泛，其中包括绘画。我就是在这个领域为他工作，因为我是一个职业画家。他向我订购了一整套东方装饰风格的绘画。这是大概一年前的事情，我也是在那个时候认识艾美莉的……”

“他的女儿？”我随口问道。

“不是。但是他相当于艾美莉的教父。因为艾美莉是他的最好的朋友的唯一骨肉。他的朋友在艾美莉很小的时候就去世了。艾美莉一直住在一位年长的婶婶家里，但是她经常到塞温斯宅第去做客，也就是约翰·布鲁克先生的住宅。我也是在那里经常遇到她……实际上，这不算什么秘密，我爱上了她。”

米歇尔·丹哈姆停顿了一下。他吸了两三口烟，好像是要重新确立自信心。刚才说最后那几个字的时候，他的语调有点消沉。

“我们彼此相爱，”他继续说，“但是有一个人在利用他的特殊身份，用非常不正当的手段追求她。更糟糕的是，艾美莉的性格活泼，喜怒无常，这些特点都被他充分利用了……我的雇主和他的妻子还有独子保罗住在一起。保罗、我和艾美莉的年龄都很接近……很显然，保罗心怀不轨。”

米歇尔试图保持中立的语气，但是没有成功。

“我不知道保罗的真实感情是什么，因为他是一个非常矜持的人，甚至可以说是很神秘。他装作从刚认识艾美莉的时候就爱上了她，说他们是青梅竹马。但是直到我和艾美莉相互倾情之后，他才向艾美莉表白，这也太巧了吧。算了，这些细节都不重要。我要说的是那个晚会，就是去年圣诞节那一次晚会，我相信我在那次晚会上见到伯恩斯先生了……”

欧文把一个手指放到了嘴唇上，一副沉思的模样。他示意让米歇尔继续。

“这是一个布鲁克先生组织的传统的晚会。晚会上有很多人，大家喝掉了很多潘趣酒，情绪很快都高涨了起来。我和保罗·布鲁克都喝过了头。为了对艾美莉的爱，我们两个人言辞激烈地相互指责。我们眼看着就要动手打起来了。这时候，艾美莉也开始受潘趣酒劲儿的影响。简而言之，为了了断我们两个人之间的争执，她决定用她自己的方式来调解。她大声地宣布说：我们两个人当中谁能拿出一个无法辩驳的爱情证据，她就会属于谁！很自然，有人问她指的是哪一类的证据。‘他必须为了我去杀戮！’艾美莉掷地有声地回答。‘杀戮，犯下谋杀的罪行？’另一个人问。‘没错！一个谋杀！许多谋杀！而且是卓越的谋杀！’

“艾美莉好像陶醉于她自己所激起的兴致，她放肆地认可周围的人不断加高的筹码：‘对，应当是犯罪中的艺术品！’‘犯罪中的奇迹！’‘犯罪七大奇迹！’有一个人喊道，他在引用古代七大奇迹。刚才有人很渊博地讨论过那些奇迹的细节。”

“一项深受绅士们喜爱的游戏，”欧文带着讥讽的微笑评论说，“所有的人都沉醉其中，各抒己见……是的，丹哈姆先生，我记得这回事。我实际上参加了这个晚会，我离你们那个小圈子并不远。我很清楚地记得艾美莉所说的最后一句话，她对你们其中的一个人斩钉截铁地说了一句惊人的话：‘您爱我吗？我真是心满意足。那么，现在去杀戮吧！’”

“一点儿不错。这是艾美莉给保罗的回答。当时保罗去向艾美莉表白，说他准备好了为她赴汤蹈火。”

“好哇，”我暗想，“原来我的朋友欧文上次是和我故弄玄虚。我就知道，他明明掌握更多的信息却不告诉我。我下次要找机会质问一下欧文，我可不能忘了。”

“当然了。”我们的客人轻轻地耸了一下肩膀，然后接着说：“很快，或者说没过多久，我就恢复了冷静和理智。之后，我没有太留意保罗对这件事情的反应。我认为那只是一种故意表现出来的姿态，在当时的环境下似乎没有什么不妥。但是后来，特别是这些天，我经常回想起那天晚上保罗脸上的表情，他说那番话的时候表情非常坚定。他说，为了艾美莉，他可以赴汤蹈火。”

米歇尔陷入了沉默，脸色阴沉。他吸烟的时候，我注意观察了他的手。那是一双修长的、精心修剪过的手，就像是钢琴家的手。但是这是个怯场的钢琴家，因为他的手在微微地颤抖。

至于欧文,他则是合拢了双手,陷入了沉思。随后,他轻轻地苦笑了一下,清了清嗓子,然后说:

"如果我没有理解错您的意思,丹哈姆先生,您认为您的情敌把艾美莉小姐设下的挑战当真了。为了一了百了地赢得芳心,为了和她享受完美的幸福,他决定去实现公主的愿望,哪怕付出沉重的代价:实现一系列完美的谋杀!"

"是犯罪中的奇迹。"年轻的画家强调说,他的额头上出现了细微的汗珠。"犯罪七大奇迹,最后的挑战就是这么定的。我知道这种猜测很荒谬,荒诞,疯狂……因为在那个晚会上,没有任何人把我们之间的闹剧当真!刚开始的时候,我觉得我的猜测很荒唐,但是现在……我看到了报纸上关于那三起惊人的谋杀的报道,看起来警方还完全猜不透凶手的动机。在我看来,不能排除保罗就是那个凶手的可能性……"

一阵尴尬的沉默。米歇尔·丹哈姆焦躁地捻灭了烟头,然后严肃地朝欧文看了一眼,眼神中有一丝高傲。

"我知道您声名显赫,伯恩斯先生。很多人都向我提到过您,说您具有非凡的能力,能够处理最错综复杂的难题。而且您不是警察,这能免除我采取官方渠道的麻烦。和警察打交道总是很麻烦,您肯定能理解。所以我就先来找您,向您吐露我的怀疑。其实我很肯定,就是他。从某种意义上说,我不愿意这么做。因为我觉得自己是在干卑鄙的告密的勾当,从而除掉一个难缠的情敌。但是在另一方面,我不能保持缄默……我无所作为就等于是犯罪！因为他很可能会继续作恶，也就是说他会继续实施那些邪恶的‘犯罪七大奇迹’！”

一段长时间的沉默。我感觉这个年轻人的指控有点荒唐，而且是带有偏见的。但是我的直觉告诉我案子有眉目了。我的朋友一副全神贯注的神情，证明他的想法和我一样。

“爱情，尽人皆知，能够让人失去理智。这也是改变世界的决定性力量之一。我不想向您隐瞒，丹哈姆先生，就我个人的观点，我认为这个令人迷惑的案件的动机应该和您刚才所提到的一样。但是，您应当明白，到目前为止，您的指控没有任何看得见摸得着的依据。您还有其他理由能够证实保罗·布鲁克先生有罪吗？”

“虽然这不能证明什么，但是我可以证实在四月二十日，也就是最后一次谋杀发生的日子，他没有在家。至于前两个案子，我相信他也不在家。但是我不敢肯定，我的记忆过于模糊了。不过，我确信无疑的态度并不是建立在这些信息之上的。先生，您应当比任何人都更清楚，一个狡猾的罪犯总是能够给自己安排一个合情合理的不在场的证据。我坚信，为了艾美莉，保罗已经完全失去了理智。这主要是出于自负，而不是出于真正的爱情。他是一个行事诡秘的家伙，很少表露自己的心迹。我相信他对我怀有深深的嫉妒之心，以至于他把完成艾美莉所设下的挑战当做了头等大事。只有通过频繁的接触和了解，您才能够理解他的这种做法。”

欧文频频点头，泛泛地表示同意。然后他问：

“您经常和他发生冲突吗？”

“刚开始的时候是这样的。但是从那次著名的晚会之后，我们就再也没有发生冲突了。他的态度转变得如此突然，我认为这也很可疑……”

“有人知道您今天计划来访问我吗？”

米歇尔摇头否认。

“那么有人知道您心中对他的怀疑吗？”

“也没有人知道。您肯定能够理解，我不可能跑到我的雇主那里，告诉他说他唯一的儿子很可能是苏格兰场急于寻找的罪犯。”

“您也没有告诉您的心上人，艾美莉小姐？”

“我曾经想和她讨论这个问题。”年轻的画家叹着气说，“但是我没有这么做……这个问题很敏感。她可能会认为这是我的诡计……最后她可能会因为同情而偏向那个家伙。总而言之，尽管我很想这么做，我一直下不了决心。也是因为这个原因，我请求您对我的委托严格保密。请务必考虑一下我的尴尬处境。此外，我也请您不要以我的个人名义展开调查。我只是想要向执法者提供我个人觉得很关键的信息，以便为调查工作尽一份力。”

“我很理解，丹哈姆先生。我很理解您的处境。”

又是一段沉默。来访的年轻人意识到他已经占用了主人太多的时间，他起身告辞了。在他离开房间之前，他犹豫了片刻，然后又转身问了最后一个问题：

“我找对了人了吗，欧文先生？”

“您找到了最合适的人选，丹哈姆先生。我们很快就会有幸再次见面。”

等客人的马车在街道上远去之后，我离开了窗户，回到了我自己的坐椅。

“现在就我们两个人，”我对欧文说，“我认为有些东西您应该向我解释一下……”

“等一下，我要先去看看今天的信件到了没有。”

“肯定到了，已经十一点多了。但是您的信件又跑不了。我要跟您说的就是有关信件的问题，具体点说就是您藏在《德·拉封丹寓言集》里面的信件，如果在这期间您没有换地方的话。”

欧文神情郑重地朝我看了一会儿，随后他笑了起来：

“我亲爱的阿齐勒，如果您当时仔细地听我说的话，您就会明白我没有欺骗您……”

“别担心，我可以理解您有时候用词很谨慎！”

“而且我已经向您解释过为什么我对您的某些问题三缄其口。再说，凭借您无与伦比的洞察力，您最终总是能够发现真相。我只需要举出一个简单的例子，比如说最近的一次，当我们谈到犯罪艺术的时候，您就说到了‘这个犯罪奇迹’。现在怎么样？我们听到了‘犯罪七大奇迹’的说法，和您说的不正相符吗？实际上，当我想到这一点的时候，您已经深信不疑了。

“我向您承认，就像我对丹哈姆先生所说的那样：我参加了布鲁克先生组织的晚会。对于这位布鲁克先生，我只是有所耳闻。您应该知道，那些稍有点才学的人都很欢迎我这样的人出现在社交晚会上。当我收到那个神秘的字条之后，我很自然地想到了艾美莉小姐丢给她的追求者的挑战。那个字条和她当时说的话一字不差。”

“她是对其中一个追求者说的，还是所有的追求者？”

“我不知道。如果我没有记错的话，我的印象是她向两个人一同下了挑战书。但是米歇尔·丹哈姆的说法不是这样的。顺便问一句，您认识这位艾美莉·多勒小姐吗？不认识？那我提醒您，她在各方面都很迷人，总是公众目光的焦点。毫不夸张地说，所有的人都对她动心……”

欧文转过身，含情脉脉地朝一个缪斯微笑着，好像把她当做了那个年轻的女孩子。

“我认识的不少男人都不惜代价地想要替代这两个相互争斗的年轻人的位置。简单说吧，他们对艾美莉的一往情深，还有他们之间相互嫉妒都是很正常的。您可能很快就会有机会见到她，因为我打算近期去拜访她……”

“如果您认为我有在场的必要，我并不反对……”

“对我来说，您就像兄弟手足一样。”他朝我上下打量了一番又说，“而且我相信，您可能也有机会追求她。不过在现在的情势下，追求者的身份并不是什么好事。别人有可能会怀疑您，也会认为您为了赢得美人的青睐而去实施‘犯罪奇迹’。但是说到正题上，阿齐勒，鉴于他们对艾美莉的痴情，我确实曾经考虑过这个可能性，说不定哪个鲁莽的家伙会把这个挑战当真！我这么想过，但是我并没有当回事，因为在我看来这太滑稽了。但是现在，他们当中的一个来向我叙说那些我不敢声张的想法……”

“您怎么看这位丹哈姆先生？他可是一个职业画家。”

“一个艺术家。他平时应当是一个很吸引人、甚至是很风趣的人。但是现在看来，他的情绪已经让他完全丧失了幽默感。”

“我是说他是一个画家这个事实……他的这个职业很容易让人联想到犯罪中的艺术家，您上次可是向我大肆渲染了一番。”

“老天爷，阿齐勒，我说的只是一种印象！您什么时候才能停止从字面上理解我所说的话！”

“您好像忘了，我们所面对的罪犯给警察邮寄了画板！”

“我已经跟您说过上千次了，我们这个职业最大的敌人就是草率地下定论！”

我对他的反应并不惊讶。如果一个结论看起来太显而易见了,欧文总是倾向于拒绝。

“那么按照您的想法,”我问,“上次是不是他给您寄了那个字条?”

“您应该去问他。但是我想不是他。我更倾向于……”

这个时候门铃响了。过了一会儿,欧文领进来一个警员。那个警员凶神恶煞般的表情可不是什么好兆头。他气喘吁吁的声音也表明事态是十万火急:

“是维德科恩德警官派我来的。”他含糊不清地说,“他请求您跟我去一趟案发现场……苏格兰场今天早晨又收到了一个画板。我们刚刚在一个类似暖房的地方发现了受害者。那个地方看起来没有人进出过,也根本没有锁着……我们在那里发现了一位罗德斯上校。他是渴死的。在他面前有一满瓶的饮用水!”

06

穿过泰晤士河之后，我们朝着西边“六十亩树林”的方向快速地前进。道路两旁交替出现用做园艺或者是花卉种植的场地，它们都被灌木或者高大的树木所围绕着。整个环境看起来很荒凉。在一个树林的边缘，我们看到一些马车停在那里，车夫都在旁边耐心地等着。看来苏格兰场已经展开行动了。

我们的马车停在了旁边。我们刚一下车，就有一个警员过来带我们顺着一条小路走进树林。走了大概一百米，面前豁然出现了一大片空场。在空场的中央是一个类似小房子的温室。

我们朝着温室走了过去。在一口井的附近，我看到在地上有一连串的木板。木板下面的地面光秃秃的，很平坦，而且上面有些许干裂的龟纹。这四天来，都是艳阳高照，已经把地面都烤干了。警察们都只在这些木板上行走，他们之中的一个也建议我们用这个方法走进小温室。

这是一个很小的房子，只有一个很简单的屋顶，上面铺着一层沥青。四周没有墙，而是很多大玻璃，这使得房子成为一个大号的温室。房子里几乎没有家具，只有一个破旧的五斗橱，上面堆着一些瓶瓶罐罐和园艺工具。地面上铺着杉木板作为地板。在地板的中央躺着一个健壮而高大的男人的尸体。这个男人看起来有五十多岁，赤裸着上身。他的头发剪得很短，肤色很重。他的右侧身子着地，身体很奇特地蜷曲着。但是最引人注目的是他脸上的表情，他的脸上满是沟痕，像是雕刻出来的一样。他的背部显露出强健的肌肉，上面还有一些旧伤疤。

在尸体的旁边站着几个人，有法医，一个穿制服的警员，还有维德科恩德警官。他向我们点了一下头，算是打了招呼。维德科恩德的皮肤闪闪发亮，一方面是因为这个房间里有超常的热度，另一方面是因为这个新的谋杀案惹得他怒火中烧，又感觉到无能为力。他仍然努力地挤出一个笑容，一个毫无欢快之意的笑容。他向我们宣布说：

“受害者是赫克托·罗德斯少校。我们在他的上衣里发现了他的证件，他的上衣被整齐地放在了五斗橱上。但是他的衬衫团成了一个球，在房间的一个角落里。我们是在今天早上收到了通过邮局寄来的画板。我们的‘艺术家’在上面画着:‘当我到达天顶的时候,我会杀死罗德斯。’(JE TUERAI RHODES QUAND JE SERAI AU ZENITH.)”

“没错,这是很显然的。”欧文小声地嘀咕着,像是自言自语。

“和前几个警告相比,这个警告透露的信息并不很清楚。但是这次我们并没有花太多的时间就找到了相对应的案件。因为收到警告信两个小时之后,就有人报案了。这具尸体在不到一小时前被人发现了。这一次,我们可以说是受幸运之神眷顾了。我们到了之后,我立刻把在现场找到的所有东西都送去检查了。我认为,我们已经收集了所有那些能够有所帮助的东西。在死者的身后有两把铲子,都断成了两截;在他的身边有一副望远镜;在他的鼻子跟前居然……是一个盛水的瓶子!里面的水满满的,是绝对可以饮用的水!但是这个人是死于脱水,完全脱水了,就好像他在沙漠里徒劳地长途跋涉,最终晕倒了……渴死了!在一满瓶水跟前渴死了!”

“了不起,”欧文发出一种赞美的惊叹。“真是了不起!和我们打交道的是一个极其出色的罪犯!”

“您就想说这些?”警官恼怒地说。

“考虑到礼仪问题,我就只说这么多好了。对于这样的谋杀,即使是最挑剔的犯罪专家也应该发出赞叹。算了,告诉我,他死了多长时间了?”

“照我看,刚死了不久,”法医回答说,“最多是十几个小时,但是我还是愿意等验尸的结果。当然了,验尸也不一定能给出更精确的估计。根据我的初步检查,我几乎可以肯定他已经好几天滴水未进了。注意看他的皮肤,肤色暗淡而干燥,这足以说明问题了……”

“您认为,他有多长时间没有喝水了?”

“考虑到这几天的天气情况,如果他一直待在这个闷热的地方,应该不超过三天……”

维德科恩德警官又说:“我们可以确定他一直待在这里,我们有铁证。这个证据也是这次谋杀最让人称奇的地方。跟我来,先生们……”

他走出了屋子,但是只是在木板上走了几米的距离。

“看那边,”他指着房子周围那一大片空场说,“在十几米的距离以内,地面上刚撒过草籽。在这几天暴晒之前,应该有过一场大雨。因为雨水和日晒的作用,地面上形成了一层很薄的硬皮,上面还有很多规则的裂纹。即使是非常轻的脚步也会在这个表面上留下清晰的脚印。但是,那个发现了尸体的园丁,还有我们,都能够证明这周围只有我们这些人留下的脚印!我们立刻就采取了预防措施,在地面上铺了木板,所有的人都只在木板上行走。另一方面,你们也会注意到,这扇门上既没有门锁也没有插销。受害者不可能是被‘关起来’了,也不可能是被凶手用暴力禁锢住了。他只需要打破任何一扇玻璃就能逃出来。表面上看来,他有完全的行动自由……”

欧文出神地看了看四周，然后又用手遮住眼睛，抬头朝着太阳望过去。现在太阳正在天空的高处闪耀着。

“看看现在几点了？”他若有所思地说。“还不到下午两点……这个人已经死了有十多个小时了？也就是说是在清晨的时候死的？值得注意的是这一次凶手不够准时……”

“我不明白您的意思。”维德科恩德干巴巴地说。

“他不是说了吗？在‘我’到达天顶的时候‘罗德斯’就会死掉。我毫不犹豫地把这个‘我’理解成太阳。实际上，太阳就是凶手，它用热量压垮了罗德斯的抵抗。告诉我，维德科恩德，在这最后一个画板上有没有用来替代隐去的字母的小点儿？”

“没有。我很留意了这个问题。”

“我很怀疑。”欧文的回答里有一种恼人的自信。

“您不相信？”维德科恩德取笑他说：“可能您也很怀疑这个受害者是不是赫克托·罗德斯！①”

---

① 特洛伊国王 King Priam 与第二个妻子 Hecabe 所生的大儿子名为 Hector 赫克托，是特洛伊的头号战将。

Rhodes 指古代七大建筑奇迹中的罗德斯岛巨像。希腊的罗德斯岛是爱琴海通往地中海的门户。2000 多年前，岛上有一个繁华的港口——罗德斯港。这里的商业十分发达，穿梭往来的商船每天都挤满了航道，一派热闹兴隆的景象。独特的地理位置和巨大的商业利益使罗德斯岛成了兵家必争之地，著名的罗德斯岛保卫战就发生在这里。

公元前 305 年，马其顿帝国出动 4 万大军(这已超过了当时岛上的人口总数)包围了罗德斯港。岛上居民联合起来共同抵抗侵略，经过(接下页注文)

“从某种意义上讲，我确实怀疑。我可没有想到会是如此显而易见的名字……”

“一个显而易见的名字！”警官惊诧地瞪大了眼睛，重复着欧文的话。“您到底想要说什么？”

“这是合情合理的推断，维德科恩德。我们来看看手头上的信息，再稍稍思考就行了。您注意到他的身材了吗？是一个可怕的彪形大汉，粗略看来，我猜他有一米九。简单地说，这是一个巨人。”

我们又回到了尸体旁边。法医的估计也是如此，他的态度比欧文更加肯定。

“您肯定他的身上没有搏斗的痕迹吗？”警官问。他现在开始紧张了。

“从我的初步检查来看，我可以肯定没有搏斗的痕迹。”法医回答说。

“那么说，初步看来，他任由自己死去……在一个水瓶面前渴死。”维德科恩德阴沉着脸沉思着说。

“我这一辈子也没有听说过一起这样的自杀案！”法医意

(接上页注文)艰苦战斗，罗德斯岛联邦赶跑了入侵者，缴获了敌人大量的兵器。为庆祝胜利，岛上居民决定用缴获的青铜兵器为自己的守护神——太阳神西里奥斯建一座雕像。

雕像大约于公元前282年完工，整体用大理石建成，表面用青铜包裹，内部用石头和铁柱加固，高约33米，与10层楼高的纽约自由女神像差不多。传说中雕像两腿分开站在港口入口处，过往船只都从雕像腿中间经过。

味深长地撇了一下嘴，“在他最终死去之前，脱水应该会首先导致剧痛，这是因为他已经丧失了一些关键的机能，然后他会逐渐感到飘飘然，直至休克。除非他是一个疯子……而且……我实在无法相信自杀的说法！”

“可是，按照您自己的分析，事故或者谋杀也同样不可能！”

“这倒是。但是，我的任务只是告诉你们我观察的结果，完全是技术上的意见。有了这些信息，该轮到你们来解释剩下的东西了……”

“但是剩下的东西都是自相矛盾的！”

“这是你们的问题。”小个子的法医一边说一边整了一下眼镜。“我不能给您提供什么建议，但是从你们收到的画板来看，我还是倾向于谋杀……”

“老实告诉您，我也不相信其他可能性。就是因为这个原因，我请求您在做尸体解剖的时候特别留意我先前向您提到的东西……”

“您有什么想法，维德科恩德？”欧文愉快地问。

“我确实有点想法。我认为这个作案只有一种解释。凶手是对受害者实施了麻醉，或者是让受害者处于持续的昏睡状态。我不知道他给受害者注射了什么药物，导致受害者一直昏迷，最终脱水而亡。”

“那么这个水瓶又是干什么用的呢？”

“那只是一个放在那里的道具，完全是为了嘲笑我们。”

“那么望远镜呢？”欧文强调说，“即使是起装饰作用的道具，它总得要有种暗示的意义。”

警官耸了一下肩膀，表示对此一无所知。

“通常来说，望远镜的用处是看远处的东西。”我的朋友又说。“但是，我们从这里能看到什么？”他一边说一边凑到一个玻璃窗前面扫视了一遍外面的景观。“大概一百米远的地方是树林的边缘，周围是一大片空地和一些灌木丛……说实在的，没有什么可看的。我真心希望您能通过尸体解剖发现神秘的麻醉剂，我亲爱的警官……否则的话，我们只能祈祷有灵机一动的好运气来解开这第四个令人费解的谜题！”

在去往塞温斯宅第的路上，欧文向我简要地介绍了他所收集到的关于头号嫌疑犯——保罗·布鲁克——的信息。我们上次和维德科恩德警官会面已经是二十四小时以前的事情了。从那之后，我们没有听到任何新的消息。昨天，在和维德科恩德告别之际，欧文向他提到了米歇尔来访的事情。欧文还说他对米歇尔的证词持谨慎态度。维德科恩德警官建议他先自行展开调查工作，先了解一些背景情况，然后再考虑官方的介入。约翰·布鲁克的名头让维德科恩德警官采取了比较谨慎的态度。尽管他赞同欧文的做法，他还是请求欧文尽可能低调行事。

这是五月底的一个下午，天气非常晴好。我望着周围宁静的英国乡村风光，无法抑制地联想到了康斯特勃的绘画作品。我们经过了一个小湖泊，湖水映照着天空中那些像棉絮一样的小朵云彩，就像是画家们在画布上渲染出来一样。尽管只有五六英里远，我们已经完全抛开了首都伦敦无休止的喧嚣！

“实际上，”欧文说，“我了解到的约翰·布鲁克的情况比他的儿子要多……”

“他的儿子还有大把时间去闯荡出自己的名声。”我发表评论的时候并没有把目光从湖水上挪开。

“说的没错。但是希望他不要靠犯罪去赢得声誉！不管怎么说，我怀疑他是否具有他的父亲的旺盛精力。要知道，他现在是富有的造纸厂老板，是这个地区很有影响力的人物。在这之前，约翰·布鲁克的生活经历丰富多彩而且跌宕起伏。在十九世纪的七十年代初期，他频繁来往于巴尔干地区。他还花了一段时间来支持泛斯拉夫运动①。后来，他陪伴着一位年轻的斯拉夫女子回到了英国。很快，他就和那个女子成了婚。然后他出版了一本讨论时事政治的书。接着他开始投身于地理学的研究，还有古币学。他是古希腊和古罗马硬币方面的专家……”

“和托马斯爵士的情况一样！也许他们相互认识？”

---

① 19世纪东欧和中欧的斯拉夫族知识分子倡导斯拉夫人加强团结、反对异族统治的理论和运动。

“我也想到这一点了。他曾经写过一部这方面的专著,他好像还拥有不少出色的古币收藏品。还有,他还曾经对另一个领域着迷过一段时间:埃及考古学。在十九世纪九十年代,他组织了几次私人考古活动,目的是寻找法老王的坟墓。在这些考古团队的人员清单上,我发现了托马斯爵士的名字。这足以证明,他们两个人相互是很熟悉的。这些考古研究的成果算不上出众,但是由这些考古活动所引发的课题值得继续深入地研究。二十世纪初,他果断地把精力转向了商业活动,后来的商业成就是尽人皆知的。但是专心经商并不影响他继续关注艺术领域。他慷慨大方地资助年轻的艺术天才们……”

“比如说米歇尔·丹哈姆!”

欧文把他的笔记本往后翻了一页,然后做出了一个怪相:

“看起来他的儿子,唯一的儿子保罗给他惹了一些麻烦……”

“一个惯坏的孩子?”

“肯定不是受到他的父亲的溺爱。因为在保罗年轻的时候,他的父亲一直很少在家,就像我刚才说过的。有可能是他的母亲溺爱他,但是我不能确定。现在他已经有二十五岁了。他曾经学习艺术和文学,过着悠闲而封闭的生活。他可能会是一个未来的天才。”欧文若有所思地补充说。

“一个犯罪天才！”我冷笑说。

“我刚才说的天才就是这个意思。但是别说了，我想我们已经到了！”

塞温斯宅第被掩藏在一片千金榆树篱的后面。这是一座格鲁吉亚式样的贵族宅邸，在古色古香的褐色砖墙上是很显眼的白色石头廊柱。在落日的余晖之下，那些大玻璃窗闪闪发光。

迎接我们的是一个年事已高的仆人，他的身子不停地因为咳嗽而摇晃。接过了欧文的名片之后，他回到了房子里。过了几分钟，他回来告诉我们说保罗·布鲁克愿意在花园里接待我们。我们跟着那个老仆人走到了房子的后面，那里有几个椅子和一个铁铸的桌子被安放在一棵垂柳的阴凉下面。花园里有一大片草坪，四周围绕着一圈椴木，看起来赏心悦目。花园中间有一条小路通向一个类似花房的建筑，房子的一部分被树木的枝叶挡住了。

保罗·布鲁克的头发乌黑发亮，很显然是从斯拉夫血统的母亲那里继承来的。他的脸色有些灰暗，使得他深蓝色的眼睛更突出了。他的身材消瘦，中等高度，宽肩膀。在我看来，他比米歇尔·丹哈姆更英俊(后者其实已经不错了)。他的目光既温柔又不乏野性——就好像是被禁锢住的本性，一心想要倾诉衷肠。

他很礼貌地向我们问好，坐到我们的旁边。然后他询问我们来访的原因。

欧文是一个能言善辩的人,他把我们的调查说得好像是天底下最平常不过的事情。他自称回忆起在约翰·布鲁克先生组织的晚会上,艾美莉小姐出了难题。他琢磨着这也许和最近发生的系列谋杀案有联系，他还想要知道保罗·布鲁克能否在这方面帮忙。

欧文的口才确实出众,但是主人的反应还是出乎我的意料之外。他脸上的表情是一种喜出望外的惊讶。

“真是太巧了！”他叫了起来,“您就是著名的欧文·伯恩斯！真是的,怎么这么巧！这些天我正准备去找您,和您讨论一下这些谋杀案的问题。而今天您就正好来找我了！(随后,他压低了声音说)先生们,我认为我知道凶手是谁,我知道是谁在背后捣鬼……”

07

保罗所透露的怀疑和米歇尔·丹哈姆的怀疑几乎一模一样。当然,其中的角色互换了。按照保罗的说法,凶手无疑就是那个年轻的画家。“那个不知廉耻的家伙”还来骚扰他的感情生活,完全是不要脸的做法。保罗提醒说要当心米歇尔冷静的外表,那只是一个伪装。在他的外表下面潜藏着一个行事非常果断的家伙,为了摆脱对手(具体来说就是保罗·布鲁克他自己),米歇尔什么都敢干。至于艾美莉所设下的挑战,米歇尔更是当做头等大事来看待。

保罗向我们建议一起围着房子走一走,很显然是怕有人偷听到我们的对话。

保罗的脚步看似漫不经心,眼睛盯着地面,他压低了嗓音继续说:

“很自然,刚开始的时候,我对这个想法半信半疑,这也太难以置信了。但是最近我注意到了报纸上不断出现的关于谋杀案的报道……我意识到丹哈姆完全有可能就是凶手。他肯定是发疯了,为了一了百了地把我除掉,扫清他面前的道路,他不惜为了艾美莉去实施'犯罪奇迹'。我越想就越肯定。就像我刚才说过的,我正准备去找您讨论一下这个问题……"

"您没有给我寄过一个字条作为提前通告吗?"

"一封信?"我们的主人吃惊地问。

"一封信,或者是一个字条之类的东西……"

保罗·布鲁克摇头否认。

"为什么您要来找我呢?"欧文简洁地抛出了问题。他假装正在全神贯注地查看刚刚摘的一朵野花。

"是因为您的名声,先生。我认为您最能够理解我对丹哈姆的怀疑。而且最近在我们家里也有人提到过您的名字。我相信您认识我的父亲,是吗?"

"您的父亲很善意地邀请我参加那个圣诞晚会,我因此有幸结识了他。我们只是简单地交谈了几句。但是这简短的交谈已经足够让我发现您的父亲在艺术领域有非凡的评判能力……"

保罗·布鲁克清了一下嗓子,毫无过渡地又回到了他刚才说到的主题:

"今天早晨,我看到了报纸上关于最近一起谋杀的报道。

我已经毫无疑虑了,我认为,这一次神秘的谋杀肯定是出自他的手笔！”

“我能问问您为什么吗？为什么不可能是其他人？”

那个年轻人把他叼在嘴上的嫩草取了下来：

“因为受害者是罗德斯少校，他可是一个不折不扣的巨人……”

欧文的眼睛一亮。他朝我瞥了一眼,然后又转头看着保罗·布鲁克。那个年轻人斜着眼睛看着我们说：

“罗德斯少校，一个巨人……这个名字让我不可避免地联想到了古代七大奇迹之一，著名的罗德斯岛的巨人雕像。‘犯罪七大奇迹’这个主意就是要仿照那七个著名的古代奇迹,那个疯子丹哈姆现在正在这么干……”

“罗德斯岛的巨人雕像……”我嘀咕着。这时候欧文用嘲讽的口气说：

“现在您明白了吧，为什么我说那个上校的名字显而易见？”

“当然,”布鲁克又说,“这并算不上是一个证据。但是这是又一个迹象,和其他迹象一样都指向同一个人。另外,我知道丹哈姆认识这位少校。大约一年前,我们偶尔一起出去喝一杯,那时候丹哈姆还没有对艾美莉动心。他最喜欢去的是一家叫做公牛的酒馆。他在那里向我介绍了罗德斯少校,少校和他一样是那家酒馆的常客。那个家伙是一个冷酷无情的军人，喜欢吹牛，嗜酒，追逐在女人的裙边，喜欢打架，还喜欢各种挑战。他就喜欢吹嘘他自己的功绩，说他追到过多少女人，喝了多少啤酒，还有在战场上屠杀过多少土著人。那是一个讨人嫌的家伙，我尽可能地避开他。但是我不知道他和丹哈姆之间除了酒友的关系是不是还有其他勾当。反正事实摆在那里，他们两个人是认识的。”

“您说的这些都很有帮助。”欧文一边说一边松开了领结。他用手指着小路两边成排的法国梧桐说：“天气有点热了，我建议到树木的阴影下面继续散步……布鲁克先生，请告诉我，您是否已经看到过丹哈姆先生的绘画作品？”

我们还没有走到高大的树木的阴影下面，布鲁克的脸色已经阴沉了下来。

“当然了，我见过……他已经在我们家待了一年了，他是个画家……”

“您认为他有天赋吗？”

“我不是鉴赏家，但是我认为他的作品很平庸。我发现他倒是善于改变主题。我很清楚地知道我的父亲要求他画一组埃及风光，是尼罗河以及河岸在不同的光线下的景观。按照我的意见，他最好老实地按照要求画！”

他语调里的变化并没有逃过欧文的注意，欧文假装随意地问：

“怎么了？他画了其他东西？”

我们年轻的主人眼光黯淡了下来：

“是的。但是在讨论这个问题之前，我有必要向你们申明一些东西。否则的话你们有可能会对艾美莉产生误解……”

欧文常常宣称：要想撬开别人的嘴巴，最有效的方式就是表示关注又保持沉默。他说得绝对有道理，而且凭借纯熟的技巧，欧文在这个方面是出类拔萃的。其实，如果有合适的机会，加上吸引人的话题，即使是天性内向的人也会吐露出知心话。这一次也不例外：艾美莉很显然是保罗·布鲁克最在意的人，他说话的时候声音带着难以察觉的颤音。

“我小的时候就认识艾美莉，因为我们的父亲是很要好的朋友。他们一同去埃及进行考古活动的时候，我们都只有十多岁。我留在了英国，但是多勒先生把他的女儿带在了身边。她在埃及度过了一段很美好的时光。多勒先生在一次考古活动中去世了，最后是我的父亲照顾她。但是我猜测我的父亲当时醉心于研究工作，没有太多的时间来照看艾美莉。他们回到英国之后，艾美莉住到了她的婶婶家。在那些地区人们都充满了激情，所以她受了感染……这么说吧，她的举止在某些方面是轻率的……”

年轻人的脸上显现出一抹红晕，他的窘迫显而易见：

“她有一种……怎么说呢？……对于羞耻没有太多的顾忌……比如说，天气好的话，她会毫不犹豫地在花园里散步，身上毫无遮拦。我曾经试着劝说她，让她理智一些，但是她看问题的态度是很特别的。另外,她的这些想法也和某些人不谋而合,如果您明白我的意思的话……”

“我相信她是一位非常有个性的女孩子。”欧文评论说。他一直装作在欣赏一朵花。

“您说得很对。丹哈姆正是利用了她的这种特点来编织罗网,请允许我这么说。因为他很快就提出要以她为模特绘画……按照夏娃的姿态。艾美莉自然很喜欢这个主意。我需要说明一下,在那个时候我和艾美莉还没有相互表白,至少是还没有正式表白。可是,私下里我们都知道这段长久的友爱最终必然会形成更亲密的关系。不幸的是,我所担心的事情发生了……”

“他们坠入了爱河!”欧文替他说。

“这么说吧,他自以为对艾美莉抱有爱情,其实那是一种兽性的冲动。但是他的感情并没有像他想象的那样得到艾美莉的回应,他完全想错了。面对这个挑衅,我必须采取行动。我告诉艾美莉我对她的感情,告诉她这是我长久以来的真情。我们之间相互的感情足以让她回心转意了,但是她要求我给她一段时间思考。她说不能一下子抛弃丹哈姆而和我交往。简单来说,这种尴尬的局面一直持续到现在……但是现在看来丹哈姆想要做一个了断……用如此卑鄙的手段!这真是太过分了。”

保罗·布鲁克说话的时候,有好几句话都到了我的嘴边,又被我咽了下去。比如说,我想直截了当地告诉他:就在一天前,丹哈姆跑来向我们诉说了几乎同样的内容,只不过是换了抨击的对象。我忍住了没有说,而是让欧文来处理。因为我知道如果我犯了战术错误,欧文是不会原谅我的。

"丹哈姆先生完成了以艾美莉为主题的画了吗?"欧文突然发问。

"从某种程度上说是完成了。"布鲁克揉着自己的脖子回答说,"在最后画完之前,我把那幅画扔进了火里。艾美莉不太高兴,但是我向她解释说这是我对她的感情的证据。"

"您的父亲知道艾美莉为他当模特的事情吗? 这算得上有点出格……"

保罗·布鲁克停下来, 目光盯住了他面前的高大的法国梧桐树茂密的树叶。

"他当然知道,"保罗说话的时候语调出奇地平淡。"就是在父亲给丹哈姆准备的工作室里,艾美莉为他当模特。但是我的父亲没有丝毫的气恼。他对生活的态度很豁达……只要是以艺术的名义……干什么都可以。"

"那么您的母亲,她怎么想? "

"自从我母亲认识我父亲以来, 她就从来没有过什么不同意见。我的父亲是为了她的祖国而奋斗的大英雄。对于我的父亲的作为,她从来没有过一丁点儿的怨言,即使是他不在的时候……"

“如此说来,您的母亲和您的心上人性格迥异。”欧文兴高采烈地说。

一瞬间,布鲁克像是变成了另一个人。他的脸上洋溢着平静而甜蜜的微笑,完美地表达出了他对刚才提到的年轻女孩的眷恋之情。

“她是如此地动人,如此地美丽,以至于最美丽的花朵在她旁边都会黯然失色……”

等我们的主人叙述完他对艾美莉的溢美之词,我们正好回到了原来的位置。我们穿过布鲁克家的草地,来到了那个小花房的前面。我刚才坐在花园里的桌子边的时候就隐约看到了那个花房。从房子通过来的小路一直延续到一个很长的凉棚那里;凉棚上爬满了各种铁线莲属的蔓藤植物。凉棚一直延伸到一个类似凉亭的建筑,那是五根围成一圈的立柱,上面没有顶,但是有一个圆圈把五根柱子连在一起。在这个建筑上也覆盖着一棵蔓藤植物,虽然没有凉棚上那么繁茂,但是给建筑抹上了淡雅的色彩。这个奇怪的建筑的中间是一个天球,看起来像是一个殿堂里的圣物。

“真是绝妙!”欧文望着这一组建筑赞叹说。

“这是我父亲的主意。”保罗·布鲁克不动声色地回答。“他为了这些圆柱的复制品付了非常可观的一大笔……”

“这并不让我吃惊。这些柱头都是精心雕琢出来的,雕刻家很有品位,懂得取舍。我喜欢这种风格,在优雅和简洁之间寻求一种平衡。一件艺术杰作必须同时具备优雅和简洁的特点。”

我能够看出来，保罗·布鲁克并不赞同欧文对于这个建筑作品的热心赞颂。他片刻的沉默之后说：

“‘冥界之门’，也是我的父亲给它起的名字。那个长长的凉棚是从房子走过来的必经之路。按照他的说法，凉棚代表了生命的隧道。天球当然就代表了生命的终点，通往未知世界的起点……我的父亲对他的这个创造很自豪……他甚至希望死后埋在那里。”

晚上，在一个伦敦的酒吧里，我们等着维德科恩德。他给我寄了一个便条，通知我们在那里和他会面。借着这个机会，我向欧文介绍了一下与保罗·布鲁克会面之后，我所做出的新推论。

“我承认，我其实应该早一点想到那个‘罗德斯岛的巨人雕像’和死者名字之间的关系。但是我们当时都被这起新的谋杀惊呆了，来不及仔细思考……”

“我们总是处于惊愕之中！”欧文把刚喝干的大啤酒杯放下，纠正我的说法。“至少您没有及时看穿这个秘密！”

“没有的事！但是布鲁克所说的东西给了我一个启示。既然这起谋杀是和‘七大奇迹’之一联系在一起的，我自己想，为什么其他谋杀不是呢？您明白我的意思吗？仔细考虑一下前面的几起谋杀，我们也有可能会找到一个相对应的古代奇迹,不是'罗德斯的巨人'那个奇迹,而是剩下的其他六个奇迹当中的一个! 您在听吗,欧文?"

"我想要认真听。"欧文看着我,露出愉悦的笑容。"但是这可不是容易的事情! 这个房间里也太喧闹了。(他转过身,用洪亮的声音说)那些玩飞镖的人,如果你们能好心放低声音,我们真是感激不尽。你们每次射中的时候都像是发情的大象一样嗷嗷乱叫!"

"欧文,您是不是发疯了!"我恳求地说。这个时候我们的桌子已经成了许多仇视的目光的焦点。"您难道想变成浑身都是飞镖的豪猪?"

"在人生中,有时候您需要给自己树立威信,我的朋友。尊敬是这个社会的一个基石。如果没有了尊敬,即使是最繁盛的文明也会倒塌,就像不可一世的巴比伦文明一样。刚才您在跟我说第六个奇迹是吗?"

"没错,我正在想第一个谋杀案,就是关于亚历山大·瑞雷的那个案子。他在一个灯塔的顶端, 像火把一样燃烧。'(他)在晚上熊熊燃烧,好像他自己就是灯塔',一个目击者就是这么说的。至于凶手的警告信,他向我们宣布说:'全世界都将看到! 他会成为大海上的太阳'……这句话说的不就是灯塔吗?那个非常出名的,修建在法洛斯岛上的灯塔!神奇的'亚历山大港的灯塔'?那也是七大古代奇迹之一!'亚历山大港的灯塔'俯瞰着地中海,用它的壮丽和光芒照亮了地中海！那个灯塔是亚历山大港(Alexandrie)的骄傲，这个名字和受害者的名字亚历山大(Alexandre)很接近……只要把他的姓氏瑞雷中的字母I添上去就行了。凶手已经在他的警告信里特意强调了这个字母，就是为了凑成Alexandrie……您在听我说吗？”

欧文的嘴角上一直带着笑容。他从容地点上了一只雪茄，然后开口了：

“阿齐勒，您把我当做白痴了吗？您刚才满腔热情地向我解释的这些，我早就想到了。两个月前，我第一次听说这桩突如其来的谋杀案的时候，确切地说是四月五号，我脑子里首先想到的就是这些东西。”

“好吧，我就知道您要这么说。可是，您干吗这么古怪地盯着我……”

“因为这也太滑稽可笑了。算了吧，我们继续。我猜凭借您敏锐的头脑和清醒的思维，您肯定已经把另外两桩谋杀案和其他的古代奇迹联系起来了……”

“当然了，但是我对于那七个古代的世界奇迹的印象已经不是很清晰了，那也太久远了……”

欧文的目光里满是深深的责备。

“这比犯下谋杀还要糟糕，阿齐勒。这是一个严重的过失，和您不能随口说出九个缪斯一样属于不可原谅的过失。可能比那个还要严重……”

“我记得有修建在吉桑的法老胡夫的金字塔[1]，有位于哈利卡纳素斯的毛索洛斯墓庙[2]，但是这两个我都找不到和谋杀案之间的联系……给我点时间，让我查查资料……”

“给您时间？现在时间多么宝贵啊，您很清楚‘七大古代奇迹’和这些谋杀案是紧密相连的。如果您允许的话，我来给您补上漏掉的内容。我们已经说过了胡夫的金字塔，那也太知名了，不用多说了。毛索洛斯墓庙是在哈利卡纳素斯，矗立在爱琴海的边上。接下来是巴比伦的空中花园，按照传说是由萨穆拉玛特[3]神秘的女王所建造的；然后是位于古城爱菲索斯的阿提密斯神殿[4]，那是小亚细亚沿海地区一个令人羡慕的城市。最后是奥林匹亚古城的宙斯神像[5]，据说神像完全是由著名的雕刻家菲狄亚斯[6]用金子和象牙制成的。好了，现在您需要做的就是认真研究这些古代奇迹，从中找出谋杀案所相对应的模板……我再给您点提示，您要知道阿提密斯在古罗马时代被叫做戴安娜。她是主管狩猎的女神，通常以弓和箭作为她的象征……”

---

① pyramide de Khéops a Gizeh.

② du mausolée d’Hallicarnasse.

③ Sémiramis.

④ le temple d’Artémis à Ephèse.

⑤ la statue de Zeus à Olympie.

⑥ Phidias：是古希腊的雕刻家、画家和建筑师，被公认为最伟大的古典雕刻家。

“托马斯爵士的谋杀案,他是被箭矢射死的！”我惊叫了起来。就在这个时刻,一只飞镖‘砰’的一声钉在了我们的桌子上,正落在我们的两个啤酒杯之间。我抑制不住地惊跳了起来。

一个皮包骨头的家伙朝我们走了过来。他穿戴得像是黑桃A,脸上是狡诈的笑容。他过来取回他的飞镖,同时朝欧文用嘲笑的口吻挑衅说：

“请原谅，真对不起……我把飞镖掷丢了……但是我是按照您刚才的吩咐,也就是说别太瞄准……我们继续这么玩吗？”

欧文摆出从容的威严劲头,吸了一口雪茄,然后直直地盯着那个对话者的眼睛：

“不必了。请你们保证不要像屠宰场里的小牛一样号叫。但是,如果你们当中有人能够掷出一个大满贯,我愿意请在场的所有人喝一杯！”

那个又高又瘦的家伙稍稍犹豫了一下,他的瞳孔里闪过一丝仇恨的光芒。但是他最后还是用和善而通情达理的口气说：

“就这么说定了,老板。看看我们能不能做到……”

欧文用目光追随着那个慢慢地走开的家伙,然后他迅速地转头对我说：

“鲁莽大胆和喜欢创新的精神,这也是文明的基石,对于建造‘七大奇迹’那个时代的人来说更是值得赞赏！刚才您跟我说到了托马斯爵士，阿齐勒！请继续……”

我停了几秒钟才从刚才发生的事件中缓过神来，要知道这种事情并不是每一次都能有如此幸运的结局。欧文刚才是在玩火。总有一天，他会倒霉。我向他提醒了这一点，然后又继续我们刚才谈到的，令我们感兴趣的话题。

“那只箭很显然是戴安娜的象征，或者是阿提密斯，总之是狩猎女神。那只箭看起来完全不可能是有人射出的，它更像是来自云端。这个特点也和神灵沾边，而且……我想到了！还有在受害者的手上捏着一枚硬币，硬币上面刻着一个希腊庙堂！那肯定是‘阿提密斯神殿’，也就是另一个古代奇迹！”

“很好，阿齐勒，很好。您超越了自我。但是您还没有破译画出来的警告信上面的一个信息：‘MISTER....A.’。MISTER A，您没有明白其中的奥秘吗？稍稍打乱这些字母的顺序，您就能重新组合出完整的‘ARTEMIS’(阿提密斯)。”

“是啊，您说的没错！”我为之一震，惊叹着说，“您刚一开始就发现了这个秘密？”

“可以这么说吧。算了，我们还是继续分析下一个谜题吧，这一个有点难度！我说的是‘MISS MARIE’这几个字母如何重组，而不是说给这个谋杀找出相对应的世界奇迹有难度。那个谋杀案对应的是巴比伦的‘空中花园’……那个装饰着花草的拱门，砸到受害者头上的巨大的花盆，还有那个可怜的女人在死之前提到一个古代的王后藏在天台后面……这毫无疑问是‘空中花园’。但是‘MISS MARIE’，这几个字您怎么解释呢，阿齐勒？”

经过短暂而无效的思索之后，我问他是否已经有了答案。

“当然了，我的朋友！您把我当成什么人了？要是连我都猜不透，这个世界上还有谁能做到？再说对于一个精于此道的人来说，这个题目简直就是小儿科！‘MISS MARIE’很显然可以转化为‘SEMIRAMIS’女王。”

我只好暗暗埋怨脑子转得太慢了。欧文又去要了两杯啤酒。他回来的时候，不太开心地对我说：

“很明确的是，这四起谋杀案都是在准确地模仿古代七大奇迹。这是一个系列谋杀案，就像我们所担心的那样，他可能不会停手。他会一直作案，直到他完成第七个，也是最终极的奇迹。问题是我们不知道这是纯粹毫无目的的谋杀（也许这是一种令人毛骨悚然的练习）；还是说在这些谋杀后面隐藏着其他动机……”

“对于艾美莉小姐所设下的奇怪的挑战，您怎么看呢？她的两个追求者之一可能接受了挑战。”

欧文的眼睛盯着我，但是好像根本没有看到我。他此刻完全没有平日乐观的态度。

“我想到了两点。首先这个挑战算是一个动机，但是这个动机也太疯狂了，甚至是完全失去了理智。他们之中的一个人会因为爱情而发狂，能够达到这样极端的程度吗？在我看来这太出格了，太滑稽了……但是也正是这个原因使我越来越相信作案的动机和这个挑战相关，因为我很担心这件事情是故意伪装成发疯的样子。我们现在几乎是处在一个自相矛盾的境地：一个假设越是看起来疯狂，它就越值得关注。我不知道是米歇尔·丹哈姆还是保罗·布鲁克在玩这个大胆而危险的游戏。不管是谁，我得说，他做得极其出色！”

08

“您说什么？一个‘煮不烂的硬骨头’？我亲爱的警官，您可真会用词。这个可怜的少校最后差不多就是被太阳烤熟了！”

维德科恩德警官到达之后，欧文很快地恢复了他的兴致，又开始冷嘲热讽了。但是欧文可不怎么开心，他已经被迫请所有的人喝了两杯。没过多久，那个瘦高个子又第三次走了过来。他问欧文：

“老板，您意下如何？您是允许我们继续扯着嗓子像牛一样号叫……还是愿意继续为全中而请喝酒？”

“好了，好了，我同意……你们随意好了！”欧文嘀咕着，就像一只老猫挠背一样和蔼可亲。

“这一次又是哪一个基石？”我问欧文。

“最核心的基石，也是人类得以生存的最重要的基石：那就是宽恕。”

没过一会儿，又有人射出了全中。我们听到那群玩飞镖的人“哞儿！哞儿！”地哄堂大叫了起来。维德科恩德落座之后，又有人射出了全中，他们又开始号叫。因为这些哄叫都是朝着我们的桌子的，不明就里的警官被吓了一跳：

“他们在干吗？老天，他们是不是发疯了！这简直是一个牲口棚！”

“整个世界就是一个牲口棚，维德科恩德，您不知道吗？”欧文高傲而故弄玄虚地回答说。“我们都站在泥粪堆里，但是只有一部分人懂得仰头看星空……”

我们借着这个机会向维德科恩德警官介绍了当天下午我们那次拜访的结果。而维德科恩德向我们介绍了对于最后一名受害者所做的官方调查的结果。

“一个‘煮不烂的硬骨头’，没错，我还是要这么说。”维德科恩德毫不理会欧文嘲讽的目光。“这位少校在军队中的表现让人印象深刻。我们可以从印度开始说起。在同叛乱分子的最后一次武装冲突当中，他表现出了非凡的勇气和果断。然后是在南非，他参加几次针对祖鲁人的血腥战斗。最后是波尔战争，那可不是一件轻松的活儿。他面对危险总是坦然处之，他理所当然地获得了很多赞颂和奖章，其中包括维多利亚十字勋章。但是他在军纪方面有一些瑕疵，这和那位年轻的布鲁克先生所说的一致。他热衷于赌钱，追逐女人，嗜酒，当然还有喜欢打架的毛病。他对这些恶习从不知道收敛。他天不怕地不怕，危险和死亡对他来说就是家常便饭。有一次，在战斗当中，他自己用小折刀把大腿上的子弹挖了出来。另一次，他和别人赌了一大笔钱，赌他能够引诱上司的老婆。他不仅为此受了一阵牢狱之苦，还遭受了血淋淋的鞭刑。受鞭刑是他和别人约定的打赌失败的惩罚……”

“我们看到的他背上的伤疤肯定就是由此而来的！”我惊叹说。

警官表示同意。

“我就说这么多好了，因为他的功绩可是一大串。我们现在可以确定的就是罗德斯少校是一个铁打的汉子。即使到了六十二岁，他还是又硬又倔。考虑到这个因素，罗德斯少校的死法就太奇怪了：罗德斯少校在行动完全自由的情况下完全没有反抗，任由凶手用如此怪异的手法杀死了他，而且是‘渴死’……他真的就是活生生渴死的，我刚刚拿到了验尸报告，报告证实是死于脱水。而且一丁点儿麻醉剂的痕迹都没有，也没有其他任何能引起怀疑的东西。也就是说，罗德斯并不是像我想象的那样处于昏迷状态。我不知道您是怎么想的，伯恩斯，但是在我看来这个难题比前几次谋杀都要复杂！”

欧文好像陷入了沉思，他扳着手指头说：

“一间小棚子周围十米范围内没有任何脚印，一个人渴死了，两根折断的铁锹，一个水瓶里满是饮用水，还有一个望远镜……这是我们目前所面临的情况。对于我来说，这些情况当中，最让人不解的就是那个望远镜，望远镜肯定是这个谜案的关键。”

“一副望远镜。”维德科恩德用疲惫的声音重复说，“我根本就看不出有什么联系……”

“望远镜是用来看的，是用来看远处的！唉！因为人类所能看到的视野非常有限。但是，案发现场阳光明媚，甚至可以说是毒辣的日头高照。太阳，加上望远镜，足以让人看东西看得清清楚楚，但是正是这些东西让我们看不到真相，真是自相矛盾……还有，我想要提醒你们：这个案件当中还有一些象征性的东西。要知道是那个罗德斯岛上的巨型青铜雕像是为了崇拜太阳神赫利俄斯①而建造的。在这个案子里象征着太阳神的高大的罗德斯最后是被他所代表的太阳所压垮的……”

“我们已经眼花缭乱了。”我插了一句，“我们被过多的光芒晃了眼，这些犯罪奇迹让我们眼花缭乱！”

“说得很好，阿齐勒。正中要害。但是我们可敬的警官还没有发表他对这些新进展的意见？”

“我看到报纸上那些大标题已经够烦心的了！我现在只能庆幸那些贪得无厌、无孔不入的记者还没有从我这里弄到

---

① Helios：是古希腊神话中的太阳神。赫利俄斯每日都会乘四马金车在天空中奔驰，从东到西，晨出晚没，用光明普照世界。在许多神话中，他同阿波罗混为一体。

凶手的警告信的原文！”

“我敢肯定，他们要是得到了原文，其中的某些人肯定会想到把字母顺序调整过来。然后他们就会说：世界上最强大的警察系统居然没有破译出来！”

“求您了，伯恩斯，现在可不是拿我开玩笑的时机。我忙着跑现场还有其他事情，您本来可以早点告诉我其中的玄机！您总是不向我透露关键性的信息，您认为这种做法很明智吗？”

欧文咬紧了嘴唇，然后又用天真的口气说：

“您来一杯啤酒吗，警官先生？……实际上，就像我刚才对阿齐勒所说的那样：这个假设在我看来太不可思议了，很难让人当真。而且我担心我的唯美主义倾向会使我看问题有偏差，我的主观愿望会使我或多或少地曲解真相。现在，您自己也已经得出了同样的结论，我当时告不告诉您又有什么区别呢？我们还是对于这个神秘的凶手一无所知！现在只有这么一个新线索！”

“一个让人感兴趣的新线索。”维德科恩德警官又露出了笑容。“在二十四小时的时间里，两个人都向您透露出他们心中的怀疑，而且是相互怀疑……这也太不同寻常了，您不这么觉得吗？更不要说那个离奇的动机！”

欧文把双手在脸前合拢，若有所思地问：

“您还是没有告诉我您的见解，亲爱的警官先生……”

“好吧，我说。我认为这‘古代七大奇迹’，或者说模仿这

‘七大奇迹’的谋杀案，很可能都是烟幕弹，在背后可能暗藏着其他的动机。我认为，这个系列案件的起因毫无疑问是那两个年轻人之间争吵。有心怀不轨的人听到了他们的争吵，还有那个愚蠢的挑战。他想到了一个鬼主意，打算借这个机会除掉一个他不喜欢的人。因为按照您自己的说法，那天的晚会上有很多人，以至于您都不记得到底有哪些人了，对不对？”

欧文做了个鬼脸表示赞同。

“另外，”警官又说。“我们不能忽略另一种可能性。凶手有可能是从别人的闲谈当中偶然听说了这个挑战的事情。如此一来，就更困难了。即使我们数清楚了所有的客人，我们也不能简单地把怀疑对象局限在到场的客人当中。要靠这个线索来寻找罪犯实在是太困难了。我敢说，肯定是行不通的。

“但是我还是倾向于相信受害者之间是有联系的。凶手也是因为这个原因逐个儿地除掉他们。从我们目前掌握的情况看，我认为受害者之间相互有联系的理论更可信一些。我不太相信凶手犯下七个不相干的谋杀，目的只是掩盖其中一个对凶手真正重要的谋杀。凶手应该是把谋杀化身为‘七大奇迹’，来分散我们的注意力，这我相信。但是我认为这些受害者之间都有特殊的联系，现在我们还不知道其中的联系，目前只有那个神秘的‘艺术家’知道……我相信，按照蚂蚁啃骨头的方法，一点一点地，通过调查和比较，我们能够有所收获……”

“我们不应该忽略其他线索。好吧，先告诉我现在有什么成果?少校的生活中有什么东西是和其他受害者相关的吗?”

“还没有什么发现。这种调查工作需要时间和耐心。我们现在还在普利茅斯进行调查,瑞雷和多蒙小姐可能在那里相识。等着瞧吧,”维德科恩德警官露出了一个诡异的笑容。“我们最后肯定能够找到那块缺失的拼图……”

“您认为米歇尔·丹哈姆和保罗·布鲁克都没有问题?”

“在深入调查之前,我并不排除他们的可能性。我个人认为这两个年轻人都在利用这个机会试图为自己扫清道路。请允许我这么说,他们的目标是把那位小姐据为己有,而这位小姐似乎并不知道自己要什么。但是这和我们的调查没有什么关系……或许这是您的事情,我发现您对这件事情很热心。我知道您善于处理这种事情。”

“您是说调查工作吧?不是说艾美莉小姐?”

“当然了!我知道您是一位真正的绅士,伯恩斯。全伦敦最值得尊敬的绅士!”

“既然要说,干吗不说是全世界最值得尊敬的绅士?”我的朋友反驳道。随后他又立刻改变了话题。“告诉我,维德科恩德。您听说过这位布鲁克吧,我是说老布鲁克,那个富有的造纸商……”

警官眨起了眼睛:

“我知道他。我知道他在高层有几个朋友。最好不要做蠢事……在现在的条件下,苏格兰场对这两个人唯一能做的就是仔细地盘问他们,试图戳穿他们不在场的证明。我们能做的仅此而已。而且,我们能盘问什么重点,那一天的不在场证明?在最后一次谋杀中,少校经历了三天的漫长的折磨。但是我们根本不知道凶手到底是什么时候出现在现场的!算了吧,我觉得最好的办法就是我们分头进行各自的调查工作。我呢,会用传统的调查手段;你们用你们的方式,像艺术家一样优雅地行事。我相信您,伯恩斯,我认为您会有成果。"

欧文没有再说什么,我们起身准备离开酒馆。在这个时候,"发情的大象"所组成的"合唱团"又一次非常起劲儿地叫了起来,显然是为了庆祝我们的离去。

"哞儿!哞儿!哞儿!"

"这是怎么了?"警官回过头惊叹说,"又有什么事情惹到他们了吗……"

"我认为维德科恩德是一个胆小鬼,还是一个马屁精。"第二天的下午,特意穿着华丽的欧文宣布说。

我们的马车正顺着非恩尺利路①往汉姆斯泰德②的方向前进。艾美莉·多勒小姐就住在那里。欧文戴着一顶大礼帽,扣眼里别着一只红玫瑰,还有配套的领结。配合惯常的高傲

---

① Finchley Road.

② 大伦敦区域中卡姆登区的一个小区域,是一个文化中心,也是房价极高的住宅区。

姿态，他就是维德科恩德警官所说的完美的绅士形象。

“一个胆小鬼。”欧文又强调说，“一旦牵扯到高层人物，他就畏首畏尾的。他还是一个马屁精。昨天晚上他给我戴高帽，让我继续调查。我可没有被他的手腕迷惑住。我们这位了不起的警官留着高卢人的胡须，外表愚蠢；他看起来有点傻，其实不然！”

“您是怎么想的？”我问他，“维德科恩德会不会在心底里其实更倾向于我们的线索，而不是他自己的线索？”

“并不能排除这种可能性。但是我能够确信的是，维德科恩德很自然地把棘手的问题留给了我。不过，这样或许更好。一方面，我们协同工作。但是另一方面，我嫌他碍手碍脚的。我承认，他是一个聪明的家伙。但是他缺乏敏锐的观察力，而且他推理起来像牛一样迟缓。”

欧文接着开始长篇大论，分析维德科恩德警官的心理特征。等我们到达汉姆斯泰德的时候，他通过系统的分析得出了跟刚才一样的结论。在一个小围栏的后面，一头奶牛善意地朝我们“哞”了一声。

“您要知道，”我用无辜的口吻说，“他有时候也是一头狡猾的牛，能够转而嘲笑富有哲理的主人……”

欧文的嘴唇弯出了一个小小的笑容。

“您很自信，阿齐勒，这很好。您见到艾美莉小姐的时候正需要这样的精神。”他稍稍想了一下，然后又补充说：“她代表着第四个支柱，对男人来说是必不可少的，当然也带来不少麻烦：女人！”

五分钟之后，欧文来到一栋房子跟前，他按响了门铃。我们只能看到那个房子的屋顶，一道栅栏和一圈高高的紫杉树篱阻挡住了视线。他又按了好几次，但是都没有任何反应。然后他抬头看了看太阳。今天的太阳和前几天一样明媚。

“她可能和她的婶婶出去散步了。”欧文把一个手指放到下巴上说，“或者是她们两个人都在花园里。跟我来，我看见那边有一条小路能通向花园……”

我们顺着小路走了十几米，然后推开一道树篱中间的小门。我们小心翼翼地走了几步，看到了多勒家的花园。那是一个不大的花园，但是修整得很可爱。花园里有一个装饰性的门拱，门拱后面的小池塘感觉上好像被推远了。一个白色的小凉亭巧妙地安置在一片修剪整齐的嫩绿的草坪上。在一棵樱桃树的树荫下有一个不起眼的长凳，上面积年的铜绿几乎让长凳和周围的环境混为一体。

我们正陶醉在这片美景之中，一个专横的声音突然在我们的身边响起，把我们吓了一跳。

“别挡着我的阳光，挪开你们的影子！”

我们低头寻找这些抗议的来源，发现那是一个年轻美貌的女孩子。她就躺在我们右边的草地上……身上只有最简单的服饰！

“可是,我自己就是太阳,我怎么会挡住您的阳光呢?”欧文毫无顾忌地看着那个女孩子,平静地反驳说,“我以前就有幸和您说过话,多勒小姐。您不认识我吗?我是腓比斯,我是阿波罗,一个闪亮的、耀眼的、燃烧着的欧文,就像我的姓氏所表达的一样!”①

“欧文·伯恩斯,那个侦探!”那个女孩子惊喜地喊了起来。

“就是我本人,愿意为您效劳。”欧文欠了欠身子回答说,“侦探当中的王者请您原谅这样冒失地闯进来。我们刚才已经按了好几次门铃,但是都没有人来开门,我们就想到……”

在这种极其尴尬的情况下,欧文仍然保持着轻松随意的语调。那个年轻女孩子的洒脱态度和他比起来有过之而无不

① 欧文·伯恩斯,其中姓氏伯恩斯在英语中意为燃烧。

及。她无拘无束地和我们谈话，就像是坐在沙龙里，但是她的身上毫无遮拦。我觉得无地自容，感觉脸已经红到了脖子根上。这时欧文开始介绍我：

“这位是我最忠实的朋友阿齐勒·斯托克。他以前是艺术家，现在则把他的天赋用在了威治伍德的精美艺术餐具上。”

我结结巴巴地说了几句客套话，说话的时候还要把目光尽量停留在女主人的脸上。说实话，她的面容已经足够迷人了。过了一会儿，我的眼睛稍稍适应了一些，我观察到了她的整个身体。我认为整体而言，她确实是赏心悦目。从纯美学的角度来评价，我很容易地理解了米歇尔·丹哈姆的做法。他充满激情地想要用画笔把多勒小姐完美的身体比例、修长的身体、略显古铜色的皮肤都永恒地记录下来。与此完美躯体相配的是天使般的栗色眼睛；一头褐色的卷发像丝般光滑，披散在可爱的肩膀上。她的笑容温柔，透出喜悦，让人动心。她的一个眼神就能够让我心神不宁：

“可是，先生们，到底是什么风把你们吹来了？”

“我想您心里已经有了答案。”欧文回答的时候留意着她的反应。

艾美莉露出一个斯芬克司式的微笑：

“我倒是确实有一个想法……”

“其实，我们的来访就是因为这个，小姐……”

欧文像魔术师一样一挥手，他手上多了一个白色的字条。我立刻就认出了那个字条。

“您爱我吗？”他读道，“我真是心满意足。那么，现在去杀戮吧！我想这句话能让您想起点什么……难道不是您上个月给我寄了这个字条，但是忘了签名吗？”

艾美莉·多勒低下了头，一副懊悔的表情：

“好吧……我们还是到屋子里去吧，我们在那里说话可能会更方便一些。天气已经有点热了……”

艾美莉站了起来，欧文也准备紧跟其后。这时我嘟囔着说：

“可是，多勒小姐……您难道不怕您的婶婶看到您……还有我们……”

“哦！没关系，”她回答说，她的微笑里略带着嘲讽。“我那年迈的婶婶眼睛早就花了！”

我们在客厅里落座之后，艾美莉告诉我们说她的婶婶正在休息。而且她的耳朵也不比眼睛好到哪儿去，这就是我们按门铃而她没有去开门的原因。至于家里的仆人，他们今天休息。

她给我们准备了一些冷饮，我感觉好多了。这并不是饮料的作用，也不是因为房间里凉爽的空气，而是因为我们的女主人穿上了衣服，一件红色的丝绸便袍。那件袍子配在她身上真是妙极了。

“那个字条肯定让您觉得很奇怪,是不是?”她突然问欧文。

“并不算太惊讶。我还记得您说这些话的场景……”

“我希望如此,”她一边说一边叹气。“我就是想要把您的注意力吸引到这上面来……因为当时刚刚发生了两起怪异的谋杀案。(然后她的语调变得严肃了起来)我知道我的怀疑在您看来肯定是毫无道理,甚至是胡思乱想,但是我恳请您在做出判断之前仔细地听我解释……要知道,我相信我的这两个朋友当中,有一个人已经发疯了……这全是我的过错!”

她随后所叙述的内容和米歇尔·丹哈姆以及保罗·布鲁克所说的基本上一样,但是有一点不同:把那个挑战当真的人可能是这一个,也可能是另一个。

“我希望我自己想错了。”她最后总结说,“但是最近发生的谋杀案使我更肯定了。可是我真的没有办法告诉您我更怀疑他们当中哪一个!从某种程度上说,他们两个人都很可疑。他们都狂热地爱着我,两个人都一样,都不惜代价想要……他们的目标我就不用说了。”

“那么说,您的挑战只是一个玩笑?”我插了一句。

艾美莉耸了一下肩膀。

“当然是一个玩笑。您觉得还能是什么?我肯定所有的人都把这当做玩笑,从来没有人当真过!我当时只是为了让他们两个人平静下来,要知道他们当时情绪激动,眼看就要动手打起来了……”

“是您自己把完美犯罪和‘古代七大奇迹’联系起来的吗？”

“不是我，”艾美莉想了想然后回答说，“我想并不是某一个特定的人，而是很多人七嘴八舌，他们每个人都在前一个人的基础上加码……我的天啊，我可根本就没有想到他们当中的一个会把这种蠢话当真！”

“这么说，您对他们两个人没有任何偏好？”

“在哪一方面？”她困惑地小声问。

“在各个方面，我亲爱的小姐。我们可以先从他们对您的感情开始。您早晚要做出选择的！”

“我……我没法选择。”艾美莉把脸埋在双手里回答说，“现在我没有办法选择……他们两个我都喜欢……他们有不同的魅力。我从小就认识保罗，很自然，我和他很亲近，尽管我们之间没有共同点。至于米歇尔，则完全相反，我第一次见到他是一年前，我们有着同样的品味，比如说绘画和国际象棋……但是说这些细节没有什么意思。我对他们说不要把我们之间的感情太当真……但是完全不管用！他们都像老虎一样好斗，而且喜欢嫉妒！最近他们之间的争吵不那么显眼了，但是我能够感觉到他们其实还是相互怀着深仇大恨！”

她一边叙述一边时不时地哽咽着，但是，我很怀疑这个年轻女孩是否真的清楚她的美貌的巨大威力。欧文把我的怀疑明确地表达了出来。

“您不觉得在这件事上，您太不当回事了吗，艾美莉小姐？”

“有人说叫艾美莉①的人都是这样。但是我可以告诉您，为了这件事情,我有时候晚上会睡不着觉……”

不用说那两个追求者度过了无数的不眠之夜，我暗想。这个女孩子毫无疑问在某种程度上同时具有无忧无虑和轻率的个性。欧文接着向她叙述了那两个嫌疑对象最近分别秘密地向他透露的怀疑。欧文自称除非是在特殊的情况下,他是不会泄露这些客户的隐私。他认为现在就是这种特殊情况。

“啊……”欧文说完了之后,艾美莉露出了一个调皮的笑容。“这两个喜欢故弄玄虚的家伙,他们从来都没有向我透露过这些想法！米歇尔真的亲自去找您？那么说他非常确信保罗是有罪的。除了为了和绘画相关的事情,他平时是很少出门的!保罗自己也供认了他心中的怀疑,这也够让我吃惊的。他肯定也是非常地肯定米歇尔就是凶手！嗯,这些消息可真是让我大吃一惊，不过这些消息和我自己的怀疑不谋而合。事情完全是乱成一锅粥了！”

“现在的情况是这样的,”欧文获准点上了一支烟,然后用说教的口气说,“所有的人都怀疑其他人,但是每个人都秘而不宣。如果布鲁克先生自己宣称他也知道真正的凶手,我

① Amelie 名字的含义为勤劳。

不会吃惊的。我猜他会说您艾美莉·多勒小姐就是凶手!顺便说一句,我打算和他见上一面。”

“我才不相信呢。”年轻的艾美莉像一个赌气的孩子一样摇着头。“布鲁克先生很喜欢我,他才不会怀疑我呢!对我来说,他就像是父亲……”

她的这句话,带着一点乡愁。随后,艾美莉给我们讲了一个长长的故事。那是关于艾美莉小姐的童年的故事。尽管其中包括父亲去世的情节,整体而言那段时光对艾美莉来说是一段幸福的时光。

十二年前,也就是1893年,约翰·布鲁克组织了第二次考古活动。考古队中包括六名科学家,其中包括勇敢的托马斯爵士和亚瑟·多勒。多勒先生的妻子刚刚在一次铁路事故中丧生了。于是他决定带上刚十岁大的艾美莉。他们在尼罗河右岸展开了挖掘工作。那是在本尼哈桑村子①的上游,靠近阿玛纳考古遗址②的位置。阿玛纳③是当年信奉异端的法老王阿美诺菲斯④四世所修建的城市的遗址。布鲁克所组织

① 埃及中部,尼罗河东岸的一个考古地点。

② 尼罗河东岸的另一个考古地点。

③ 阿玛纳Amarna宗教是在十八王朝早中期独特的历史背景下形成的。阿玛纳宗教中的阿吞神是世界的创造者、万物的眷顾者、宇宙的统治者、具有真实生命力的活着的神,他自我创造,并通过国王阿肯那顿和他的“教谕”以及太阳圆盘来完成对世间万物的启示。正是基于阿吞神的众多功能,阿玛纳宗教的一神教本质才得以显现。

④ Aménophis Ⅳ.

的考古活动主要就是要研究阿玛纳的历史和遗迹。

这位年轻的法老王在古埃及的历史上写下了一个极其动荡的篇章。他禁止臣民信奉他们已经习惯了的众多神明，其中甚至包括强大的阿蒙神(底比斯城的主神)。他大肆残害祭司，关闭庙堂。然后他又设立了一神论的宗教，只供奉一个太阳神："阿吞神[1]"。这位法老狂热地崇拜这位阿吞神，他甚至把自己的名字改成了阿肯那顿[2]。他的名字的意思就是"阿吞神的仆人"。他的妻子，美貌的纳菲尔提提王后[3]也倾力支持法老王的宗教改革。他们抛弃了底比斯城[4]的王宫，转而修建了一个完整的新都城，也就是阿玛纳城。这座新都城是完全为了供奉太阳神的圆盘而建的，城中有宏伟的花园，满是游鱼的池塘，为艺术家和工匠准备的高大的住宅。问题是，这对国王和王后忙着供奉太阳神的时候，他们忽略了保护国家的边界，以至于埃及屡屡受到异族的侵扰。这段疯狂崇拜阿吞神的历史很短暂，阿美诺菲斯四世死后，他所建立的城市被夷为平地。那些当年被放逐的祭司转回头来报复，阿玛纳城被洗劫一空。而且他们想要彻底地抹去阿美诺菲斯四世所留下的痕迹，带有他的名字的正式文件通通被销毁了。

很自然，由于这些疯狂的破坏，后世对于这段历史的各

---

① Aton.

② Akùenaton.

③ Néfertiti.

④ Thèbes.

种考古活动都遇到了很大的困难。这段时期是古埃及新王朝时期最神秘的部分。在这个领域的一点点进展都会被当做重要的发现。

约翰·布鲁克所率领的考古队遇到了一连串的困难。第一个厄运就是失去了一名考古队员：亚瑟·多勒。他发了高烧，去天堂和他的妻子做伴了，把艾美莉留给布鲁克照看。鉴于他们已经为这次考古活动做了大量的准备，布鲁克不可能立刻带着艾美莉回到英国。后来，他们发现了一个看起来很有价值的考古地点。但是他们遇到一小群当地的土著人。他们是一个漂泊不定的部族，巧的是这个部族信奉的宗教和阿肯那顿很接近。他们虔诚地崇拜太阳，而且他们的狂热劲头和那个法老王不相上下。但是这个部族极其热衷于宣扬他们的信仰，他们强迫考古队员们信奉他们的宗教，否则就要把他们赶走，或者和他们作对。布鲁克先生所组织的考察活动是私人性质的，他们不可能去向埃及政府寻求帮助。要知道，埃及政府随时都有可能禁止他们的发掘活动。于是考古队被迫接受了部族所提出的条件：去参加崇拜“金圆盘”的仪式。他们自然不相信这种宗教，但是久而久之成了一种习惯。那些游牧民的生活条件并不富足，所以他们的仪式总体来说并不算奢华。尽管如此，对于年轻的艾美莉来说是难忘的事情。

“那些仪式真的很有意思。”我们漂亮的女主人解释说，“想想看，我当时刚刚十岁，我看着那些先生们一本正经地朗诵着对于太阳光环的赞颂之词！他们搞得郑重其事，我觉得我是亲身经历了故事书上才有的冒险故事。有时候，我也会觉得无聊。因为我那时太小了，根本不可能对考古发掘有什么兴趣。但是我有时候在那里看他们搬运砂土，看上几个小时。无价之宝随时都可能从土里冒出来。特别是在我的记忆里，当时的我自由自在；而且埃及的气候也非常宜人。我可以自由支配我的时间，可以四处闲逛，可以坐在那里盯着尼罗河，可以躺在那里晒太阳……老天，我在那里度过的时光真是太美妙了！

"但也不是永远的轻松自在。有一次，我晒太阳晒多了，中了暑……我差一点点就要步我老爸的后尘。当时好像布鲁克先生和他的朋友们都已经不抱什么希望了。我在床上躺了好多天，那种难受的感觉我至今还记得。我们在埃及停留了大概一年的时间，没有什么重大的发现。但是厄运还是紧紧相随。就在我们离开前的几天，突然出现了一伙强盗。他们抢走、损毁了我们找到的一些珍贵的资料。十分幸运的是，布鲁克先生事先已经抄写了一部分资料。但是只有他自己知道这些抄写资料的价值。因为布鲁克先生和他的诋毁者之间的争论，加上那段历史本身就充满了争议，科学界的权威们不肯把这些资料归类为'史料'。这对布鲁克先生来说是一个致命的打击。从此之后，他就对考古工作兴趣大减，至少是不再参加挖掘工作了。他对于埃及学的兴趣也仅限于审美方面。他和他的朋友们建立了太阳神俱乐部，这部分是出于习惯，更多地是为了表达嘲讽……”

“太阳神俱乐部！”我为之一震。“您是说那个在斯皮塔勒菲尔德[1]的酒吧里搞祭司活动的太阳神俱乐部？”

“就是那个俱乐部。”艾美莉回答说，她有一点吃惊。“你们知道那个俱乐部？”

---

① Spitalfields.

10

“我们当然知道！”我回答的时候无法掩饰自己的惊诧。“我们甚至参观过最近的那次俱乐部的活动！”

“啊！对了！我想起来了！”艾美莉也笑嘻嘻地惊叹说，“在仪式进行的过程中，我看到在门口有两个小心翼翼的高个子！那肯定是你们俩！”

我又回想起了那次在太阳神俱乐部里的景象，还有那个女性祭司的轮廓。我向艾美莉叙述了我的回忆，她显得很开心，毫不犹豫地回答了我的疑问：

“没错。那就是我！我身边的不是别人，就是布鲁克先生。他主持这个俱乐部已经有十几年了……”

“还有一个空着的位置。”欧文说，“那是不是托马斯爵士的位置？”

“是这样的。现在我明白了你们在那里出现的原因：你们在调查托马斯爵士被谋杀的案件！”

“您应该明白，他被谋杀的案件也是‘犯罪奇迹’之一。您不认为这很奇怪吗？”

“我同意。”艾美莉郑重地点头表示赞同。“布鲁克先生很伤心，因为他失去了一个老朋友。从另一方面讲，我认为凶手在熟人中选择受害者也是很常见的。米歇尔和保罗都认识托马斯爵士，他们肯定也很熟悉托马斯爵士的习惯。这样就能让……不管那两个人当中谁是凶手，总之凶手能够根据托马斯爵士的习惯来安排他那狡诈的谋杀计划的细节。”

“不幸的是，这个凶手在其他的几起谋杀中都很狡诈！我们不能根据这一点来确定凶手就是托马斯认识的熟人。”

欧文沉默了一阵，显然是在深思。然后他又问：

“实际上，这个太阳神俱乐部不是当真的宗教吧？”

艾美莉把头往后一仰，发出了一阵银铃般的笑声：

“当然不是！我刚才已经告诉您了，从一开始这就是一种讽刺，是一些伤心失望的考古队员对科学界死板的教条的嘲弄。另外，这也是出于习惯。这些祭司仪式已经成为了一种消遣，这个活动吸引来的人也都不是当真的！我自己就觉得这个俱乐部很好玩！”

随后，她又压低了声音，明亮的眼睛里露出一点顽皮：

“这能让我稍稍沉浸到幻想中。美丽的埃及，闪烁不定的色彩，宽阔的金色的沙地，平静流淌的尼罗河，懒洋洋的太阳轻抚身体……"

"您简直就是纳菲尔提提王后……,"欧文笑嘻嘻地凝视着艾美莉,若有所思。

艾美莉心花怒放,脸也红了。

"您呢,"她说,"您就是阿美诺菲斯四世！您和他在体形上还真的很像呢！"

"他是什么样子？"

"在布鲁克先生抄录的资料当中就有关于他的外貌的描述。他和您一样是长脸,厚厚的嘴唇,个子应该很高,但是并不属于运动员的体型,还有像女人的胯部……"

"别忘了我是阿波罗！"欧文很严肃地提醒说。

"等一下," 艾美莉说着站了起来,"我要给你们念一段诗。按照布鲁克先生抄录的资料上的说法,这首诗是纳菲尔提提王后写给她的丈夫的。这首诗已经有三千年历史了。我很喜欢这首诗,所以我把它抄录了下来。"

过了一小会儿,艾美莉带着一个小笔记本回来了。她念了起来,感觉上就是朗诵者毫不遮掩地表达爱情宣言,而听众欧文则沉浸在其中：

我在您面前,在池塘里沐浴,多么惬意
我向您展示我的美貌
和裹在精美的皇家锦缎里的动人躯体

我愿和您一同沉入湖水

我的指尖上捏着一条小鱼，我向您游去

过来看看我……

“这真是太优美了！”欧文心领神会地说。

我很赞同他的说法。但是我暗想，如果这位动人的艾美莉小姐去和我的朋友欧文一同在池塘里沐浴，她可能连最上等的“皇家锦缎”都不屑于穿……

“丹哈姆先生有很高的天分。”欧文宣布说。我们对艾美莉小姐的拜访已经过了好几天了，今天约翰·布鲁克先生同意会见我们。欧文正在和他说话。

为了让“艺术家们”更方便说话，布鲁克先生提议到米歇尔的画室里去转一圈。这一天米歇尔恰好不在。欧文非常赞同这个提议，说他很想看看这个年轻的艺术家的作品。

约翰·布鲁克已经有六十多岁了，头发花白，身材高大、结实，让人感到威严。他的脸上的皱纹是他当年在世界上不断奔走所留下的痕迹。在他那厚重的眉毛下面，我能够感觉到一个奔腾不息的头脑。他的穿着很考究：西服的颜色接近赭石色和藏红色，是油画上常见的颜色。这种颜色的搭配有点儿奇异的风格。

“他很有天分，没错。”我们的主人表示赞同。“尽管他从来没有去过埃及，他似乎凭借直觉就能够领会到埃及变幻莫测的色彩。他还很善于领会我所要表达的主题。伯恩斯先生，您肯定看出来了，他是一个很有前途的艺术家。斯托克先生，您觉得怎么样？”

画室很大，里面放着二十多幅已经完成的油画。蔚蓝的天空，沙滩，棕榈树，古迹，还有尼罗河水，组成了多样的色调。说实话，那些画都很成功；米歇尔确实很善于把握色彩。

我回答说我完全赞同他们的观点，还特别强调了他对于色彩的把握能力。随后，伯恩斯向约翰·布鲁克突然发问：

“您注意到最近报纸上常常提起的神秘谋杀案吗？凶手每次都给警察寄画板，作为警告。”

造纸商人皱起了眉毛：

“我知道，我看到了那些报道……但是您为什么要问我这个问题？您认为凶手是一个画家？”

“会用颜料在画布上写字并不等于是画家。”欧文清了一下嗓子，回答说，“但是很显然，大家都会自然而然地想到这个问题……”

“您在暗示某一个人……比如说米歇尔？”

约翰·布鲁克说话的时候不动声色，他好像仅仅是感到惊讶。欧文用一个问题作为回答：

“他有理由去实施这样的系列谋杀吗？”

我们的主人沉默了片刻，然后他淡淡地一笑：

“您要知道，所有的艺术家都有一点儿疯狂，尤其是在这个时代。年轻人可以为了最微不足道的事情丧失理智。但是坦率地说，我觉得米歇尔完全不是谋杀犯的料。除了绘画，他什么都不会干。但就是绘画能给他带来荣誉。我认为这个孩子能够成材。整体而言，他现在还不算知名，但是我希望看到他能够尽快地体现他的真正价值。他完成这一组油画之后，我会组织一个和他的才华相当的展览。”

“您的儿子也喜欢绘画吗？”

布鲁克的脸色阴沉了下来。

“他不喜欢绘画。我的儿子真的对什么东西感兴趣过吗？他沉闷极了。至少和我在一起的时候是这样的。我想您的拜访不是为了他吧？”

“当然不是。我们来访的原因是您故去的友人，托马斯爵士。您一定已经知道了，他悲惨地死去了。他的死亡是我们刚才谈到的系列谋杀案中的一起。我们了解到，您和他一样，都是太阳神俱乐部的成员……”

约翰·布鲁克并没有否认，他很主动地向我们介绍了太阳神俱乐部，以及俱乐部的起源。他的说法和艾美莉差不多。我们借机向他询问：在此期间，除了托马斯爵士，有没有其他考古队员失踪。他的回答是否定的，随后他提到了他的朋友亚瑟·多勒的不幸命运。据他所知，其他三名成员都健在，而且和他一样身体健康。对于谋杀托马斯爵士的凶案和俱乐部有关的说法，他认为不太可能。这个说法甚至让他发笑：

“就像我刚才说的，成立这个俱乐部其实只是一个心血来潮的闹剧。我们这样的大男孩实际上是毫无理由地把这个俱乐部的传统坚持了下来。顺便说一句，这些集会活动占据了我太多的时间。我想我们很快就会停止这一切。告诉我，是谁向您透露了我是主席的信息？……”

“是一个您很熟悉的人。说实话，是一个看起来赏心悦目的人……”

“啊！我猜到了！……肯定是艾美莉，对吧？”

得到欧文的确认之后，房子的主人沉思着继续说：

“我们那位可爱的艾美莉，她真是漂亮极了！就像我刚才说的，我把她当做自己的亲生女儿看待。也许我以前应该在她身上多花点时间？多关心她，另外还有保罗……问题是她总是自由放任，常常让人摸不着头脑。这有时候很麻烦。米歇尔爱她都爱得发疯了。为了避免跑来跑去的麻烦，我让米歇尔住在我的家里。我的儿子也是一样狂热地爱着艾美莉，但是我的儿子喜欢嫉妒。因为他对于艺术一窍不通，他看到米歇尔给艾美莉画像就发疯了。艾美莉展现出上天所赋予她的身体，这很正常。但是我的儿子最后把那幅画撕掉了——那可是一个很优秀的作品。自然，现在这两个孩子相互不说话了，他们在楼梯上，或者是在厨房里相遇都是一言不发。这种情况已经变得让人难以忍受了，而且我认为这会妨碍米歇尔发展他的才干。如果这种情况继续下去，我可能需要被迫让他到别的地方去完成绘画。那可是够遗憾的，真要是那样的话我就不能经常过问他的绘画进展了……”

我们和约翰·布鲁克的会面已经过了一个星期了。警方和欧文的调查都没有什么进展。我们对于凶手还是一无所知，他所犯下的惊人的罪行还是没有被侦破。按照他前面的惯例，每次作案的间隔是十五天左右。苏格兰场在焦急地等待着第五块画板的到来。他们的等待并没有落空：6月8日，一个新的警告被送到了警察局，警告信还是以往的形式：“神的怒火很快就要落到. O.. E.. .M.. P...I.. LY... 的头上”(LE COURROUX DES DIEUX S’ABATTRA BIENTÔT SUR LE. O.. E.. .M.. P...I.. LY...)

这一次，凶手的字母变形很快就被破译出来了。甚至维德科恩德警官都看出来了：OLYMPIE(奥林匹亚)。在奥林匹亚城里曾经矗立着宙斯的神像，那是七大奇迹之一，在系列罪案中排在第五位。但是，这次要倒霉的受害者是谁呢？罪犯的放纵的想象力又会促成什么样的谋杀方式呢？从警告信上很难看出端倪，而且这一次凶手也没有明确指出案发的日期。警方第一次打破沉默，他们把这个警告消息通过报纸散布了出去。警方希望凶手的目标受害者能够觉察到危险。维德科恩德和他的同僚们，欧文和我自己，所有的人都绞尽脑汁。但是我们的努力都徒劳无功，神秘的凶手继续做着最后的准备工作。

为了客观地描绘这个奇案，我打算改用第三人称的手法来叙述。我认为自己有这个能力，我能够用这个方法比较准确地描述事情的经过。必要的时候我还会改变这种写法。现在我要消失一段时间，以便叙述这第五个“犯罪奇迹”。这次犯罪无疑是犯罪史上最令人惊愕的案件之一。在以往的案件中，我们遇到了地面上毫无脚印的谜题，还有凶手如何在众目睽睽之下神秘地离开犯罪现场的难题。那些难题最终都得出了“不可能犯罪”的结论。但是这一次，在第五次犯罪却完全不同。这次的“不可能”体现在另一个方面，同样让人迷惑……

第二部分 乃塔尔[1](NETER)

① Neter:埃及神明。

11

玛格瑞特·李恩驰太太忧心忡忡地从客厅的窗户往外张望。空气沉闷,天空上布满了不祥的乌云。唉,她可是很害怕这种沉闷和雷雨将至的天气,更不必说那些吓人的雷电。实际上她自己并不害怕雷电，她的担忧完全是为了派特里克——她的丈夫。当雷雨将至的时候,他每次都会……

派特里克·李恩驰医生是一个很受尊敬的行医者，已经步入壮年了。他在伦敦北部的伊斯灵顿[1]街区行医,在病人中的口碑很好。他在这个街区已经行医有十多年了。他在行医看病方面一如既往。但是在私人生活上,他变了……

玛格瑞特深深地叹了口气,她转过身,目光落到了百宝格中的一个小相框上。在照片上是一对年轻的恩爱夫妇。现在她已经认不出那个咧嘴笑着的金发的女孩子了。那就是她

① Islington:大伦敦地区北部的一个区域。

自己，不过那是二十年前的她！她变得多厉害啊！至于派特里克，他的脸上当然添了一些皱纹，也有点发福了，但是他的风度还是没变。

他们成婚后没多久，玛格瑞特就发现丈夫的魅力并不是只针对她一个人。玛格瑞特怀疑丈夫有好几个隐秘婚外情，她曾经打算离开她的丈夫，丢下这个人，让他背上一身的债务。实际上诊所是属于玛格瑞特的财产，是靠她从父亲那里继承的遗产买下来的。经过几次大吵大闹之后，她甚至想去敲自己家的门。她很想作为一个病人，要求医生诊治她没完没了的神经痛。李恩驰医生也肯定会毫不犹豫地确诊说："这是典型的嫉妒症，病情很严重，都是无中生有的毛病。"

在随后的几年里，她的情况明显好转了。但是又轮到派特里克的健康出毛病了。派特里克患上了呼吸道的疾病，这让他脾气暴躁。后来他的病治好了，但是过了几年，他又染上了一种奇怪的毛病：对于雷电的恐惧症。这种情况是大概三年前开始的。刚开始的时候，他只是害怕闪电的耀眼光芒。夏天，当太阳很毒辣的时候，他会躲到阴凉里去。刚开始的时候还是偶尔的现象，后来就成了顽疾。他总是感到身体不适，喜欢一个人呆在相对昏暗的环境里。后来，一旦遇上雷雨天气，他就完全无法控制焦躁不安的情绪，他会表现得非常惊慌。慢慢地，他的恐惧发展成了无法忍受的痛苦。他甚至跑到花园尽头的小木屋里，把自己隔绝起来。他会整夜地待在那里，吓得蜷缩成一团，把自己完全关闭。他还把百叶窗和门统统从里面锁住，就好像在防备一个看不见的敌人。后来，他的恐惧心理更强烈了，只要天气一有阴沉的征兆，他就开始面露惊恐。他会先到房子里的每一个房间里转一遍，然后坐到他的扶手椅里，接着又站起来，点上烟斗，又熄灭烟斗，从窗户往外张望的时候两手焦躁地捋着头发。玛格瑞特对他的这些做法已经习以为常了。每一次，他都眼神迷茫，而且一言不发。他的双手不由自主地颤抖，他也总是转来转去，很难在一个地方老实待上几分钟。然后他就会跑到他的避难所去，直到他的恐惧消退了才出来。

有好几次，玛格瑞特想要和他谈谈这个问题，想要帮助他。他想方设法地避开这个话题。至于说去找个医生咨询的建议，他听都不想听。更不要说去看心理医生了。

“那样的话我们就完蛋了，玛格瑞特，”他绝望地说，“别忘了，我是一个医生。如果一个医生无法给自己的病情做出诊断会是什么样的灾难！我不仅会成为医学同僚们的笑柄，也会被我的患者们笑话。他们再也不会来找我看病了！”

在六月十三日这一天，玛格瑞特完全有理由忧心忡忡。天气闷着好几天了，一个星期前有一次阵雨只带来了一丁点儿的凉爽。那场阵雨实际上是远处的暴风雨的一个小尾巴。派特里克的状态越来越糟糕了，玛格瑞特很清楚丈夫又会大发作一次。但是她还从来没有见到过派特里克像今天晚上这样紧张。他冲进了客厅，脸色铁青，手上提着手提箱，胳膊下面夹着报纸。

“你今天过得怎么样？”每次玛格瑞特发现丈夫当天不对劲儿的时候，她都习惯这样问，“你在病人那里耽搁了吗？”

“不是被病人耽搁了，我去公牛酒吧喝了一杯啤酒。天气太热了……幸亏我去了。我在那里浏览了今天的报纸，你自己看看……”

他把报纸扔到桌子上；他用一个颤抖的指头指着在头版上的一篇报道。李恩驰太太读了起来：

苏格兰场恳请所有的居民们注意。众所周知，一个系列杀手在最近一个月内实施了一系列荒诞的谋杀案。这个神秘的凶手再次发出了警告信，请大家认真阅读一下："LE COURROUX DES DIEUX S'ABATTRA BIENTÔT SUR LE .O..E.. .M.. P...I.. LY..."（神的怒火很快就要落到 .O..E.. .M.. P...I.. LY... 的头上）如果您的名字或者其他特殊信息和那些字母相匹配，如果您感觉自己正处在潜在的威胁之下，请您立刻和苏格兰场的维德科恩德警官取得联系。

李恩驰太太读完了之后感觉很困惑，她抬起浅蓝色的眼睛询问她的丈夫：

“派特里克，我不明白……你认为这个字谜和你相关？”

“什么，你难道瞎了吗！”他提高了调门儿（他很少这样），“LY...和我的姓氏李恩驰(Lynch)是对应的，P...I..对应的是我的名字派特里克(Patrick)！这是明明白白的！”

“那剩下的呢？”

“你难道忘了我中间名：Ames，这和.M..正合适。还有我是一个医生(Docteur)，在第二个位置上是字母O，第五个位置上是字母E！”

玛格瑞特·李恩驰，满腹疑虑又若有所思地看着她的丈夫：

“你说的这些都完全吻合，亲爱的。但是我敢说有几百的人的名字都符合这个字谜。除非你有什么明确的理由相信你受到了威胁……”

“明确的理由！”李恩驰医生眼中满是惊恐地重复说，“我的上帝啊，我的怀疑是完全有理由的！你怎么老是不明白！我这几个月来一直在忍受着持续不断的噩梦的折磨，我一直都被‘神的怒火’笼罩着……”

他的脸上显露出越来越强烈的恐惧，他又说：

“这是一个警告，我敢肯定……这是针对我的警告……我要赶紧防备好……谁也别来找我。谁敢来敲门，我就让他吃枪子儿！我要带上我的猎枪！”

李恩驰医生立刻找到了他的武器，然后他就离开了房间，连晚饭都没有顾上吃。透过房间的窗户，玛格瑞特·李恩驰看到天边乌云密布。而这个时候，她的丈夫已经藏到了花园底部的避难所里。他不仅像往常一样把自己锁在了里面，还特意加强了防范,比以往任何时候都更加戒备。

就像气象预报所预测的那样,伦敦的夜空里刮起了强烈的风暴。

苏格兰场的维德科恩德警官在他的办公室里值夜。他很担心罪犯会在这个时候作案,就像“神的怒火”所暗示的那样。外面的雨像是开了闸的洪水,箭矢一样的雨点从天空射向地面。在滚滚的雷声中,刺眼的闪电不断地照亮夜空。在这样狂躁而惨白的光芒之下,伦敦城仿佛正吓得发抖。维德科恩德警官在窗口关注着外面骇人的雷电,他喝了好几杯咖啡,不停地抽烟。在早上五点钟的时候,他觉得该让自己休息一下了。就在这个时候,一个警员陪着一位妇人来找他。那个女人是属于上流社会的,但是看得出衣着很匆忙。她自称有很重要的事情向维德科恩德报告。听完她报告的情况之后,维德科恩德立刻穿上大衣,让警员给他们准备一辆马车。

他们的马车赶到李恩驰医生的家的时候,天色刚刚破晓。维德科恩德顾不上看脚下满地的水坑,他跟着李恩驰太太顺着一条狭窄而泥泞的小路径直往花园里走去。在花园的尽头是一个小柴房。借着昏暗的灯光,维德科恩德注意到柴房门口泥泞的地面上毫无脚印。很显然,连续的骤雨已经扫去了所有的痕迹。

“就是这儿……”玛格瑞特·李恩驰太太小声说,“我整夜都很担心，还被雷雨惊醒了好几次。凌晨三点钟左右，我起床从窗口往外面张望。借着一道闪电，我注意到柴房的门在随风摇摆，这可不对劲……要知道，在有雷雨的时候他总都会把门都锁住，昨天晚上他也是把门锁好了。出于担心，我穿上了一件衣服，到花园里去看了一眼。到了之后，我就发现柴房的门被撬开了，就像您现在看到的一样……而房间里，一个人都没有……我的丈夫不见踪影……但是他的猎枪还在……这让我无法理解！”

维德科恩德简单地看了一眼。房门是被撬开的，但是现场的痕迹很特别。门上的一些碎屑是黑色的，就好像被烈火烧焦了一样！更奇怪的是，安装在房门里面的挂锁有一部分竟然熔化变形了！就好像有一道闪电正好击中了这个小房子，而且就击中在门锁的位置上！柴房里只有一间屋子，陈设很简单，只有一张很简单的铁架床，一个矮凳和一个桌子。在凌乱的床旁边的地面上有一支猎枪，那是一支双筒猎枪，子弹还在枪膛里。

“警官，他绝对不敢一个人出去！”李恩驰太太在他身后带着哭腔说，“在这样的天气里他是绝对不会出去的！肯定是有人胁迫他离开的。我真不明白谁能让他开门，因为派特里克提高了警惕；对不明的来访者，他声称会开枪！我真想不明白到底发生了什么，这完全不可能，难以置信……您认为这和报纸上所刊登的警告信有关系吗？”

“这很有可能，李恩驰太太。”维德科恩德神情严肃地点头说，“我们要做最坏的准备……”

维德科恩德猜得没有错。在早晨，有人报告说在伦敦北部的一个小树林里发现了一具奇怪的尸体。维德科恩德立刻赶了过去。在案发现场，他发现这起谋杀很显然是那个系列杀手所为。这是那个凶手到目前为止最新的“杰作”，也是第五个“犯罪奇迹”。

在一棵被闪电击中的大树旁边，有一个木质的、用于观察动物的观望台。那是一个用粗方木粗略搭建起来的五六米高的高台，在高台的顶端是一个高凳。在凳子上倒着一具尸体。整个高台的上半部分都是黑黢黢的，甚至尸体也是黑色的，身上的衣服已经完全烧焦了。发现尸体的是一个看林人，他在清晨的时候发现树林里有烟火。按照他的说法，他赶到的时候高台上的凳子、尸体，还有被闪电所击中的树木都在燃烧。看来闪电是引起燃烧的原因。等维德科恩德赶到的时候，火焰已经熄灭了。尽管派特里克·李恩驰医生的尸体已经被严重地烧焦了，他的妻子还是认出了他。初步的检查证明，李恩驰医生的身上没有什么致命的伤痕。他好像就是死于闪电的打击。但是在现场还发现了一件异乎寻常的东西。警员在烧焦的凳子上发现了一个镀金的小雕像，尸体的姿势好像是在用手保护着这个雕像。雕像是一个矮胖的大象的形状，大概有十几厘米长。

没过多久，欧文·伯恩斯赶到了。维德科恩德警官感到力不从心，所以把他召来协助分析案情。欧文并没有帮什么大忙，他只是从艺术审美的角度评论了几个细节，例如他对于那个“金象”作了一番评论。不管怎么说，欧文把摆在面前的问题很完整地总结了出来：

“凶手这一次在实施犯罪之前向我们宣布了他的意图。在他给警察寄去的警告信里已经说得很明白了。‘剩下’的古代奇迹已经不多了，我们可以很容易地联想到宙斯：闪电就是他的‘怒火’。这一次他还挑选了一个特定的受害者。死者的名字和凶手的字谜完全吻合，证明李恩驰就是凶手的目标。这个受害者对于雷电还抱有病态的恐惧。不仅如此，李恩驰还感到了威胁，认为报纸上刊登的警告信就是针对他的。他藏到了自己的隐蔽所里，声称不管谁来骚扰都会开枪……但是，最终凶手的预言还是变成了现实。

“他的隐蔽所的门被撬开了，好像是被闪电击中了。门里面的大号挂锁被熔化了……然后是李恩驰医生人间蒸发了！他甚至没有做出丝毫的抵抗，根本就没有使用他的猎枪！我们最后在五六公里之外找到了他的尸体，就在这个高高的凳子上，宛如一个帝王坐在宝座上。他被闪电烧焦了，‘被神的怒火击中了’！

“真是一个血肉之躯的凶手犯下了这样的罪行？他怎么可能在这么短的时间里准备出这么复杂的背景？他需要在半

夜里找到一个完全符合宙斯的形象的宝座，而他最后找到的这个观望台上的高凳和菲狄亚斯在奥林匹亚所雕刻的壮观的、著名的宙斯神像又是如此的吻合！至于那个镀金象的小雕塑，也很有象征意义，那个金象，它代表了象牙和黄金，而古代奇迹里的宙斯神像也是用象牙和黄金雕刻成的。凶手怎么可能在这么短的时间里准备好一个如此具有象征意义的地点？更不可思议的是：他能够预见一道闪电将会或者已经击中旁边的树？还有，他是如何把一个害怕得要死的受害者从掩蔽所里弄出来的？李恩驰医生的恐惧症虽然看起来有理由，却让人无法理解，他好像几年前就预感到会被闪电击中！好像他早就感觉到了凶案！太多的不可能汇聚在一起，简直是让人晕眩！我们简直找不出合适的词来形容这第五个'犯罪奇迹'！"

12

两天之后，维德科恩德警官和欧文又来到了塞温斯宅第,此行的目的是为了盘问年轻的画家。警方最近所获得的情报引出了一个新线索,维德科恩德打算趁热打铁。他们在画室里找到了那个年轻的艺术家,他系着围裙,手上拿着画笔。

维德科恩德向他打了个招呼,然后就进入了正题。他要说的就是以派特里克·李恩驰医生为受害者的那件案子。

“我明白。”米歇尔的眼睛还盯着画布,那上面现在只是一片底色。他说,“你们终于决定到正确的地方寻找罪犯了……我猜您听取了欧文·伯恩斯先生的建议？”

“可以这么说,是的。”维德科恩德的嘴角露出一丝冷笑,年轻的画家并没有注意到。“我要向您透露的是案情有了些进展,特别是关于这最后一个谋杀,也就是系列案件中的第五起谋杀。到目前为止，我一直在寻找这些不同的受害者之间直接的联系……”

“这也太荒谬了，他肯定是随意选择受害者！”米歇尔一边混合他的颜料一边说，“死者的身份对他来说没有什么意义！”

“我想并不像您所说的那样荒谬，丹哈姆先生。因为我已经发现了，最后两次案件的受害者之间有着某种联系。我想您知道这一点……”

“我不明白您的意思……”

“只要想想看就知道了。”警官用和善的语气说，“他们之间的联系很显而易见，您肯定能想到。如果我的情报没有错误的话，丹哈姆先生，您应该既认识罗德斯少校，又认识李恩驰医生……”

“认识这个说法也太泛泛了。说起来，我倒是认识罗德斯少校，我对他稍有点好感。但是对于李恩驰医生，我可不敢这么说……”

“这么说，您承认认识这两个人了？”

“我曾经否认过这一点吗？但是我和他们的接触仅限于在酒吧里的偶尔碰面。在公牛酒吧里，我认识很多像他们这样的人！我真不明白您这样问我是什么意思！”

“我要说的就是受害者之间的这层联系：公牛酒吧。在伦敦有几百个这样的酒吧。但是那两个受害者经常光顾的都是这一家酒吧,而您也是一样!您不觉得这也太巧了吗?在最后两个案子中,我们所追踪的罪犯所选择的受害者并不是毫无联系!”

“是够巧合的,但是事情常常就是这样的。”

米歇尔放下了他的画笔,整了整他脖子上的丝巾,然后又说:

“仔细想一下,可能这也很合逻辑。您知道凶手的动机是为了制造完美的犯罪。我想起来了,去年的时候,我曾经带着保罗·布鲁克去过几次这个酒吧。凶手肯定是注意到了这两个人的突出个性,特别是罗德斯少校。他的体形和性格肯定启发了他去……完成一个‘犯罪奇迹’!”

“您可真机灵,丹哈姆先生。”维德科恩德警官不露声色地说。

米歇尔露出了一个谦逊的笑容,然后又转向了他的画布:

“布鲁克先生经常对我这么说。他可是一个很有魅力的人,我欠他的太多了。但是,这也让我现在的境地很尴尬。想到您今天要来调查的目的,我真不好意思。尽管我只是在协助司法部门,在尽一个公民的义务,我还是感觉有点辜负了布鲁克先生的信任……您理解我的意思吗,警官先生?”

“我很理解。但是我认为是您不理解目前的形势。丹哈姆先生,请允许我向您叙述清楚。我们暂且抛开对于凶手的动机的分析，把我们的注意力集中到最后一件谋杀案上。在大概一个星期之前，也就是李恩驰医生死之前四天，在公牛酒吧上演了一场厮打。在这个酒吧里这种事情很少见，所以很引人注目。”

“我明白您的暗示了，但是让我解释一下……”

“我还没有说完。”维德科恩德警官打断了他的话，“这场厮打的一方就是李恩驰医生，而另一方就是您自己，丹哈姆先生。我先警告您一下，否认是没有用处的。我们有至少半打儿的证人能够作证……”

“但是我根本没有打算否认！我正要向您解释！”

维德科恩德警官虚情假意地说：

“那好，您请说吧，丹哈姆先生。请告诉我，您为什么要扇他的耳光，然后和这位绅士厮打起来？”

“因为他侮辱了我！”米歇尔带着被冒犯的神情说。

“他怎么侮辱您了，丹哈姆先生？”

“他侮辱我……对我无理取闹……无端地指责我！”

“毫无根据地指责您？我可不这么肯定……”

维德科恩德沉默了片刻，然后慢慢地捋着胡须，环顾着宽敞明亮的房间。

“这个地方很适宜于工作。”他说，“布鲁克先生看来很关心您的工作环境……他向您付很高的酬金吗？”

“布鲁克先生向我提供住宿和饮食，而且……我还能得到一点零花钱。”

“总体算下来也不多，是吗？”

“是的，目前是不多。但是等我出了名，我的画就能为我带来财源。我们都对布鲁克先生准备举办的画展抱以厚望。”

“但是人不可能提前预支没有实现的收益，丹哈姆先生。您很清楚这一点。到目前为止，您没有任何私人财产，至少法律上讲是这样的。换句话说，您会很乐意有一点儿积蓄，以便过上您梦寐以求的生活。您已经直言不讳地告诉过我们，您打算娶多勒小姐。没有钱可不太好。”

“说实话，我并不否认娶多勒小姐的打算。”年轻的画家嘟囔着。维德科恩德警官态度的变化让他很吃惊。

“但是，”警官又说，“您的竞争对手——保罗·布鲁克，他可不缺钱。如果您期待的成功并没有如期实现——我相信您已经考虑过这种可能性了——您很有可能丧失竞争力。您很清楚财富的重要性，是吧，丹哈姆先生？”

“我知道，但是金钱并不等于一切！我敢肯定金钱不会左右艾美莉的感情！”

“可能今天不会，但是明天呢，谁知道会怎么样？”

“您到底想说什么？”画家激动地问，“另外，这和案子有什么关系……”

“和李恩驰医生有关系。”维德科恩德故作礼貌地回答了画家的问题。“是这样的：我去向他的银行的主管调查过了，他确认了我的猜测。他说李恩驰医生在近几个星期多次提取了大笔的现金，这是很不正常的现象。简单说吧，我认为李恩驰医生实际上是遭到了敲诈。上次你们在酒吧里争吵的时候，他也是这么指责您的吧？”

在画家近乎半透明的皮肤上，一根青筋跳了起来。他开始失去冷静了：

“没错，他就是这么劈头盖脸地攻击我！这已经不是第一次了！我不能任由他这样无耻地诽谤，更不要说是在公众场合！”

“敲诈的把柄是什么？”

“我……我不知道。他没有告诉过我。”

维德科恩德警官意味深长地点头，沉吟了一下，又说：

“这次争吵相当激烈，所有的证人都这么说。几天之后，李恩驰医生就被谋杀了。”

“您的暗示也太可笑了！据我所知，敲诈者通常是不会把下金蛋的母鸡宰掉的！”

“如果母鸡老老实实地下金蛋，敲诈者当然不会这么做。但是如果被敲诈者无法忍受卑鄙的敲诈行为，打算报警，那么他对于敲诈者来说就很碍事了。您明白吗？”

米歇尔非常尽力地保持住了冷静。他又一次摆弄了他的丝巾，然后用相对克制的语气反驳说：

“您想错了，警官先生，完全错了。您进对了房子，但是您找错了人！”

维德科恩德走到了绘画工具前面，又说：

“您应当很清楚吧，在法庭上被告人的配偶的证词是毫无价值的。因为我们自从蒙昧时代就知道，激情和真相是不可能共存的。当我从欧文·伯恩斯先生那里听说了您揭发罪犯的行为之后，我就开始想这一点了。通常来说，我对于这种揭发的证词持保留态度。但是您的行径，说实话，却让我起了疑心。好吧，您能不能告诉我，在最后一次案发的晚上，您都干了些什么？我猜您会说您待在这儿，在自己的房间里睡大觉，而且没有任何人能够证明您的说法，是吗？”

“不对，不是这样的……”米歇尔紧张地回答说。

“嗯？您出门了？在那样恶劣的天气里，您还出门了？”

“没错，我回来得很晚……”

“您去哪儿了？您几点回来的？”

“我去艾美莉家了……但是我没有办法告诉您我回到这里的准确时间。我回来的时候已经很晚了……在午夜左右，或者更晚，我不知道。我们在一起的时候，时间过得飞快。但是我能够肯定一件事情，那就是我们根本没有讨论金钱的问题。”

“我明白了。”维德科恩德干巴巴地回答说，“我们肯定会核查这些情况，丹哈姆先生。啊！还有一件事情！我打算借用几管您的颜料。等我们的专家分析完之后，我会尽早归还给您的。我们会用您的颜料和那位犯罪艺术家寄给我们的警告信中所使用的颜料相对照……”

第二天上午，在苏格兰场的办公室里，维德科恩德警官约见了富有的造纸商人，布鲁克先生。欧文·伯恩斯在一旁，漫不经心地吸着一只雪茄。警官没有客套，他直接打开了放在手边的一个盒子。他从里面取出了一块折着的羊皮，里面包裹着三枚硬币。其中一枚硬币是古铜币，另外两枚硬币则是银合金制成的。三枚硬币的一面上都镌刻着古希腊或者古罗马庙堂的廊柱。

“根据我们的情报，”维德科恩德警官说，“这些硬币都是收藏品，三个都是远古时代的钱币。这枚古铜色的硬币就是在托马斯爵士身上发现的，他被弩箭射中的时候手上拿着的就是这枚硬币。另外两枚硬币也是在现场的树丛中发现的，离受害者都不远。您是一个钱币收藏家，也是这方面的专家，布鲁克先生。我的问题是这样的：这三枚硬币是不是属于您的收藏？”

前考古学者拿起了那三枚硬币，简单地察看了一番。然后他点头表示肯定。

“我先前已经发现它们不见了。但是这些不是最罕见的藏品，所以我并不太担心。我以为自己把它们放到了别处，而不是放在通常的位置上……您认为是托马斯爵士把它们……借走了？”

“托马斯爵士……或者是凶手。”维德科恩德强调说，他一边说，一边仔细地观察布鲁克的反应。

造纸商人又点了点头，接着他表情严峻地说：

“一个凶手……您是说生活在我身边的凶手？”

“这么说吧，这是我们需要认真考虑的一种可能性。不过，在讨论这个问题之前，您能否告诉我这些硬币是大概在什么时候失踪的？”

“很抱歉，我无法回答这个问题。我是在两三个星期之前注意到它们不见了。但是别人可以在很久之前就把它们拿走了。”

“布鲁克先生，”欧文这个时候突然站了起来，他加入了对话。“我想知道您对于这个系列谋杀案的看法。我不是说根据事实和证据进行冷静的分析，我是说您个人的感觉……”

“我在报纸上看到了很多相关的报道，我想我的评价肯定受到了那些文章的影响……”

“我理解，但是我主要是想知道您从艺术审美的角度如何看待这些谋杀。我知道您在艺术领域也是一位很有权威的专家……”

布鲁克用手摆弄了一会儿他的圆礼帽的边缘。他的脸上出现了一个笑容，还有满脸的细碎的皱纹。

“对于看起来和这些犯罪相对应的‘古代七大奇迹’，我是有自己的看法的。在我们所说的七大奇迹当中，只剩下胡夫金字塔屹立不倒，真是令人遗憾。总体而言，这些奇迹都有一个共同的特点。虽然这个特点不是审美的唯一标准,但是值得关注。所有的奇迹都是非常宏伟的建筑,都带有巨人化的特点!不管是爱菲索斯的阿提密斯神殿;还是巴比伦的空中花园;抑或是哈利卡纳素斯的毛索洛斯墓;亚历山大港的灯塔;这些都是巨大的建筑。还有奥林匹亚城里触及屋顶的宙斯神像;更不要说罗德斯的巨人像;更有甚者,那些至今都无所匹敌的巨大的金字塔群,这些人类所建造的伟大的建筑不仅规模巨大而且富有美感。这可以说是人类企图与神比肩,甚至企图超越神的尝试。从某种意义上说,这是人对于神的挑战。在这些谋杀案当中,也清晰可见这种挑战的味道……从我读到的报道上看,这些谋杀案给人的感觉都是超自然的,不可思议的!”

“就是这样。”欧文表示赞同,“从表面上看,没有人能够在那个特定的时刻接近灯塔管理员。没有人能够做到用弩箭准确地射中托马斯爵士,这个世界上最棒的弓箭手也做不到。也没有人能够把那个巨大的花盆砸到玛丽·多蒙小姐的头上而不被证人注意到。似乎没有人直接插手造成了罗德斯少校的死亡,他不可思议地渴死了,而在几厘米之外就有一瓶水!至于李恩驰医生,他看起来是被闪电劈死了,整个过程完全无法用常理来解释!就好像我们这位凶手具有超自然的能力!”

约翰·布鲁克出神地望着他前面的地面,他沉默了一会儿，然后又语调缓慢地宣布说：

“我不知道这个凶手是想要挑战上帝还是其他什么神明，但是我敢肯定他是要向某个人示威，或者是某个机构。也许是一个权威，或者是一群人所组成的权威机构，或者是一种相对抽象的权威形式，比如说司法机构。”

“没错！”欧文感叹地说，“没错，就是这样的！您分析得很好，布鲁克先生。我很赞同您的观点。您所说的就是人类内心深处对于宏伟的渴望，是人类执著追求更高境界的情结。您怎么看，警官先生？”

维德科恩德叹气说：

“我认为你们的说法听起来很有趣，但是并不能掩盖事实，布鲁克先生。您肯定明白，事实并不总是那么‘美妙’……”

布鲁克的眼神里显现出一丝担忧：

“您真的认为凶犯就是某一个人……一个住在我的家里的人？”

“是这样的，布鲁克先生。很遗憾，我们有充足的理由这样认为。我们现在还没有充足的证据，但是除此以外我们都很确定……您应该在报纸上看到了，凶犯每次在作案之前都会给我们邮寄一个字谜。他把字谜写在画板上，是用还没有干的颜料用画笔写上去的。”

富有的造纸商人的神情突变：

“您的意思是说，一个画家？按照您的说法，罪犯就住在我的家里，所以您就判定米歇尔就是你们要找的人！这也太轻率了！我无法相信这种可能性！”

“我还有其他理由，布鲁克先生。”维德科恩德警官用一个手势示意布鲁克冷静一下，“请让我向您透露一个很显而易见的事实，这个事实也是相当准确的。我们刚刚化验了凶手寄来的画板，还有从丹哈姆先生那里拿到的颜料。我们的专家无法判定说凶手使用的颜料就是出自丹哈姆先生的颜料管，但是它们都是一个牌子的！更重要的是，这种牌子的颜料已经停产了！这种巧合也太不寻常了，还有您手上拿着的三枚硬币也是凶手从您的房子里偷走的……”

布鲁克的脸色发白，他嘟囔着：

“不可能是米歇尔……不会是他……您肯定搞错了……”

“在这种情况下，如果不是他，那么就肯定是某个人处心积虑想要加害于他！也就是说有另一个偷走了硬币，还故意使用了米歇尔的颜料。或者是故意选择了同样牌子的颜料，目的是把怀疑都指向米歇尔！”

“嗯……这倒是有可能……”

“遗憾的是，”警官又叹气说，“我们很难按照这个路子寻找罪犯……在您的家里，有谁有理由对米歇尔如此恨之入骨吗？您肯定比我们更清楚这个问题的答案。坦率地说，布鲁克先生，我们对于自己的工作是很有把握的。不管这个现实对您来说多么的残酷，您都必须接受现实，您所支持的年轻画家就是罪犯。我们现在还需要做最后的调查核实,要去核对一下他在最后这起凶案发生当晚的活动记录。如果他还是拒绝提供准确的信息,我现在就可以告诉您他的情况不妙……”

13

我和欧文坐在布鲁克家花园里的桌子旁边，等待着保罗·布鲁克的到来。这是一个宜人的午后，天边没有任何乌云的影子。我随意地观察着周围的环境。我发现，几天前的骤雨过后，花园里的植物又恢复了生机。只有草坪还没有从前几天的热浪中缓过劲儿来。在花园中间的位置，在约翰·布鲁克所设计的那个怪异的装饰性建筑“冥界之门”的周围，由于一直暴露在烈日之下，那片草地看起来还生死未卜。我同时注意到：那些蔓藤植物长得异常繁茂。它们的枝叶比上次我们拜访的时候要多上一倍。这并不算什么特别的现象，但是让我感觉很不舒服，忍不住颤抖了一下。就在这个时候，我的背后有一个声音说出了我脑子里所想的那几个词：

“‘冥界之门’……”

我转过身，看到一位面色暗淡，身材消瘦的女人。她穿着一条黑天鹅绒的便裙，别出心裁地配了一件绿松石色的缎子上衣，上面有乌黑的刺绣。她的头发挽成了发髻。尽管她的相貌很讨人喜欢，但是她忧郁的眼神里没有半点的愉悦之色。

布鲁克太太应该已经快到六十岁了。但是她属于那种很难辨别年龄的女人。

“用这个名字来命名一个花园里的建筑未免有点怪异，您不觉得吗？”她问我们。然后她自我介绍了一下，并且告诉我们她的儿子过一会儿就会来会见我们。

欧文彬彬有礼地对女主人的评价表示赞同，但是同时他又强调说这个建筑很有特色。

米拉达·布鲁克在我们旁边的铸铁凳子上坐了下来，若有所思。

“约翰有时候会有很奇怪的想法。”她沉默良久之后才说，“甚至是哀伤的……他已经变得太多了，和我刚认识他的时候完全不同了。”

“我猜你们是在您的祖国相遇的，是吗？”欧文问，“在很久以前，我曾经拜读过您的丈夫就巴尔干地区的问题所写的论著。”

“是的。”布鲁克太太的眼光望向了远方。“当时他是一个非常活跃的年轻人，精力充沛，满脑子的理想，生性乐观。那时候，他还没有对埃及的木乃伊发生兴趣！不过，随着时间的流逝，他对木乃伊也失去了兴趣。他的兴趣总是变来变去……现在他专心在绘画领域,或者说是专注于画家。”

“您是说那位年轻的天才,丹哈姆先生?”欧文假装随口问道。

布鲁克太太停顿了一下,然后回答说:

“是的,可以这么说。不过丹哈姆也许明天就走人了,下一个会是史密斯先生或者是布朗先生。然后他又会放弃画家,转而关注雕刻家或者是音乐家。这些都不重要……”

米拉达·布鲁克的语调中毫无感情,让人很难猜测她话中的意思。这种话如果用鲜明的语调说出来就会让人认为是严厉的指责。

“但是我没有看出任何哀伤的色彩!”欧文轻松随意地说。

“冥界之门,”她说话的时候眼睛正望着那个建筑物,“给花园里最重要的建筑物起这样的名字,您觉得令人心情舒畅吗?在我的故国,我们认为这样的名字是会带来厄运的……我们搬到这里之后,我曾经设想过一些欢快的东西,比如说天堂公园。但是他说这种东西太俗气了。”

“啊!我明白!”欧文表现出很理解的态度。“我刚才还以为您说的‘哀伤’是指绘画以及年轻的画家……”

“哦!我相信画家和绘画也难免和哀伤相关!我并不是针对米歇尔。但是我发现,自从他到了这儿之后,家里的气氛就开始紧张了。(她稍稍犹豫了一下又说)而且保罗在这期间也变了很多……啊，他来了。”

布鲁克太太起身打算离开了，我们向她道别。她的儿子迈着从容的脚步朝我们走了过来。他们相遇的时候，保罗好像根本没有注意到他的母亲落在他身上的目光。

不过，和我们客套了几句之后，保罗就向我们询问刚才对话的主题。欧文向他介绍了刚才我们谈到的内容，他强调说布鲁克夫人很有个性。

“是的，”我们面前的年轻人脸上是一个毫无愉悦之情的笑容，“但是只有我父亲不在的时候她才有个性。在我的父亲面前，她总是尽量少发表评论。但是评论又有什么用处呢，在我的父亲面前这根本不管用。我猜您来访不是为了这个吧？”

“当然不是。我们来这里是想要和您谈谈关于米歇尔·丹哈姆的事情。”

保罗的表情突然绷紧了。欧文又补充说：

“就是那个米歇尔·丹哈姆。现在看来，您对于他的怀疑都被证实了。我不能向您透露细节，您肯定能理解我的难处。但是我可以告诉您，他现在正在苏格兰场接受正式的质询……”

“那么说他被怀疑犯有谋杀罪？”保罗·布鲁克吃惊地问。

“是的。因为目前的怀疑都集中在他身上。您的父亲难道没有向您提起过这件事吗？”

那个年轻人耸了一下肩膀，用微不可闻的声音嘟囔着说："没有。"

"布鲁克先生，"欧文又说，"我想要知道的是您目前的观点。换句话说，您是否仍然认为他应当对这个系列谋杀案负责？"

在几秒钟的时间里，我注意到在那个年轻人的眼睛里有和他的母亲类似的眼神。那是一种既茫然又富有激情的眼神；光芒四射却又显得矫揉造作。他的眼神很难解读，我只能猜测其中包含了强烈的感情。

"我可不是那种像换衬衫一样整天改变观点和品味的人。"保罗斩钉截铁地回答。"我当然不会盲目地坚持一个错误的观点。但是我可以明确地告诉您，我对于米歇尔·丹哈姆的判断并没有动摇。正相反，他日常的表现使我更加确信他是有罪的。我想您上次并没有重视我所说的……"

"嗯，是这样的。"欧文点头承认，"请您理解，我们当时有充足的理由认为您的证词多少受了私心的影响……我是说您对于多勒小姐所抱有的激情。"

"激情！您说这个词就好像是在说突然发了高烧的症状！激情是一种原始的、轻率的冲动！用来形容米歇尔还差不多！"

"我可以理解您的观点。"

"您真的理解吗？"

保罗用挑战的眼神盯着欧文。然后他突然站了起来，我以为他要采取什么激烈的行动。其实他是走到了花坛，他俯身摘了一朵蝴蝶兰。他走了回来，把蝴蝶兰举到了欧文的面前(我知道欧文也很喜欢蝴蝶兰)，然后他说：

“这只是一只美丽的花朵，伯恩斯先生。您可以看到那上面微妙的蓝色调的变化。在靠近中心的位置是天鹅绒一样的深蓝色，然后逐渐淡化到花瓣上的天蓝色。这些色彩和那个黄色的斑点多么协调啊！”

“这种色彩搭配确实很出色！”

“这朵花真是太漂亮了……”

“我完全赞同，您放心，布鲁克先生。”

“这朵花很漂亮，只有艾美莉的美丽能够和它相提并论。她是女人中最漂亮的！”

“关于这一点，我也完全赞同。我和您的观点完全一致！”欧文轻咳了一声。

“伯恩斯先生，我想要向您表达的是：一个美丽的生灵，不管是哪一种生灵，都不可能在一天当中绽放。这朵蝴蝶兰昨天还‘不够火候’，今天则‘正当时’，您明白吗？这朵花需要很长的时间来准备绽放的那一天。真正的爱情也是一样，那是一个缓慢的过程。在这其中的每一个阶段都需要慢慢地度过，需要用从容的步伐，去体会每一个瞬间，需要用心去升华，用绝对的默契温存地等待。只有这样才能让美丽得以充分发挥。现在您面前的这朵小花就是一个例子，它的美丽现在正在绽放……”

保罗·布鲁克的表情和言谈之中毫无做作。相反的是，欧文的境地让我忍不住想要发笑。他以往总是善于这样侃侃而谈，现在也轮到他面对这样的教诲了。欧文满脸的沮丧，他看了看我们的主人，又看了看举到他面前几厘米远的蝴蝶兰。

“我明白了。”他最后泄气地说，“我现在完全明白了。”

“问题是，”保罗又坐下来，“米歇尔·丹哈姆完全不明白这些。”

“您曾经试图向他解释过这些吗？”欧文大胆地问。

我们面前的年轻人耸了一下肩膀。

“没有。那等于是浪费时间。他对艾美莉的感情就是一种原始的冲动，他只有这么一种感情。他的行为，还有他固执地否认事实的做法最后升级成为对我的怨恨，当然还促使他犯下了那些可怕的罪行……”

“有一件事情让我很好奇。”欧文思索着说，“我感到奇怪的是：实施这些谋杀案的凶手看起来更像是冷静而谨慎的人，而不是那种容易受怒火驱使的人……”

“我认为米歇尔完全可以做到冷静和谨慎。一旦他下了决心，他就能够像绘画的时候一样耐心和机敏。”

欧文认为他的说法不无道理。他接着询问：

“布鲁克先生,除了您自己之外,在您的周围,是否还有其他人对丹哈姆先生怀恨在心？或者有人暗中抱有敌意？”

“您为什么问我这个问题？”保罗粗鲁地发问,“不是已经确定他有罪了吗？”

“还没有最终确定……”

“您已经找到了动机,也有了证据。我不明白,难道您还需要其他东西？”

“现在还需要搞清楚他是否有充足的时间来实施最近的一次谋杀。”

“据我所知,他没有什么不在场的证据！”

“那您呢？布鲁克先生,您能证明在十三号的晚上您不在案发现场吗？”

“我像每晚一样,在我的房间里睡觉！”

“有什么人能证明吗？”

保罗·布鲁克的眼睛里闪现了一丝心虚：

“没有人能证明……”

“这种说法并没有太大的用处。”欧文带着愉快的笑容说,“另外,丹哈姆先生的情况也是一样。不用管他,您还没有回答我的问题。您是否知道有其他人对丹哈姆先生怀恨在心？”

欧文的话头被打断了。布鲁克家的女主人推开了房子的后门。她说一个邮局的人刚刚送来了一封急件,是给伯恩斯先生的。

过了一会儿,我们了解到了信的内容。维德科恩德写的字条很简短:

“到我的办公室来,立刻,快,马上来,有重要的消息。”

14

“我想我犯了一个错误。”维德科恩德警官在他的办公室里向我们宣布说。我们刚刚赶到了苏格兰场，已经是下午时分。

这一次维德科恩德一反常态：他没有坐在自己的座位上，而是在屋子里走来走去。他时不时地吸一口他的雪茄，竟然没有注意到他的雪茄已经熄灭了。他的气恼是显而易见的，但是我们猜不透是什么惹恼了他。他简单地向我们打了个招呼，然后他请我们坐下，等着他开口：

“我当时真应该听从您的建议，伯恩斯。”维德科恩德转向欧文说，“不管谁是凶手，他肯定都和布鲁克家有关系。我要是在案发的那天晚上派人暗中监视那两个嫌疑人就好了。在向你们介绍当前的形势之前，我要先通报一下调查工作中发现的一些细节。”

“我们在李恩驰医生的尸体上发现了矿物油燃烧所留下的痕迹。我们可以很肯定地说，凶手在现场洒了汽油。不光是李恩驰的身上，还有他坐的椅子和旁边那棵被雷电劈中的树。他肯定还使用了一些柴火捆儿，用来点燃所有这些东西。也就是说，并不是闪电导致了燃烧，而是有一个罪犯在故意纵火。

“糟糕的是这并没有解决难题。正相反，问题越来越让人迷惑了。因为那棵树绝对是被闪电劈开的！任何人都不可能凭借自身的力量劈开那棵树！即便是罗德斯少校那样的巨人也不可能！除非是有好几个人，或者是借助马车的力量！我们询问了附近的伐木工人，他们很肯定地说：那棵树是刚刚被闪电击中的，毫无疑问。

“李恩驰医生避难的那个小柴房，也有同样的情况。门上的挂锁遇到强烈的高温，以至于金属都部分变形了。但是门框上留下的痕迹又完全不同，就好像是有人在故意搞鬼。在门锁周围的木头先是被什么锋利的工具凿开了，很可能是一把斧子。然后那些木头又被什么炙热的东西烧焦了，可能是火把或者炭火之类的东西。总而言之，在现场发现的痕迹自相矛盾。算了，我们还是说说案发当晚的时间顺序吧。

“在六月十三日的晚上，大概二十一点三十分，李恩驰医生把自己关在了柴房里。他比以往任何时候都紧张、焦躁不安。在凌晨一点左右，暴风雨开始了。三点左右，李恩驰太太注意到柴房的门反常地开着，而且她的丈夫不见了。很遗憾，李恩驰太太无法确认在一个小时以前柴房的门是否仍然关着。大约三点三十分，雨停了。到了早晨六点钟，看林人发现树林里有燃烧的浓烟，随后发现了受害者的尸体。根据法医的鉴定，死者在被焚烧之前曾经多次被打晕，最后是被勒死的。法医认为时间是凌晨三点钟，他给出的最大误差范围是一个小时。那么作案的时间可以确定在凌晨两点到四点之间……"

维德科恩德背着手，熄灭的雪茄还捏在手上。他突然停住不动了，他的眼光死死地盯着地板。

"在这段时间里丹哈姆在干什么？"维德科恩德用低沉的声音自问，"我认为，这就是问题的关键。对于这个怪异的谋杀案，我们现在了解的还很少，还有凶手在死者周围精心布置的场景……"

"说得很正确。"欧文表示赞同。他小心地捏着挂表链子的一端，出神地观赏了起来，就好像那是一个新奇的东西。"第一个不同寻常的地方就是死者对于雷电的恐惧，而且是不断增加的恐惧。他是两年前开始患上恐惧症的。而在凶手发出警告信并实施谋杀的时候，他的恐惧症也达到了极点。也就是说，凶手在很久以前就已经设计好了这个谋杀，也选定了受害者。这和我们原来的猜测完全不吻合。更加难以理解的就是凶手如何把受害者从避难所里弄了出来。不要忘了，李恩驰医生躲在壁垒后面，手上还拿着武器，随时防备着不速之客……结果呢？凶手还是照样得逞了。他还成功地把李恩驰医生运到了树林里。他竟然找到了一棵刚刚碰巧被闪电击中的树，这棵树的旁边又恰巧有一个观望台。而且是在昏暗的雨夜里完成了这么多复杂的工作……”

“我们还是把注意力集中到具体的问题上吧。”维德科恩德警官干巴巴地说，“从塞温斯宅第到李恩驰医生的住所，乘坐马车用不了半个小时。丹哈姆当晚是在多勒小姐那里，从那里到李恩驰家的时间稍微短一点，大概二十分钟。从受害者的家到发现尸体的那片树林也需要二十分钟。换句话说，用最紧凑的算法，丹哈姆在路上就需要花费至少一个小时的时间。这还没有计算他找到受害者，实施谋杀等等动作所需要的时间！

“是的，最少也需要这么多时间。我们还要考虑他在树林里布置现场所需要的时间。比如说，他需要把尸体弄到那个高台顶端的凳子上，他还需要点燃火焰，在那样的雨天里想要点火可不是一件容易的事情。不过，他可以晚一些再干这些事情……

“好吧。现在我们考虑最极端的情况。刚才我们说过了，他作案的时间范围最晚是凌晨四点钟。那么现在需要考虑一下三点钟的时候他在哪儿……您同意我的算法吗？”

“我完全赞同，”欧文带着一个虚幻的笑容回答说，“但是我在想也许我们对于这场雷雨重视得不够……"

"为什么？"维德科恩德警官的眉头挑了起来。

"因为，尽管这场雷雨看起来很猛烈，但是它的效果并不显著……"

"我不明白您的意思，欧文！"我插了进来。

"我在回想一段寓言……"

"橡树和芦苇的故事？在那个故事里大树最终还是被狂风连根拔起了！"

"您没有猜中，阿齐勒。我在回想腓比斯和北风的故事。有一天，太阳神腓比斯和猛烈的北风都看到了路上的一个行人。那个人穿着很厚重的外套。于是腓比斯和北风相互打赌，看谁能先让那个人把外套脱下来。北风用尽了全力。狂风大作，但是毫无效果。太阳神则采取了完全不同的方法。在烈日炙热的光芒之下，那个行人很快就老老实实地脱掉他身上沉重的衣服……"

"但是这个寓言和我们的案子有什么关系？"维德科恩德警官不满地抱怨着。

"这个寓言的意思是说，要想实现一个看起来很困难的任务，有时候并不需要费尽周折。关键是要找到合适的方法。"

维德科恩德警官的脸上露出一个虚情假意的笑容：

"您认为凶手有办法在更短的时间里实现他的目的？"

“很可能是这样的。”

“我只给他半个小时的时间，怎么样？或者只给他一刻钟！算了，干脆更加慷慨一点，我看他只需要几分钟的时间就够了！”

欧文困惑地看着维德科恩德：

“警官，我觉得您的态度真是咄咄逼人。您看起来很恼怒……”

“对，我就是很恼怒！”维德科恩德突然爆发了，他满脸通红。“到目前为止，我一直在怀疑那个年轻的画家！他再合适不过了：寄给警察的画板，还有被偷走的硬币。等我追查到公牛酒吧，我认为我已经找到了最关键的线索。不仅最后两个受害者都经常光顾那里，连我的怀疑对象也经常出入公牛酒吧！等我听说了李恩驰医生正在受到敲诈的情况，我就更加确信无疑了。敲诈医生的正是米歇尔·丹哈姆，而且他们最近还发生了冲突！但是，现在米歇尔又突然有了一个当晚不在场的证据……有人说直到凌晨四点都和米歇尔在一起！”

维德科恩德陷入了沉默。在此期间，我注意到欧文的脸上全是惊诧的表情。看来他和我一样吃惊。

“一个不在场的证明！”欧文最后终于缓过神了。“可是，我以为他没有办法证明他午夜之后都干什么了！他不是大约在午夜时分离开了多勒小姐的家吗？……”

“我也是这么以为的，可恶！但是我的一名警员今天早晨去询问了多勒小姐。这位多勒小姐说丹哈姆和他在一起下象棋直到凌晨四点！”

第二天，美丽动人的艾美莉·多勒小姐来到了维德科恩德的办公室。警官盘问了她，但是艾美莉丝毫没有改变她的证词。按照她的说法，那天晚上陪着丹哈姆走到了门口的台阶上。她返回房子的时候听到客厅里的座钟敲了四下，所以她可以准确地说丹哈姆是四点离开的。接着维德科恩德又盘问了丹哈姆。那个年轻人承认说他在这个关键的问题上没有说清楚。他不想让心上人的名声受到影响，所以认为有必要隐瞒离开的时间。他又难为情地解释说离开的时候并没有看表，但很可能就是四点左右。

距离上次谋杀已经有一个星期的时间了，我和欧文又一次去拜访年轻的艾美莉小姐。在这一个星期的时间里，欧文没有向我透露任何东西。根据我的经验，还有我们目前的调查的进展，我感觉到调查工作目前已经进行了一半了，很快就要到达高潮了。到目前为止已经发生了不少事情，但是真正决定性的时刻还没有到。那个高潮正在潜伏着，就像现在伦敦的夜幕一样令人不安。

我们的马车停在多勒家的围栏外面的时候，天色已经晚了，路边的煤气灯已经被点亮了。我们按了门铃，艾美莉小姐来给我们开门，她的脸上显出了一丝惊讶。但是等我们进了客厅,她又笑着向我们坦白说她预料到我们会来拜访她。她把我们引荐给了她的婶婶,一个笑容可掬的老太太。不管我们说什么,她的婶婶都点头称是。我们和老太太简单地聊了几句,然后艾美莉就把她送回房间了。过了几分钟,艾美莉回到了客厅。她询问我们此行是私下拜访还是正式的拜访。

“两者都有一点,您知道的!”欧文回答的时候眼睛紧盯着年轻的女孩子。

“这么说我就放心了!我担心你们太讨厌我了,以至于把我从嫌疑犯的名单上除去了!”

“我们可不敢这样冒犯您!”欧文用最和蔼的语气做出了保证。“但是您得允许我有点儿偏心,我更倾向于拜倒在您脚下的那两位骑士!当然了,我也不能排除您是其中之一的同谋的可能性……”

艾美莉的脸上显出了不快:

“您不相信……我为米歇尔,就那天晚上的事情所做的证词?”

“要不是因为你们之间深厚的感情,我绝对没有理由不相信。在下国际象棋的时候,您可能忘记了时间的概念。您能肯定没有搞错时间吗?”

艾美莉扭头看了看座钟,然后又把目光落到了欧文身上。她用摇头表示“没有”。

“维德科恩德警官不停地问我这个问题。”她清了清嗓子然后说,“我确信没有搞错时间。因为米歇尔离开的时候,我清楚地听到座钟敲了四下。”

“真遗憾!”欧文叹息了一下,沉思着说,“警察们肯定很失望。在他们的眼里,丹哈姆先生是一个非常合适的嫌疑犯。”

欧文向艾美莉介绍了警方对年轻画家的种种怀疑。特别是米歇尔和已故的李恩驰医生之间的争吵:在被谋杀之前不久,医生把他当做了卑鄙的敲诈者。

“您认为呢?”欧文问艾美莉,“您觉得医生的指责有根据吗?如果米歇尔真的在搞敲诈,他手上的把柄是什么?”

艾美莉用手指轻轻地抚弄着座椅的扶手。她沉默了一小会儿,然后宣布说:

“坦白地说,在我看来米歇尔更有可能是谋杀犯,而不是敲诈者。我不认识这位李恩驰医生,我只是听说过他的名字。米歇尔向我提起过几次这个人……”

“关于哪个方面?”

艾美莉做了一个全然不知的手势。

“我已经不记得了……”

“是不是关于医生对于暴风雨的恐惧症?”

“啊,是的。您这么一说,我倒是想起来了……但是他给我讲这个故事的时候是当做一段奇闻轶事。我不明白怎么可能利用这个恐惧症作为敲诈的筹码?再说,米歇尔对于金钱不是很感兴趣……”

“他可能对金钱本身不感兴趣，但是可能要用金钱来实现其他目的。比如说筹备一个他非常热心的项目,但是这个项目需要一大笔钱。……根据我所得到的情报,米歇尔可是个穷光蛋！”

“这我很清楚。”

“这很可能会妨碍到……您的幸福？”

艾美莉耸了耸肩膀。

“不会的。再说，我以前告诉过您了，我还没有决定选谁。”

“您可能还犹豫不决……但是他呢？”

我们面前这个年轻的女孩子做了一个不满的手势：

“现在我们已经很清楚米歇尔不是凶手了，您为什么还要问我这么多的问题？”

“如果不是米歇尔,那就是他的对手……”

艾美莉站了起来,她瞪圆了眼睛：

“您是说保罗？”

“现在丹哈姆先生已经被排除了嫌疑，那么我很自然地就把注意力转移到这个人的身上……”

艾美莉的头发被收拢在了一个发网里。这样一来,就露出了她那张漂亮的脸蛋。我们都注意到,在她浅褐色的脸上泛起了一层淡淡的红晕。这泄露出了她心底的感情。

“我知道……但是我无法相信……”

“用严密的方式去猜测一个凶手的真实身份相对简单，而且往往很有趣。但是如果让人接受某人就是凶手的断言，同时意识到这种断言所导致的悲剧和可怕的结果，就没那么轻松了。”

艾美莉认真地点了点头。

“然而，事情并不那么简单。”欧文又说，“我们仅有两个嫌疑对象。现在已经排除了一个米歇尔——对于保罗·布鲁克的怀疑还只是单纯的理论上的推测。不过很多证据都清楚地表明：我们这位‘犯罪艺术家’是一个经常出入布鲁克家住宅的人。至少是一个有机会偶尔进出塞温斯宅第的人。现在，我请您在考虑这一点的同时，仔细地回想一下去年圣诞夜的晚会。那个晚会看起来是整个事件的开端。请仔细想想，在您向两个追求者发出‘犯罪七大奇迹’的挑战之前，有没有感觉到在被人操纵？也许有一个您身边的人在暗中使用只言片语狡猾地引导着您？”

“我们已经谈过这个问题了。我不觉得有人在操纵我。有很多人都参与了对于挑战的讨论……”

“那些人都能够时不时地出入布鲁克家？”

“是这样的。但是我不记得有什么特别的人。如果按照您的说法，真的有一个人，就靠他个人的能力把谈话的主题引到‘七大奇迹’上来。那么这个人也实在太狡猾了……”

“罪犯的狡猾程度是不言而喻的。”欧文拉长了语调说，“我们面对的是一个出类拔萃的人，一个与众不同的罪犯。我还从来没有遇到过如此能干的罪犯。他挑战司法制度，嘲笑警方，制造诸多的假线索。他还随心所欲地用他喜欢的方式杀人，他的手法完全违背了最基本的物理学原理。他时而隐身无踪，时而又轻如鸿毛，时而隔山打牛，还能劝说受害者把自己渴死。因为这些原因，我坚持要让您回想那个晚会上的场景。哪怕是最不起眼的细节，最微小的回忆都可能是非常重要的线索……”

艾美莉沉默了半晌，然后抱歉地摇头。欧文自己也自责说，那天晚上他也在场。作为一个侦探，他也回想不出什么。

“话说回来了，”欧文又补充说，“要想从我们的脑细胞里找到什么东西，光靠拼命地思索是不够的。记忆女神喜欢受到礼遇。受尊重的记忆女神可以产生丰富的联想，就比如说那九个美丽的缪斯。但是这一次，记忆女神似乎对我们很不满意。在这段时间里，我感受不到记忆所带来的灵感了……”

“那您还不如暂时放弃希腊神话，转而求助于埃及神明好了。比如说阿吞神？”艾美莉调侃地笑着，向欧文建议说。

“也许我应该定期地去参加太阳神俱乐部的集会活动？”

“为什么不呢？您可以尝试和阿吞神联络一下。我相信阿吞神肯定能帮您找回直觉！谁知道呢，说不定阿吞神还能给您一些暗示，帮助您找到正确的方向，给您指出光明大道！”

“光明！”欧文被逗乐了，他思索着重复说，“光明总是能驱走黑暗，而且光明总是把我引向真相！”

“您不喜欢太阳吗，伯恩斯先生？”艾美莉忐忑不安地询问。她好像很怕欧文会给她否定的回答。

“有哪个英国人不喜欢太阳呢？”

“请闭上眼睛，想象一下太阳那温柔的光芒。(艾美莉一边说一边就这么做了)想象一下阳光的温热轻拂着身体……您的精神随之充实了起来……这难道不是最佳的放松的方式吗？随后，您就可以集中精力去思考重要的事情。凭着您这样的才智，您肯定能够破解这个神秘的系列杀人案！”

年轻的艾美莉摆出了一副冥想的姿态，保持了好几秒钟。欧文则是满腹怀疑的样子。他朝艾美莉凑了过去，犹犹豫豫地问：

“您是开玩笑，还是说真的？”

“两者都有一点，您知道的！”艾美莉重新睁开她的栗色眼睛，欢快地回答，“说真的，您应该试一下。先彻底地放松，您就躺在太阳下，然后开始思考……有机会的时候，我们找一个下午，我可以向您介绍一下经验，教您如何充分地利用这个办法！您很有可能会得到重要的启示，然后就可以解开这个谜案了！”

在回程的路上，我忍不住向欧文强调说艾美莉·多勒小姐看起来是一个非常不拘小节的人。

“她可是非常的迷人,而且很懂礼貌。”欧文回答的时候没有看我。

“她的礼貌真是无可指责。她无疑也非常迷人,甚至是有点过于迷人了。”

“您想说什么?”

“我感到好奇的是她的品行。她如此公开地挑逗您,这可算不上得体的行为!”

我们的马车在路上不断地颠簸,街道两旁的是沉睡着的房屋。借着煤气灯微弱的光线,我能够看到我的朋友的脸。

“您太夸张了。”欧文沉默了一下,然后说,“艾美莉小姐只是想要协助我的调查工作。”

“她只是这么说!”

“天哪,我猜您是嫉妒了吧,阿齐勒!”

在反驳之前,我使劲儿地清了清嗓子:

“我可不想在您要前进的路上设置障碍。不过我要承认,实际上我对于她的魅力不是毫无感觉。现在我真的很理解那两个追求者的感情!他们为了最终俘获芳心愿意赴汤蹈火的决心,在我看起来不算荒诞或者狂热了!”

“现在我们又回到了我们最初的推测。我们可以回忆一下,那三个年轻人都一致认为:神秘的连环杀手要么是米歇尔·丹哈姆,要么是保罗·布鲁克。我认为艾美莉小姐能够帮助我……她的帮助会有效果的。阿齐勒，我私下里告诉您，我现在和警察一样可悲地不知所措！”

“那么说您打算去找她……找一个合适的机会？”

“找一天好了，对，这很有可能。”

很可惜的是，在随后的十五天中，欧文都没有时间去实现他的玩笑话，没能到阳光下散步。案情有了重大的进展，六月二十三日，警察又收到了作为警告的第六个画板。这次“犯罪艺术家”是在沙土色的背景之上使用赭石色的颜料写字。内容是用大写字母写下的：

A ......SE P..K .OH. MONTERA BIENTÔT JUSQU'AUX DIEUX

（A ......SE P..K .OH.将要升上天界）

15

警察收到警告信之后第四天的晚上，欧文·伯恩斯显得出奇的焦躁,而且随着时间的推移,这种焦躁的情绪越来越强烈了。警告信的内容已经刊登在报纸上了。警方用惯常的口吻恳请能够破解这个字谜的市民立刻和当局取得联系。

“这次,”陷在沙发里的欧文说话了,语气里带着尖刻和嘲讽的味道。“连我们的维德科恩德警官都猜到了凶手给出的暗示。现在只剩下两个‘古代奇迹’了:位于哈利卡纳素斯的毛索洛斯墓庙和修建在吉桑的法老胡夫(Khéops)的金字塔。从这两个选项里猜是很容易的。”

“我看 SEPKOH 是 KHEOPS 的字母重组……”我说。

“您还有什么疑虑？”

“我很肯定。但是我不明白这组字母前面的那个字母‘A’是什么意思。在胡夫(Khéops)这个词里可没有‘A’。”

"根据维德科恩德的说法,在画布上,这个字母'A'和后面的小点之间有一个小间距。所以这个'A'可能是作为介词引导一个地点[1],而不是受害者姓名的一部分。我想那一串点当中的第一个单词可能是一个地名。也许一位'Pink·约翰'先生很快就要在那里升上天界……"

"这也是一种可能性。"我疲惫地叹息着说,"上帝啊,在下一次谋杀发生之前,我们还要设想多少种填字组合!……"

"我看您很悲观,阿齐勒……唉!其实我也一样。我们能够在命案发生之前破解这个谜题的可能性很小!谁会是下一个受害者?凶手会在什么时候动手?用什么方法作案?是不是又一起'不可能'的谋杀?我们不知疲倦地自问这些问题,一个小时又一个小时,可是根本找不到一丁点儿答案!说实话,我现在可不想坐在维德科恩德警官的位置上……我打赌他这几天几乎都没有睡觉!"

"我要提醒您,我们自己也在不断地熬夜!"

"这倒是实情。不过我们不像维德科恩德那样负有职责。尽管他已经尽了全力,我还是担心他无法阻止罪犯的邪恶勾当……"

"他的人马不是轮流监视着布鲁克家的房子吗?那两个嫌疑犯如果想出门,肯定逃不过他们的眼睛。"

"他们是在进行监视。但是布鲁克家的房子很大。而且这

① 在法语中,A可以作为引导地点状语的介词。

种监视就能预防第六次谋杀吗？”

“可能不会。但是，我们至少能够知道那两个年轻人是否有罪。如果在案发的时候那两个人都没有离开布鲁克家，我们就可以把两个人都排除掉。”

“说起来容易。”欧文叹息着说。

然后欧文站了起来，走到了壁炉台跟前。壁炉台上摆放着那些优雅的女神雕像。他对着雕像说：

“哦，我亲爱的缪斯们。你们为什么把我抛弃了？难道我曾经背叛过你们，以至于你们对我不满意了？卡莉欧碧，为什么您不用美妙的声音在我的耳边说一个有魔法的字眼？克莉奥，您为什么不展开手上的羊皮卷，像以往那样给我启示？还有您，波莉海妮娅，您怎么不照亮我的回忆？我的手上已经有了拼图所需的所有元素，但是我就是不能把他们组合在一起！迷人的欧特碧，您为什么不吹响手上的长笛？为什么不让我倾听您美妙的音乐，好让我的思维在梦神的指引下跳舞？”

欧文继续向那些“亲爱的伴侣”们诉说着他的怨言，埋怨她们默不作声的态度。随后，他自己也失望了，回到了他的座位上。

“我完蛋了！”他嘟囔着说，“今天我已经降到了大众水准之下了。一个年轻的女孩子表示要教我如何‘获得灵感’；另一个年轻人仔仔细细地教我欣赏一朵小花的美丽……我们这是怎么了？还有那天，布鲁克先生把古代奇迹的美感和宏大联系在了一起，这些东西本应出自我的口舌……阿齐勒，我真的完蛋了。我可能正在慢慢地滑向常人的水平。上帝呀，为什么在我身上施加如此残酷的惩罚？我，欧文，一直是因为感觉超人一等才有活下去的勇气。您为什么要这样惩罚我？这太残酷了，我实在无法忍受！”

我的朋友不停地倾诉他心中的哀伤。我决定想办法调节一下他的心态，因为这种抑郁的情绪很可能会不断加深。

“至少我们已经知道要找哪个‘古代奇迹’了，剩下的问题就是找到这个奇迹！”

“还有比找一个金字塔更困难的事情吗！全世界的人都知道，在伦敦的每一个街角都矗立着一个金字塔！”

“别说蠢话，这肯定是一个比喻！”

“那么说，还有一大堆的苦难在等着我们！……”

“您有没有想过坟墓的问题？一个墓地？那些金字塔本身就是坟墓，是皇室的墓地，对吧？”

“阿齐勒，我当然没有想到这一点。不过我很幸运，有您在旁边提醒我！好，请继续，请告诉我应该从哪个墓地开始调查？”

我克制住自己，没有理会他的冷嘲热讽。我站起身，走到他的书架前面。我的眼光扫过了古典巨著，然后我向欧文询问，在他的藏书当中是否有关于“古代七大奇迹”的著作。

“在那本《伊利亚特》旁边，有一本《希腊历史》。那当中有一点手稿是费洛[1]写的……”

我翻开了那本书，找到了我想要查询的内容，然后回到了我的座位上。

“这里面有一些很有趣的东西。”过了一会儿，我说。

欧文这时候正把手指顶在太阳穴上，他的目光死死地盯着那九个缪斯雕塑。听到我的话，他打破了沉默：

“这个房间里所有的东西都是值得关注的，阿齐勒，这是不言而喻的。”

“我发现了一个有趣的现象。就像您刚才提到的，那天布鲁克先生把人类建造古代七大奇迹的行为解释为人类企图用这些奇观的美丽和宏大来与神比肩。这种解释和费洛的评注如出一辙……”

“布鲁克先生可不是一个白痴。他博览群书，而且对于古典著作了如指掌。”

“听听我读到的这一段：巴比伦的空中花园可以说是人对于自然的挑战，土地所结出的果实生长在比人的头顶高很多的地方。还有，菲狄亚斯在奥林匹亚城所雕刻的宙斯神像实际上是为了挑战奥林匹亚神山上的诸神。罗德斯巨像实际上是人类创造的第二个太阳神……老天爷！这句话和凶手在警告信上的用词一模一样！费洛说道：至于胡夫金字塔，凭借着金字塔，人类得以升上天界！”

① 公元前4世纪的雅典建筑师。

“您说的很有意思，阿齐勒。”欧文表示赞同，同时勉强地露出一个笑容。“但是您从中领悟到了什么？您发现凶手读过费洛的著作？对于一个谋杀大师来说，这不是很正常吗？”

“我不是那个意思。不过我觉得这个情况让我们对于凶手的性格多了解了一点儿。”

“那倒是没错，我们了解了他隐秘的个性。现在我们要做的是了解他的相貌！”

“我认为凶手喜欢‘美好的东西’……”

“他的审美情趣是不言而喻的。但是您为什么要跟我说这个？”欧文斜着眼睛看了我一眼。

“我是在考虑这本书里的一句话。还是费洛说的，看起来很不起眼的一句话。但是，不知道为什么，我觉得这句话和我们面前的难题有关系……‘绝美的东西，就像太阳，一旦现身就会遮蔽它周围所有的东西’。”

欧文立刻来了兴致，他慢慢地重复着那几个字。仔细地品味着其中的每一个字节，然后他发表了评论：

“很有意思，阿齐勒。尽管您很少能有这样的悟性，但是这次您达到了作为我的朋友应有的标准。很显然，这句话引起了您的注意是有诸多原因的。首先绝美的东西这个词吸引了您的注意力，因为我们刚才一直在谈论‘奇迹’；太阳这个词，我们最近也总是挂在嘴边上；最后是遮蔽这个词，它让您很自然地联想到我们一直苦心寻找神秘谋杀背后的真相……"

欧文突然站了起来。他在客厅里大步地走来走去,两手放在嘴前,聚精会神的样子。

"在这句话当中有一种矛盾。"他最后说,"有一种自相矛盾,是用光线耍的把戏。太阳的万丈光芒如此耀眼,把阴暗的地方都照亮了;但是与此同时这些光芒又遮挡住了阴暗中的东西。这是一个隐喻性的美丽的太阳,这个理论和艾美莉·多勒小姐的说法相抵触。她认为可敬的太阳神周围总是明亮的……"

"类似于一个昏暗的太阳?"

"有可能。但是我更愿意看到光芒万丈的太阳,我要从正面揭开这个把戏的奥秘。一个绝美的东西一旦现身就遮蔽了周围所有的东西,因为这个美好的东西吸引了所有的注意力。想清楚这一点,就不觉得自相矛盾了。至于太阳,按照自然规律,它一旦升起就会散发出光芒。太阳让他周围美丽的东西更加引人注目,同样也让我们忽视其他东西……我想凶手也是打着这个如意算盘:他实施了一系列的谋杀,其中有一些非常出色,非常引人注目。这些犯罪奇迹使我们头晕眼花,让我们对其他东西视而不见……"

欧文突然停住了脚步,他转过身看着我。接着他一字一顿地说:

"您明白了吗,阿齐勒?我们被那些美景所蒙蔽了!他的戏法是这样的：实施一系列的谋杀，把它们搞得像天上的星星一样明亮，像流动的金子一样耀眼，像戴着露珠的花朵一样精致和清新。他的犯罪真是太精彩了，以至于我们看不清楚真相！”

“您说得很有道理。”我沉默了片刻之后说，“但是我们对于真相还是一无所知！”

“也许是这样。”欧文带着辛辣的笑容说，“但是这个凶手正在玩火！他如此频繁地挑逗我们观赏他的艺术作品，还这么傲慢；他这么做也是在引火上身！”

在苏格兰场，维德科恩德警官正在狂热地反复分析形势，他太阳穴上的青筋已经绷得紧紧的，眼看着就要胀破了。他时不时地和助手们商讨案情，还随时关注着塞温斯宅第附近监视的情况。一个叫做庄森的红头发的警员刚刚站完了岗，回来向维德科恩德报告情况。

“从我们收到那个可恶的画板算起，已经六天了。”维德科恩德咬着雪茄咕哝着。“没有任何情况！难道我们的凶手不打算按计划行事了吗？”

“他现在被束缚住了手脚！”庄森满怀信心地说。

“他怎么知道被我们盯上了？我不是郑重地告诉过你们吗，不要让他们发现你们的踪迹！”

“我们尽力而为，”庄森回答说，“但是时间长了很难不被发现。村子里的人早晚会发现我们，然后消息就会传到布鲁克家里去。他们稍稍动动脑子就会知道：我们在那儿转悠不是为了听鸟叫。”

“我只是让你们监视嫌疑人出入的情况，有必要的时候再盯梢！”

“我们就是这么做的。但是到目前为止，我们没有发现任何异常的情况。丹哈姆先生进了两次城。一次是去一家商店，另一次是去一个酒吧。保罗·布鲁克先生只去了一次伦敦。他在斯坦得大街[①]附近散步。我们派去盯梢的人肯定没有暴露。”

“晚上有什么情况？”

“一点儿动静都没有。那个房子的周围倒是有一片树林，但是他们不可能逃过我们的眼睛。除非他们能够知道我们的确切位置，而且运气特别好。我们都布置在远离房子的位置上，在所有的关键位置上都有人……”

“那么，”维德科恩德握紧了拳头说，“他们其中的一个人必然会想办法溜出来！”

“我们也是这么想的。头儿，我向您保证，我们都提高了警惕！”

等那个年轻的警员离开之后，维德科恩德拿出一张纸还有一根削好的铅笔。他在纸上面画了一个金字塔，又在金字

① 威斯敏斯特市（大伦敦区下属的一个自治市）的一条街道。

塔上画了一个大大的问号。接着，他向后退开了一步，凝视着那张纸。

然后他的目光又落到了伦敦市的地区上，那张大地图在墙上占据了显著的位置。在他的脑子里反反复复地思考着同样的问题：在哪儿？什么时间？什么样的谋杀？思考这些问题几乎成了他的强迫症。下一次罪行会在什么地方发生？凶手将会选择什么样的布景来完成新的杰作？

在墙上的地图上钉着六七个大头针，它们代表了在警方看来最有可能吸引罪犯注意力的地点。这些地点并不直接和金字塔相关，但都藏有古埃及的文物。三个博物馆和一些私人收藏都被做了标记，警方对这些地点都昼夜进行监视。大英博物馆也是监视的对象之一，那里保存着来自古埃及的棺木和其他珍贵的文物。

自从收到第六个画板之后，维德科恩德就果断地把大英博物馆作为调查的主要方向。他甚至能够想象得到报纸上将会出现的大标题："大英博物馆发生命案！"但是，渐渐地，欧文·伯恩斯的怀疑态度占了上风。欧文认为凶手不会把大英博物馆作为目标。对于一个想象力丰富的凶手来说，这样的选择也太平淡了。

维德科恩德看着下属的报告，时不时地看看墙上的伦敦地图，不知不觉间他打起了瞌睡。沉沉的睡意让他的思维越来越迟钝，地图上的大头针开始神秘地挪动位置。他看到越来越多的大头针像蘑菇一样从地图的各个角落冒了出来。他们要么组成了一个个的问号，要么拼成了警告信上的字母："A ......SE P..K .OH. MONTERA BIENTÔT JUSQU'AUX DIEUX... A ......SE P..K .OH.，A ......SE P..K .OH.，A ......SE P..K .OH...."

事实上，有好几个警员都试图帮忙破解这个字谜。他们当中的一个说".OH."肯定代表约翰(JOHN)这个名字。这个主意倒是不错，但是英国女王的国土上有无数个约翰。这个主意根本解决不了问题。另外一个人推测说"A"肯定是引导一个地点的介词，而且后面的"P..K"很可能是代表公园(PARK)。而前面的"......SE"就应该对应着某个公园的名字。这个聪明的家伙最后在伦敦找到了一个符合条件的公园：在国王十字大街[①]的北面有一个天堂公园（Paradise Park)。那是一个非常小的公园，和一个街心花园差不多大小，小得不能再小了！这个花园和金字塔或者古埃及根本就沾不上边。今天，维德科恩德最后决定在那个花园里布置一个警员。他并没有抱太大的希望，只是一种预防措施。昨天晚上伯恩斯和他的朋友阿齐勒·斯托克来访的时候，他差一点儿就告诉他们说他的一个警员把那个字谜翻译出来了："在天堂公园，约翰很快将要升上天界"(ÀParadise Park，John montera bientôt jusqu'aux dieux)。但是，当时维德科恩德正受着高度紧张

---

① 伦敦中心区域的一条大街。

和焦急等待的折磨,于是就打消了念头,没有向欧文报告这个他认为毫无价值的细节。真是太遗憾了,如果他多说这么一句,那两个侦探就会有重大发现……

收到警告信之后的第七天,晚上十点左右,维德科恩德警官刚刚度过了繁忙的一天,他正打算回家。这时候,办公室的房门罕见地被人猛地推开了。一个警员冲了进来。还没等他开口,维德科恩德从他慌张的表情就已经猜到了:"'第六个犯罪奇迹'已经完成了……"

16

六月三十日的午后，天气晴和。一阵东风已经把不祥的云层吹散了，取而代之的是明媚的阳光。

艾美莉·多勒小姐骑着她的自行车穿过了塞温斯宅第的栅栏门，她此刻心情似乎格外的舒畅。约翰·布鲁克从客厅的窗户看着艾美莉，觉得她穿着自行车运动服很漂亮。他暗想：漂亮的女人如果经常进行自行车运动，就能保持良好的体形，而且不失优雅的风度。在阳光下，艾美莉细长而柔软的身体充分地表现出了美感。布鲁克先生用艺术家的眼光上下打量着那个年轻的女孩子。她穿着蓬松的短裤，上身是一件漂亮的红褐色开襟短上衣。她的腿上是米色呢子护腿，头上是一顶扁平的窄边小帽，帽子上有一圈栗色的丝绒缎带，和艾美莉眼睛的颜色一样，整体的效果非常和谐。可惜的是，这个动人的图画一闪而过了。

晚些时候，将近傍晚时分，厚重的云层开始出现在地平线上。约翰·布鲁克从后门离开了他的房子。他先抬头看了看天，然后顺着小路向着“冥界之门”的方向走去。马上就要下雨了，但是还有足够的时间让他在花园里走一走。这是一个很漂亮的花园，但是现在花园里弥漫着一种奇特的变化无常的感觉，就好像是受了天色的感染。天空中一片昏暗，但是夕阳在云层中撒下了些许火红的色彩，这儿一处，那儿一点。阴暗和光明之间的斗争真是有趣。蓝色，灰色，紫色，红色，还有黄色都混杂在一起，形成了一个和谐的画面。只有大自然才能绘出如此美景……也许像米歇尔这样有才华的艺术家能够做到。

约翰·布鲁克走了几步。无意间转身的时候，他看到楼上的一扇窗户后面有一个身影。那是他的儿子的房间，但是那个人影迅速地退回到了窗帘的后面，约翰·布鲁克没有来得及看清楚是谁。

他叹了口气，然后继续往前走。保罗总是给他带来麻烦，而且最近变本加厉了。两个小时之前，保罗和艾美莉吵了一架。保罗怒气冲冲，把自己锁到了房间里，然后就再没有出来过。约翰·布鲁克不知道他们争吵的原因。但是他可以猜得到——嫉妒……米歇尔，艾美莉，保罗……嫉妒在他们之间转着圈儿。更糟糕的是，这种情况已经持续了好几个月了。年轻人感情用事的结果是整个房子都染上了纷乱的气氛。约翰·布鲁克能够毫不费力地感觉到四处弥漫着这种情绪。现在,他需要做一个决断。这三个人当中总得有一个人离开这里。问题是,他不能把自己的儿子保罗赶出去。出于对于已故的挚友的尊重和友谊,他也不能把故人的女儿赶走。就只剩下米歇尔了。他当然可以要求米歇尔离开这个房子,远离这里就行了。但是米歇尔会作何感想?他会不会被触怒,进而一了百了地中断他们之间的绘画合同?

约翰·布鲁克的心里不停地考虑着如何和米歇尔讨论这个问题。这让他很苦恼,但是他知道这是躲不开的。他的儿子的身影又袭上了心头,他扭头往房子的方向望过去。但是在这个位置上,一棵椴树的枝叶遮挡住了房子的大部分。他无法分辨出楼上的窗户。

布鲁克又往前走了几米,他走到了凉棚附近。他停下脚步,开始察看园丁的工作成绩。两天前,他要求园丁修整一下"冥界之门"周围的草坪。那片草地受到干旱的沉重打击。另外,那附近的地面形成了一个浅浅的盆地。所以布鲁克要求园丁在重新播种之前把地面弄平整。老加斯普肯定是很细心地执行了他的命令,甚至是有点过于热心了。现在他的花园中间是一大片褐色的土地,半径足有十米之多!在那个大斑点的边缘部分,新垫的土层很薄。尽管如此,要平整这么大一片地面也是一项浩大的工程!

约翰·布鲁克伤心地看着已经部分光秃的草坪。然后他又抬头看了看天。如果下几场痛快的雨，过上半个月，他的草坪又会一片葱绿了。

“您觉得怎么样，约翰？”他的身后突然冒出一个声音。

布鲁克吃惊地转过身。他没有听到米拉达走近的脚步声。她有着漆黑发亮的眼睛，表情凝重，穿着一件深色的长袍。她的形象让布鲁克联想到那种给人带来坏消息的鸟儿。为什么她整天都要摆出一副凄惨悲伤的样子？她有多久没有对布鲁克笑过了？他想不出答案。鉴于米拉达的目光落在地面上，布鲁克猜测妻子的问题是和园丁的工作相关。

“他干得不错。”布鲁克回答说，“我敢说从这个接缝处走过的时候，连一厘米的高度差异都感觉不到！两边一样平整，我真是很庆幸当时决定了让园丁平整这片土地，然后重新播种。我老早就想这么修整一下了！”

真的吗？布鲁克暗想。这真的是他自己的主意吗？不错，是他自己向园丁下达了指示，但是有什么人把他的注意力引到了急需修整的草坪上。是有一个人，但是到底是谁？布鲁克吃惊地发现，他一时想不起是谁向他提议过……

米拉达干巴巴的声音打断了他的思路：

“我不是说这个，我是说保罗闹脾气的事情。”

“啊！”布鲁克作了一个简短的回应。“不过，这一次，他们到底是为了什么争吵？”

妻子乌黑的眼睛直盯着布鲁克的眼睛：

“怎么？你不知道？”

“嗯，我不知道。”布鲁克叹了口气。“我只听到他们在吵架……”

“您故意不去听，然后您就掉头走开。是不是？您不闻不问，这样可不对，约翰。我认为您应该对您的儿子多关心一点儿。”

“我可能没有表现出来，但是亲爱的，我很关心儿子的事情！”

“他们的争吵的原因是下国际象棋的那件事情，就是发生谋杀案的那天晚上的事情。保罗指责艾美莉故意撒谎，指责她为米歇尔编造了不在场的证据。艾美莉没有回答他的质问，他就更起劲儿了。就在这个时候米歇尔出现了……他克制住了，没有闹起来。艾美莉随后离开了房间。临走的时候，她对保罗说他们之间的一切都结束了。接着保罗也猛地摔着门走了。之后，他在自己的房间里走来走去。我在楼下的厨房里能够清楚地听到他在房间里转圈子。约翰，赶紧做点儿什么。否则的话，我感觉就要发生悲剧……”

在这个时候，就好像是为了加强那最后几个字的效果，突然起了一阵风。周围高大的树木上的枝叶都摇动了起来。

“我会处理的。”布鲁克最后说，“我会安排米歇尔搬到伦敦去完成他的工作。别担心，米拉达，所有的事情都会恢复正常的。”

"越快越好！"

"我会和米歇尔谈这个问题，就这个星期。"

布鲁克太太点了点头，然后她一言不发地走开了。

造纸商人目送着他的夫人走远，他的心中远没有他刚才表现出来的那样乐观。米拉达的披肩的末端被吹了起来，就像风向标一样指示着风向。

天空越来越阴沉。保罗·布鲁克顺着凉棚下面的小路继续前进。他感到天上落下了几滴雨点，于是他准备和他的妻子一样往回走。就在他要转身的时候，他的目光停在了那个天球上。他一下子呆住了：在那个球的周围摆着四根棍子。那些棍子的底端形成了一个四方形，而顶端聚拢在一起，它们的组成的形状宛如一个金字塔！多么古怪的主意！这是谁干的，又是为了什么目的？

布鲁克暗自琢磨的时候，雨已经下大了。等他回到房子里面的时候，外面已经是瓢泼大雨了。

他发现他的妻子，艾美莉，还有米歇尔都在客厅里。保罗还是不见踪影。约翰·布鲁克坐了下来，良久，四个人都沉默不语；只有雨点打在窗玻璃上砰砰作响。布鲁克太太点亮了桌子上的油灯。油灯所散发的金黄色的光芒让房间里的气氛活跃了一些，这个房间里正需要这种能缓解紧张气氛的东西。造纸商人想要找一些合适的话题来让气氛更活跃一些，最好是那些所有人都可以冷嘲热讽的话题。警方的无能为力和警察追查的那些假线索无疑是最佳的话题。

“我认为警察完完全全地搞错了。”他突然发话了，“尽管我们不能责怪他们，但是我认为他们在处理那个离奇的系列谋杀案的时候犯了一个致命的错误……”

“什么错误？”米歇尔问道。他正背着手站在窗户跟前，望着外面的大雨。

“他们处理这个谋杀案的方法和处理其他案子的方法一样，我的意思是说他们还是用纯理性的方法来考虑问题。”

“哦！您认为这是一个不恰当的方法？”

“在这个案子里，纯理性的方法不恰当。警方在寻找一个极其精明和狡猾的凶手，而完全不顾其他可能性……”

“还有什么其他可能性？”艾美莉也加入了讨论。

米拉达·布鲁克的眼神也在询问同样的问题，但是她的眼神比年轻的艾美莉多了几分含蓄和谨慎。

油灯的光线照亮了约翰·布鲁克脸上忧虑的线条，使他显得老了很多。他好像也开始驼背了，可能更多是由于思虑的重压，而不是岁月。他犹豫了片刻，然后回答说：

“我要说的可能性是人们常常不假思索就否定的可能性，也是必定会受到科学界嘲笑的可能性。不过，我想我最好先谈谈这个系列谋杀案。据我所知，其中没有任何一次谋杀可以用常理来解释！我没有仔细研究报纸上披露的细节，但是这也足够了。我知道有一次凶手好像凭空消失了，另一次他好像会飞翔，还有一次他麻痹了受害者，或者说他能够控制受害者的大脑，他还能够毫不困难地穿墙而过，有时候还能完全转化成能量，就像变成了可怕的闪电！这些特点有什么共同之处？共同点就是这些谋杀看起来都超出了人类的能力范围，倒像是某种生灵或者无形的力量的杰作……”

“无形的力量……”艾美莉胆怯地低声说，“一个乃塔尔？……”

“很正确，艾美莉，一个乃塔尔！不过，米歇尔，您知道那是什么吗？”

画家在一字不漏地听他的雇主讲话，他摇头表示否定。

布鲁克默默地思索了一会儿，然后他露出了一个浅浅的笑容。

“实际上，”他说，“我对乃塔尔的说法从来没有当真过。但是，对于研究古埃及学的人来说，这是一个很有趣的题目。乃塔尔是根据古埃及象形文字中 NTR 的辅音翻译过来的。NTR 的意思是神明……”

“您是说古埃及的神明？”米歇尔问。

“是一种古埃及的神明，但是这和我们通常和神明联系在一起的神像可不一样。乃塔尔是个很抽象的概念，也很难准确地用通俗的语言解释清楚。它代表了一种无形的力量，总是在移动，在不断地变形。乃塔尔既没有固定的形状也不依赖于固定的时间。太阳就是一个最常见的例子。太阳就是一种不断运动的神明,它在不停地和黑暗的力量对抗。在不同的状态下,它有不同的名字。日升的时候是‘克雷普瑞’[1],正午的时候是‘拉’[2],西沉的时候是‘阿通姆’[3]。不管是任何时候,如果太阳不见了,那就会引发骚乱,人们害怕再也见不到太阳了。但是太阳和黑暗谁也不能获胜,您明白吗?”

画家表面上表示赞同,但是他的表情分明是怀疑的态度。

“这么说,您认为这些谋杀案背后的凶手是一个神明?”

“关于您的问题,我认为凶手就是有一种非人类的东西,何尝不可呢。但是我更愿意用‘无形的力量’这个词。乃塔尔是古埃及象形文字中特定的词,我觉得不便直接引用。‘无形的力量’更贴切,一种来自黑暗势力的无形的力量……”

“舅舅,您真让我大吃一惊!”艾美莉插进来说。她既觉得好笑,而且不可思议。

“我知道,我的孩子,我明白。我们在俱乐部的时候总是滔滔不绝地说类似的蠢话,但是我们犯了一个严重的错误。照我看,不应该抛开我所说的这种可能性。在这个领域里,我们唯一能够确定的就是——没有什么事情是绝对的。我知道现在科学在突飞猛进,我也知道汽车很快就会取代马车。但

---

① Khépri.

② Rê.

③ Atoum.

是这些只是人类初步探索的一小步。我们目前探索的还只是物质世界的领域,这和精神世界比起来根本不算什么……”

几个人继续热烈地探讨着科学研究的进展,以及人类的光明未来。谈话一直持续到了晚餐桌上,在此期间保罗一直没有露面。大约八点钟的时候,房子的主人离开了饭桌。走到窗户跟前,他注意到外面的天空已经放晴了。雨已经基本上停了,但是地面成了一片烂泥地。

他走出了饭厅,在大厅里的楼梯口迟疑了一下。他最后决定走上楼梯,到了楼上。他轻轻地敲了敲儿子的房门,没有任何反应。他又用力敲了几下,还是没有反应。布鲁克耸了耸肩膀,然后下楼进入了他的书房。

在他的书房里,一些古埃及的文物摆放在显要的位置上,展现出他当年在尼罗河岸边的考古成就。约翰·布鲁克想到了焚香的主意,就像他在俱乐部里经常做的那样。香烟的味道能够勾起他对往事的回忆。果不其然,记忆的潮汐很快就涌了上来。他在扶手椅里舒舒服服地坐好,任由黑暗在寂静的房间不断扩张。

在半明半暗的环境中,约翰·布鲁克笑了起来。他暗自捉摸到底是什么促使他想到了古埃及学中的无形的力量?他当时是想要用谈话来活跃气氛,想要打破房子里死气沉沉的氛围?是这样的,但是好像不止这一个原因……他又一次感到是被人鼓动了……就像修整草坪那件事情……在这个房子里，好像有一个人在给他出主意……一个乃塔尔？不可能，布鲁克从来就没有把这个说法当真过，至少从来没有像今天晚饭前那么振振有词地谈论这个话题。那么，是谁？还有，是谁在装饰性天球的周围摆放了四根棒子，做成了一个金字塔的形状？

约翰·布鲁克自问这些问题的时候，房间里的阴影越来越浓重了。在他的身边有一个阿努比斯[1]的石膏像，在阴影之下，石膏像脸上表情显得很狰狞。走廊上传来了一阵轻微的脚步声，随后有人轻轻地敲门。布鲁克说了一句，进来。然后门被推开了，那扇门像往常一样发出了吱嘎的声响。

布鲁克还沉浸在他的想象之中。透过房间里的烟雾，有几秒钟的时间，他觉得自己看到的进来的是一个鹰首，或者是鳄鱼头的动物。但是等那个人影现身之后，他就知道那并不是古埃及神明的头。那是一个他很熟悉的人……

大约晚上八点四十五分，雨已经彻底停了。云层被风驱散了，但是太阳即将西沉了。在这个时候，外面响起了一声尖厉的惨叫。

三十秒钟之后，米歇尔冲上了通往花园的小路。已经是黄昏了，但是光线还足以让人看清楚周围。花草树木上还沾

① 阿努比斯(Anubis)，俗称胡狼神。是古埃及神话中的死神，有时也被视为地狱之神。

着雨水，而脚下泥泞的地面上有一行清晰的脚印。有人跑在米歇尔前面了。

在小路的尽头，在“冥界之门”的附近，一盏点亮的煤油灯正在随风闪烁。那盏灯被一根长绳吊着，几乎垂到了地面上。绳子的另一端系在连接立柱的大铸铁环上。在中央的天球周围，四根棍子组成了一个简陋的金字塔。一个人趴在金字塔的跟前，而且姿势很奇特。他的头和手都朝向天球的方向，仿佛是被金字塔中间的天球吸引住了，一心要拿到那个天球。但是他再也动不了了，他的动作被命运阻挡住了。在他的肩胛骨中间插着一把匕首，要了他的命。在他的周围散落着几片被风雨吹落的铁线莲的花瓣。在一根立柱的柱头上，一只鸟儿在欢快地吱吱叫。但是那个刚刚跨越了“冥界之门”的人再也听不到鸟儿的欢唱了……他就是富有的造纸商人约翰·布鲁克。

17

米歇尔痴呆呆地在这个奇观前面站了几秒钟。接着，他听到背后有一阵脚步声，一个女人的声音在喊他。他转身看到艾美莉正从凉棚下面跑过来。几秒钟之后，艾美莉到了他的身边，她紧紧地抓住了米歇尔的胳膊。她的脸色苍白，浑身颤抖，两眼直愣愣地看着他们面前，一动不动地躺在烂泥地上的尸体。

“老天爷，”她颤声说，“……他死了……”

“被谋杀了，你看看就知道了……”

“是谁……是谁干的？”

“我不知道，我刚赶到。”米歇尔思索着回答说，“我听到外面有一声尖叫，好像是从这个方向发出的……我立刻就跑了出来，我到了这儿……”

“我也听到了尖叫，我还看见你顺着小路跑了过来……”

“这可太好了。”米歇尔深深地吸了口气之后说。

“为什么？”

“看看这儿四周，没有任何脚印。要知道，在这种烂泥地上，再轻的脚步也会留下清晰可辨的痕迹。这儿有布鲁克先生的脚印，有我的脚印，还有你的脚印，但是没有其他人的脚印了……亲爱的，你明白这意味着什么吗？”

总有一些夜晚是让人无法忘怀的。对于维德科恩德警官来说，那个夜晚绝对就是难忘的夜晚之一。他无法忘记那种乱哄哄的场景，在黑暗中的一片混乱；花园里随处可见的灯光，树上、立柱上到处都是防风灯；还有被雨水浸泡成烂泥的地面……更不要说现场十万火急的氛围。因为，任何降雨都会冲掉那些转瞬即逝的脚印。他们必须抓紧时间搜寻和研究软塌塌的地面上的脚印。

在这一片混乱之中，当然还有谋杀案本身带来的挫折感。这一次，警方又没能预防谋杀……天哪！欧文半夜时分赶到的时候第一句话就是：“天堂公园……在天堂公园，约翰很快就会升上天界（A Paradise Park， John montera bientôt jusqu'aux dieux...）……我亲爱的警官，您知道吗？这个地方原先差一点儿就被命名为天堂公园。”

对于欧文的话，维德科恩德没有作任何评论。欧文接着向他解释说：那个凉棚代表了“生命的隧道”，中间的天球代表了“通向天堂的起点”。听完了欧文的解释之后维德科恩德也没有做任何评论。最后欧文又补充说：布鲁克先生希望死后就埋在那里。维德科恩德还是一言不发。欧文接着开始评论第六个世界奇迹：“看哪，这就是我们的胡夫金字塔……四根绑在一起的木棍。很简单但是也很巧妙！”维德科恩德没有理会欧文，他现在把全部的体力和注意力都投入到了常规的调查工作中。现在收集脚印才是头等大事。

他当晚还搜集了所有的当事人的证词。第二天下午，他又在自己的办公室里约见了所有的人。

欧文懒洋洋地坐在房间角落里的一张凳子上。他的双腿交叠，手上捏着一支香烟，眼神惺忪。他的位置在衣帽架的后面，他好像是故意选择了那个位置，不想引起注意。第一个被叫进来的是年轻的画家。要不是欧文轻轻地咳嗽了一声，画家根本就没有注意到他的存在。

“在请您再次叙述事情经过之前，”在开始一刻钟的盘问之前，维德科恩德警官先声明说，“丹哈姆先生，我打算先澄清一些细节，以便让您的头脑里有一个清晰的概况。所有的证人都一致同意说是在下午六点之前开始下雨的；这场雨一直持续到晚上八点。八点之后还有零星的雨点，但是已经不足以影响地面上的脚印了。在八点钟，布鲁克先生离开了饭桌，之后就再也没有人看到他活着。在八点四十五分，您在花园里发现他的尸体，倒在天球的前面。当您从小路上跑过的时候，您看到地上有一行清晰的脚印。那是布鲁克先生的脚印，我们已经检查过了。那串脚印从房子的后门一直延续到他倒下的地方。除此之外没有其他脚印了，是吗？”

“没有其他脚印了，我已经说过了。”

维德科恩德警官思索了一下，然后接着说：

“您对那个地点应该很熟悉，丹哈姆先生。在房子的后面，除了花园以外的地面都铺着石板。在花园里，有一条夯土铺成的小路横穿过草地。要想到达那个天球，就需要顺着这条小路走三十到四十米。在天球的前面还有一个凉棚，凉棚下面是大概五米的小路。在天球周围的十多米的范围里，园丁最近平整地面的时候刚刚铺上了一层新土。另外，草地上的草现在很稀疏，被雨水泡过之后和新土的效果一样，任何人从上面走过都会留下脚印。所以我们可以把这个范围再扩大一些。根据我们的测量，按照最保守的估计，如果有人要从草地接近中央的装饰性建筑，在周围十几米距离之内的土地都必然会留下清晰的脚印。但是，在现场只有受害者和几个证人留下的脚印。根本找不到其他脚印。在方圆三十到四十米之内都找不到任何可疑的脚印。也就是说，在八点到八点四十五分之间，没有任何人从草地上走过。那条小路也是一样，夯土的路也会留下清晰的脚印。但是，凶手是如何下杀手的呢？凶手怎么能对布鲁克实施致命的一击？他又是如何离开而毫无痕迹呢？难道他来自云端？刚才我叙述这些内容，就是要强调您的证词的重要性。因为您是第一个到达现场的人……顺便问一句，在多勒小姐赶到之前，您一个人站在死者跟前有多长时间？”

“十秒钟，二十秒，或者三十秒，我不知道。您还是问问艾美莉吧，她应该能够回答您的这个问题。”

“她正好及时赶到，算是您的万幸了。丹哈姆先生，您难道没有意识到吗？如果她不在场，您就是唯一有机会作案的嫌疑犯……”

“我当然清楚这一点。我当时就想到了情况对我很不利。考虑到现场古怪的布置，我们立刻就四下张望，看看凶手是不是藏在附近了。但是凶手能藏在哪儿呢？唯一的可能性就是爬到凉棚上面去，藏到被铁线莲部分遮挡住的十字梁后面！但是那儿一个人也没有！”

“多勒小姐去报警的时候，是您留在了尸体旁边对吗？”

“是这样的。我偶然间撞到了艾美莉的身上，结果她滑倒了。她回去报警还可以换一套衣服。于是我留在了尸体旁边，我想我这么做是正确的。市民发现尸体的时候就应该这么做，对吗？”

“您做得很正确。”维德科恩德点头称是，脸上是一个狡黠的笑容。“好吧，我们继续说说案发的时间。丹哈姆先生，虽然您不可能在假装发现尸体的时候作案，这并不能把您排除在嫌疑犯的名单之外。我们能够确定的是谋杀发生在八点和八点四十五分之间,在这段时间足够狡猾的凶手作案了。”

“吃过晚饭之后,我和艾美莉一同离开了饭厅。我们又谈了几句,是关于那天下午她和保罗之间的争吵。我向她解释说这种情况不能再继续下去了,是该做一个了断的时候了。我劝艾美莉去找保罗谈谈。我希望艾美莉明确地告诉保罗,他们之间的关系已经彻底结束了。我最后说服了她,然后,我就回到了我的工作间焦急地等待。我试着想象保罗的反应,我当时的焦虑心情是不言而喻的。我在工作间里苦苦等待了大概二十分钟,或者是半小时。然后我就听到了尖叫……”

“什么样的尖叫?”

“那是痛苦的叫声,很短暂……刚开始的时候,我以为是艾美莉在呼救,我想象保罗盛怒之下正在殴打艾美莉……我没有多想。工作间的窗户正好是开着的,我能分辨出叫声的方向。我往外面看了一眼,但是外面都是树,我没看到什么。接着我就往外面跑。剩下的您都知道了。”

维德科恩德点了一下头,他揉搓着胡须思索着。然后他又突然说:

“您知道吗?您的雇主正打算把您赶走。”

画家的脸色苍白:

“我不知道……不知道。”他小声问,“谁告诉您的?”

“我们是从可靠的来源了解到了这个情况。”维德科恩德回答说,脸上带着虚假的和蔼神态。“您知道这么多就足够了。其实,他并不想这么做。但是他希望您能离开他的房子,搬到别的地方去住。他打算下个星期来处理这件事情。您很清楚,您的出现是一系列冲突的根本原因。布鲁克先生对这种情况已经不耐烦了……"

米歇尔的脸色阴沉,他的眼睛低垂着:

"既然您这么说……但是这和谋杀案有什么关系吗?"

"我不能主观地排除任何可能性。"维德科恩德用说教的口气说。

米歇尔离开之后,下一个接受询问的是艾美莉。她的证词和画家的说法相吻合。她也听到了叫声,她离开房子之后紧跟着米歇尔。她和米歇尔之间有一定的距离,但是米歇尔一直没有离开过她的视线。在这一点上她很肯定。她的证词和米歇尔所说的内容只有一处不同,就是关于艾美莉滑倒的插曲:

"这个小笨蛋!我的裤子脏了,并不是因为他把我碰倒了!是我自己滑了一下,他还试图抓住我!"

"嗯,他的怜香惜玉这次可没有用对地方。"维德科恩德抱怨说,"在这种严肃的事情上,我们需要的是准确的证词,而不是罗密欧的美化版本!"

"要是有一天男人不再向女人献殷勤了,那么世界就不算世界了。"欧文倒在他的座位上发表了评论。

"您能不能另找一天,赏脸和我继续探讨这个问题?伯恩斯先生，我们可以找个公平的机会再讨论这个主题。"年轻的艾美莉扭头朝着欧文反驳说。

"什么公平的机会？"欧文叫了起来，满脸惊慌。"我希望现在就把问题谈开，如果您不反对的话！"

"我说两位，"维德科恩德警官干巴巴地插了进来。"如果你们二位不介意的话，我想继续谈论正事①。"

"只要不说母牛的事情就行了……"

"母牛招您惹您了，伯恩斯先生？"艾美莉皱着眉头问。

"我觉得这种动物特别的愚蠢。不过，我最受不了的就是它们的叫声，这让我联想到某些人类！"

"您这么说倒也罢了！我刚才以为您要说'联想到女人'！"

"哦！我怎么敢这么说！但是请注意，在古代历史上，确切地说是在古代神话中倒是有一些像母牛一样的女人。比如说埃及神话中的哈特尔②，希腊神话中不幸的伊俄③，更不用说愚蠢的欧罗巴④，她自投罗网被化身为公牛的宙斯所诱骗……"

"欧罗巴可真是一头愚蠢的母牛。"艾美莉伤心地点头说，"想想看她所代表的欧洲大陆……"

"够了，"维德科恩德警官暴怒地说，"如果你们不立刻停

① 法语中成语"谈论绵羊的问题"即为谈论正经事儿。——译者注

② Hator.

③ Io：希腊神话中一个重要的女性人物，主神宙斯最著名的情人之一。

④ Europe.

止这种无聊的话题,我就要变成一头愤怒的公牛了!小姐,请您准确地告诉我在八点到八点四十五分之间,您都干了什么?”

艾美莉的手上正在玩弄着她的窄边草帽。她扇动着睫毛,好像不明白警官为什么发怒了。

艾美莉解释说,她吃过晚饭之后就在大厅里和米歇尔讨论了几句。她满怀忐忑的心情去找保罗。但是保罗不在他的房间里。艾美莉又去外面找保罗,但还是没有找到他的人影。艾美莉知道保罗习惯于在房子旁边的小树林边上散步,于是她又往那个方向去找了。那片树林是在房子的东面,把布鲁克家和市政公园隔开了。她在东面,所以根本不可能知道房子南面的花园里发生了什么。多遗憾哪!回到房子里之后,她打算再去敲保罗的房门,这时候她听到了尖叫声。

轮到保罗·布鲁克被询问了,他爽快地承认他当时就是在那片树林里散步。至于艾美莉没有找到他,这并不奇怪。那片树林里有很多的灌木丛。

像其他人一样,保罗的脸色严峻。他有明显的黑眼圈,一方面是由于疲惫;另一方面是受到惨剧的打击。但是他的眼神看起来比画家要坚定得多。保罗同时表现出暴怒和不安,他的黑头发乱作一团,也表现出他的惊慌。

他证实说,自从和艾美莉的争吵之后,整个下午他都在自己的房间里。直到大概七点钟的时候,他去吃了晚饭。他还去了客厅，但是那时候客厅里一个人都没有。大约一个小时之后，雨停了，他去了外面呼吸一下新鲜空气。他急需出去转转，因为他的神经非常紧张。他也听到了尖叫声，由于他一直在远处散步，所以听到的叫声很模糊。他也没有特别在意。他一直散步到九点，然后返回房子。他以前在附近见过的一个人找到了他，那个人自称是警察，而且要求他在得到新的指示之前不要离开。

“他实际上是我们的一名警员。他的任务是监视您的出入，布鲁克先生。另外还包括丹哈姆先生的活动情况。但是我们的警员没有看到您在树林边散步……”

“这是我的过错还是他的过错？”

“他受命在远距离监视。如果您没有越过他的监视线，那他有可能看不到您……”

“我看就是这样了！”

面对保罗坚定的语调，维德科恩德只好笑了一下。

“布鲁克先生，”警官用特别温和的声音问道，“您能否告诉我们，您的父亲给您留下了多少遗产？”

“我对此一无所知。”

“但是您肯定知道那不是一个小数目，对吧？”

“当然会是可观的数目！但是这跟你们调查的谋杀案有关系吗？我一直以为你们是在追踪一个犯罪艺术家。他应该是为了其他目的而不是为了财产，不是吗？”

“我们是在追踪犯罪艺术家。但是作为一个嫌疑犯,您在各个方面都符合条件。考虑到遗产的金额巨大,我不能排除您作案的可能性。您很有可能用前面的一系列谋杀作为烟幕弹,真正的目的是要掩盖这最后一次谋杀。按照这种假定,以及其他假定,您都是我们的重点怀疑对象。我可以坦白地告诉您,您实际上排在怀疑名单的最前面。还有,您也是唯一不能提供不在场证明的人,在最后两次谋杀中都是如此!”

保罗似乎被维德科恩德的指控击倒了,但是他很快就转为恼怒。他把一只手插在乱糟糟的头发里,然后反驳说:

“先别说那么多,您首先要证明昨晚发生的是谋杀案!”

“难道您认为您的父亲自杀了?”

“这……这也不是完全不可能。”

“对我们警方来说就是不可能。伤口的位置完全否定了自杀的假设!”维德科恩德向前倾着身子,暴跳如雷地说,“这是不折不扣的谋杀!凶手是怎么干的?我们现在还一无所知!但是我们会搞清楚他的伎俩。布鲁克先生,不要低估了我们!我们的调查会越来越顺利的,我们其实已经知道了凶手的身份!”

18

等造纸商人的儿子离开之后，欧文·伯恩斯请求维德科恩德警官在会见下一个证人之前稍等一下。

“根据您的调查，从纯技术的角度考虑，走近尸体所在的位置然后离开而不留下痕迹，这真的完全不可能吗？”

“想通过地面接近尸体而不留痕迹，这确实是不可能的。至于采用其他方式，您可以自己设想……”

“那么说，也不可能在脚印上做手脚？”

维德科恩德警官摇头：

“如果我们相信丹哈姆的证词，再考虑到艾美莉的佐证，就能够排除在脚印上做手脚的可能性。您也听到了，按照丹哈姆，他往天球的方向跑的时候只见到一串脚印，而且就是受害者的脚印。那串脚印从房子一直延续到天球那里，脚印很规律。脚印很深，因为布鲁克比较肥胖。在小路上的脚印很清晰。在天球周围的新土上，脚印不太清楚。因为那里的泥土都被泡成泥浆了，不像半干的地面那么适宜保留脚印的形状。但是我们的专家认为那些模糊的脚印也都很正常。专家说不可能有人踩着那些脚印走了第二遍。他还认为那些脚印不是用倒退的方法印上去的，即使凶手准备了和受害者一模一样的鞋子。幸运的是，那些证人没有把他们自己的脚印盖到这串受害者的脚印之上。不过那几个证人留下的脚印就很混乱了，很多人都在上面踩来踩去，尤其是警察赶到之后。不过这些脚印都是案发之后留下的，都不重要。重要的是造纸商人的脚印。总而言之，如果米歇尔·丹哈姆和多勒小姐不是串谋好了的话，凶手不可能通过地面去实施谋杀。"

"您研究过周围树木的位置吗？"欧文的眼睛盯着从他手上的香烟头上冒出来的青烟。

"当然了。我们甚至测量了距离。最近的一棵树，枝叶很粗壮，足以作为一个支点了。但是那棵树距离花园中间的建筑也有十几米远……"

"凶手可以在树枝间牵一根绳子，让绳子横跨在凉棚的上方。这样身手矫健的凶手就能够靠胳膊的力量移动到凉棚上。他实施了谋杀之后又按照原路返回。接着，他只要收起绳子就行了……"

"这是准备工作最少的方案，但是这个方案要求凶手必须在倾盆大雨之中做准备。如果他在下雨之前准备了绳索，肯定会被别人注意到(维德科恩德狡诈地眨了眨眼皮)。在这段时间里,只有一个人行动不受限制,也就是我们的头号嫌疑犯——保罗·布鲁克。但是有一个问题,我们在地面上没有看到任何痕迹。凶手在收回这根结实的绳索的时候,绳索必然会掉到地上,而且会在地面上拖出一道痕迹……"

"照您看,凶手是如何把受害者引到这个地方的?"

"再容易不过了。别忘了约翰·布鲁克是他的父亲。很简单,保罗可以对他的父亲说他想要请求原谅,但是他不想让别人看到这一幕……"

"坦白地讲,我不相信那个年轻人会请求原谅。不过您说的不无道理,可以有很多办法把约翰·布鲁克引导到那里……"

"还有,伯恩斯,您注意到了吗?和上次谈话时相比,这个年轻人的态度有很大变化!他上次可没有这么咄咄逼人……就好像他最近吃了枪药!"

侦探忍不住露出一个微笑。

"这又一次显示了激情的可怕力量。很显然,我们的罗密欧正在饱受折磨。但是很不幸,他的激情用在了嫉妒的言辞上,这可不是爱情迷人的一面,完全不是。这其实是最糟糕的一面。不说这些了,我们还是看看最后一个证人——保罗的母亲会怎么说吧。"

尽管米拉达·布鲁克看起来比平时更加郁郁寡欢,但是她并没有把悲痛写在脸上。难道她还没有意识到悲剧,或者是她对于已故的丈夫的感情已经被时间显著地冲淡了?在向米拉达发问的时候,维德科恩德注意到她的眼中仍然闪烁着古怪的光芒。维德科恩德提问的时候采用了最委婉的方式。他只询问了一些和案情相关,无法避免的问题。他请米拉达回忆一下,尽可能准确地说出昨天晚上的活动。米拉达的回答没有什么新情况,都是维德科恩德警官已经掌握了的信息。

在八点到八点十五分之间,布鲁克太太在厨房里和女仆在一起。之后的半个小时,她在客厅里。在八点半的时候,她召唤了管家,以便向管家交代明天要做的工作。她和管家之间的谈话时间不超过五分钟。十分钟之后,她听到了一声尖叫。因为窗户都关着,声音很模糊,所以米拉达并没有在意。她以为那是鸟儿的叫声。她还听到了从大厅的方向传来的米歇尔的急促的脚步声,这引起了她的注意。但是她没有意识到已经发生了惨剧,直到后来艾美莉像旋风一样冲进了客厅。在艾美莉开口宣布悲剧之前,米拉达有一瞬间以为是她的儿子出事了。

"如果我没有理解错的话,"维德科恩德说,"在房子里有一种悲剧的氛围?"

"是这样的。"寡妇郑重地回答说,"这种情况已经有好几个星期,甚至是好几个月了。随着时间的推移,这种氛围越来越清晰了，不幸即将降临。连约翰都最终意识到了危机。就像我以前说过的，他已经决定让米歇尔搬到别的地方去住。”

“按照您的估计，约翰和米歇尔谈过这个问题了吗？”

“我想还没有。他是昨天下午才下定决心的。我肯定，在这之前他没有和米歇尔谈过类似的问题。要知道约翰总是尽力给那个年轻的艺术家创造一个宁静的环境，替他免去一切烦恼，目的是让米歇尔能够在最好的环境中工作。当然了，米歇尔可能从别人的口中了解到……”

紧接着，布鲁克太太又转述了昨天晚上她的丈夫所谈到的离奇话题。在晚饭前和晚饭中，约翰谈到了古埃及的“无形的力量”。按照他的说法，“无形的力量”可能和谋杀案有关系。这段谈话似乎是某种预兆。

欧文和维德科恩德对米拉达的话都很感兴趣。然后欧文问：

“您觉得，您的丈夫在为自己的安全而担忧？他是否觉得受到了威胁？”

米拉达·布鲁克考虑了一下，然后摇了摇头：

“不会的，我不这么认为。他可能担心那些年轻人身上会发生可怕的事情，但是他并不担心他自己。我认为他提到那些古埃及的神明，主要是为了解闷，让情绪稳定下来。”

“但是……”

“这只是我个人的感觉。当然，我可能想错了。可是，我对约翰很熟悉,我能够猜到他在想什么。我不会搞错的。他唯一关心的就是绘画,或者更确切地说,他关心的是米歇尔的职业前景……”

“这么长时间以来，这种态度难道没有引起您的儿子嫉妒吗？”

寡妇的乌黑的眼睛突然迸发了一种奇异的光彩：

“嫉妒？”她激动地说,“这还用说！保罗一直在默默地忍受着,一个月又一个月,一年又一年！约翰有很强的慈爱之情。但是,唉！他从来不关爱他自己的儿子！我不知道约翰自己意识到这一点没有,但是在这方面他总是做蠢事！我有好几次想要让他清醒过来！但是他对我的话根本听不进去……保罗的兴趣爱好和约翰不一样,所以约翰认为儿子不值得关注。”

“也就是说,您的儿子完全有理由想把他除掉？”

“是的。”布鲁克太太严肃地说,“但并不是保罗杀死了他的父亲。”

房间里陷入了沉默。寡妇斩钉截铁的态度给两个侦探都留下了深刻的印象。

“不过,”欧文又说,“诸多元素都证明凶手就在您的周围。首先是丢失的收藏币,最后一次谋杀又是发生在您的房子里。这个凉棚,按照您的丈夫的说法象征着生命的历程。而那个天球象征着通向另一个世界的大门。结果您的丈夫倒在了‘生命的历程’上，离‘另一个世界’只有咫尺之遥！这么多暗示性的东西，不可能是巧合！还有凶手在寄给警察的信上提到了天堂公园(Paradise Park)。您上次告诉我，正是您自己想要把花园中的建筑命名为天堂公园！我认为只有您家里的人才能够了解到这个细节，对吗？”

“是的。但是保罗没有杀死我的丈夫。”米拉达冷冷地重复说。

“您有什么证据吗？”维德科恩德反驳说。

“我没有证据。但是我就是能肯定。请相信我，保罗没有勇气谋杀他的父亲。否则的话，他早就下手了。”

“但是，有一个实实在在的人杀了您的丈夫！”

“我又没有说没有凶手。”

“那么您说是谁？”

“这是您的工作。但是我感觉，从目前的情况看，事情不是明摆着的吗？就那么几个嫌疑人……”

“您是说丹哈姆先生？”

布鲁克太太眨了一下眼睛，表示赞同。

“很遗憾，反过来说是丹哈姆先生很幸运，他有不在场的证据。不光是这一次，在上一次谋杀案发生的时候他也有不在场的证据！”

“他每一次都是靠着同一个证人的证词……”

“您对多勒小姐的证词表示怀疑？”

“我用不着怀疑：我知道上一次在下国际象棋的问题上，她就是在撒谎。保罗告诉过我。至于昨天晚上，我猜测她把她真正看到的东西美化了一下。当米歇尔‘发现尸体’的时候，也许就几秒钟的时间，她并没有看清米歇尔所有的动作……”

“您对多勒小姐有什么看法？”

“我对她没有什么可指责的……”布鲁克太太犹豫着说，“除了她让保罗不幸福这件事情……不过，她很可能根本没有意识到这一点。她的问题就是让人很难对她动怒。我的丈夫实际上负责了对她的教育工作。我刚才已经介绍过他的教育方式了。我感觉，从整体来看，她出落得很不错。但是这种教育不可避免的有一些后遗症。比如说，她把生活看得过于理想化了。另外，她毫不介意撒谎的行为……”

“那么说，您认定画家米歇尔是有罪的？”

“综合考虑的话……就是这样的。”

当天晚上，在拜访欧文的时候，我了解到这些询问的细节。通过阅读上面的叙述，我可以知道对话的准确内容。同时，欧文没有忘了告诉我那些证人所做出的不同反应。他还告诉我说，维德科恩德警官对调查工作的进展很不满意，而且是越来越不满意。欧文的叙述就像是给维德科恩德画了一张速写。

“在我离开之前，警官收到了最新的调查报告。之前，他要求手下仔细搜查现场周围的椴木丛。但是警员们没有发现任何异常情况。在枝条上找不到绳子滑过的痕迹，树丛里也没有线头。什么都没有，除了一个烟头和一根火柴头。当然了，我们不能肯定地说凶手没有在椴木上做手脚，但是至少应该找到点儿痕迹！我们在原地打转，阿齐勒，我们在原地打转！”

他比手画脚地说了这么一大通，然后他开始在壁炉前面的旧地毯上走来走去。这是他的习惯。

“情况紧急。”他又说，“我们现在手上有六宗命案，但是一个凶手都没有抓住！”

“但是我们已经差不多确定凶手，不是吗？保罗·布鲁克是我的首选，而且他是最佳的嫌疑犯！就像您说过的那样，他没有不在场的证据。而且他能够从父亲那里继承大笔的遗产，光这一个动机就足以让他连杀数人了！”

“我同意您的观点，阿齐勒。今天他是最佳的嫌疑犯。可是，明天最佳嫌疑犯又会变成米歇尔·丹哈姆！或者是其他人，比如说布鲁克太太！”

“这个女人难道也有足够的动机要干掉她的丈夫？”

“哦！她也有！别忘了，在通常的情况下，我们总是最先怀疑受害者的妻子！她肯定也能继承不少财产！我们的口头禅：怀疑妻子！但是这次不是通常的案子！所有的线索都相互关联，可是又相互矛盾！”

我向欧文提醒说:“多勒小姐也可以成为一个完美的怀疑对象。”我说话的时候用眼角观察着他的反应。

“我可以很容易地找到一个动机。”我解释说,“比如说她深爱着米歇尔，当她听说布鲁克先生把他赶出房子的时候，她决定实施报复……”

“这有点儿牵强……”

“或者她更喜欢保罗。除掉约翰·布鲁克之后,她就可以嫁给保罗·布鲁克,然后尽情享受财富……”

“我猜布鲁克先生没有忘了在遗嘱中给艾美莉留一份。这很有可能。她可能很快也会成为怀疑对象！她已经被怀疑两次撒谎了！我们现在要考虑所有的可能性,那些看起来最不可能的假设反倒是首选！对了,别忘了我们还有其他尸体要考虑！我们现在的尸体总数是六！或者说是二乘以三！”

雨点有节奏地敲打着窗玻璃,砰砰作响。我对欧文说我的数学能力不足,无法理解六和二乘以三之间的细微差别。

“好吧,我告诉您。”欧文恶狠狠地说,“我们实际上有三组尸体,每一组里是两个受害者。在一号受害者和三号受害者之间有联系:亚历山大·瑞雷和玛丽·多蒙小姐年轻的时候在普利茅斯相互认识。二号受害者托马斯爵士和六号受害者约翰·布鲁克也相互认识,他们不仅是朋友,还都是太阳神俱乐部的会员。四号受害者罗德斯少校和五号受害者李恩驰医生,他们俩都是公牛酒吧的常客,相互肯定也不陌生!但是注意，第一组，第二组，和第三组之间没有丝毫的联系！我认为这个案子中有很多干扰因素：比如说关于敲诈的故事，木乃伊的诅咒，庞大的遗产，还有狂热的宗教派别！我还想要忘掉凶手展现在我们面前的宏大的壁画：他在壁画上描绘了古代七大奇迹，还有相对应的谋杀。在壁画的中间画的是狂热的爱情，是一个罗密欧为了讨好挑剔的朱丽叶而呈上死尸和完美的犯罪！这真是太疯狂了！我们已经被搞得惊慌失措了。要是这些犯罪之间没有丝毫的联系，我们就会更加茫然失措！”

我点头表示同意。沉默了一阵之后，我又说：

“您想象出来的壁画还不完整。现在还缺少一个重要的元素。我们在每个‘犯罪奇迹’中都会发现这个元素……不可能的感觉，或者是超自然的感觉。我相信凶手在每一次谋杀之前都做了充分的准备，但是每一次都让人感觉那完全超出了人类的能力范围！”

“我们用‘不可能性’乘以六。”欧文苦笑着说，“也许我们就能找到一些符合逻辑的可能性！”

“为什么不是乘以七？别忘了，这个系列谋杀还没完呢！”

欧文没有说话，房间里只剩下雨点溅落的轻响。欧文以前曾经处理过不少的案子，但是我从来没有见到他像现在这个样子。他看起来和维德科恩德警官一样痛苦。考虑到神探的名声，他可能比维德科恩德还要焦急。他的头发通常都是细心地梳成中分，现在却凄惨地垂到了他的鼻子上。好像那缕头发也和欧文一样无能为力了。

“您说得很有道理，阿齐勒。这个系列谋杀案还没有完。但是我想不出凶手能有什么办法实现他的下一个目标！他要是有胆量给警察再寄一个画板，那么维德科恩德绝不会光派几个警员在街角监视嫌疑犯。他必定会大动干戈，严阵以待。说到警察的监视工作，我不能不向这位凶手摘帽致敬。他可真够大胆的，也够狡猾的。他竟然在我们最意想不到的地方下手：就在他自己的住所里！”

“一桩美丽的、田园诗风格的谋杀！”我在经历了长时间的压抑之后，只剩下这么一点儿幽默感了。“欧文，您不得不承认，这种谋杀配得上您喜爱的塔利娅！”

我的朋友转身注视着我提到的那个缪斯。他走了过去，不过这次他的眼神不是赞赏，而是愤怒。

他刚要发表感慨，门铃突然响了。过了一会儿，我看到了维德科恩德警官熟悉的身影。他的圆礼帽压在眼睛上，身上全是晶莹的水珠。他的右手上拿着一个包裹。那是一个被细心地包着的包裹，看起来不厚，四方的形状，每一边都是大约二十厘米长。维德科恩德把帽子挂到衣帽架上，然后就开始拆那个包裹。

“这不会是一个新的画板吧！”欧文说，“我记得凶手以前通过邮局寄给你们的画板比这个至少大一倍……”

维德科恩德看起来正在努力压抑着他的怒火：

“这一次，我们的凶手学会了随机应变。实际上，这个画板不是邮局送来的。是我们的一个探员在苏格兰场大门附近的一个走廊上发现的！就是今天晚上，您刚走了之后。这个胆大包天的家伙！他胆敢趁着我们询问证人的时候把画板留在了苏格兰场。更出格的是，他居然给出了具体的作案时间！这是肆无忌惮的挑衅！”

等维德科恩德打开了包装，我们都不敢相信呈现在我们面前的东西。这是不折不扣的另一个警告信，第七个警告信。这是极端的张狂放肆，荒诞的冒险，闻所未闻的挑衅！

画板上，作者的笔法很笨拙。字迹倒是还能够辨认清楚：

ANAÏS CHARLES SERA ENTERRÉE LE 3 JUILLET AU CIMETIÈRE DE HAREWOOD，À MINUIT PRECISES. LA POLICE EST PRIÉE D'ASSISTER À SES FUNÉRAILLES.

（七月三日，半夜时分，安娜伊斯·查尔斯[1]将会准时在哈而伍德[2]的墓地下葬。恳请警方出席她的葬礼。）

① ANAÏS CHARLES 安娜伊斯·查尔斯

② HAREWOOD：哈而伍德，英国某小村庄。

19

第二天中午过后，我们在苏格兰场找到了维德科恩德警官。天空和前一天一样阴沉，再加上周围刻不容缓的氛围，这个七月初的日子毫无吉兆。我们走进这所伦敦最著名的警局的时候，又落下了一阵骤雨。

“今天已经是七月二号了，明天就是三号了。”维德科恩德果断而逻辑分明地宣布说，“我们现在还有一天多的时间做准备工作。告诉你们，警方可一刻都没有懈怠。今天早上，我已经召集了所有的人手，向他们下达了明确的指示。我首先就要求他们找到所有叫做安娜伊斯·查尔斯的人。我们还通知了报界，今天下午的报纸就会刊登出寻人启事。第二个任务就是严密监视哈而伍德的墓地。相信我，在这件事上，我们会全力以赴！对于那些嫌疑犯的监视工作也是一样。今天和明天一整天，我们的警员会在塞温斯宅第外面进行监视。

如果有任何可疑的人员活动，警员就会进行跟踪，而且是大摇大摆地跟着。如果多勒小姐回家住的话，我还会派人监视她的房子。明天晚上，监控工作会更加严格。我们会搞一个大聚会，警察和嫌疑犯都会到塞温斯宅第去。在午夜之前，我们会去凶手指定的犯罪地点，哈而伍德村的墓地。那里当然也会被严密监视着。(维德科恩德警官露出一个勉强的笑容，似乎是对警方的准备工作满意了)我跟你们说吧，如果我们的凶手还打算实现他的'第七个犯罪奇迹'，他这一次必定会失算！一方面我们会对布鲁克家的小圈子严加防范！另一方面，除了警务人员，任何名为安娜伊斯·查尔斯的人都别想接近那个墓地。实际上不管叫什么名字，任何人都不行！”

“您认为这一次凶手不会完成他的诺言了？”欧文思索着问道。

“如果凶手就是我们怀疑的对象当中的一个，那他就不可能按照他计划的那样作案！”

“问题是，他可能玩文字游戏，也许那个句子隐藏了其他含义！”我插嘴说。

“他以前曾经在作案的时间上含糊其辞。”维德科恩德警官说，“但是只要他宣布了的东西，他都是准确地完成了。他每次选择的受害者的名字也是完全符合他留下的字谜。甚至作案的手法也是不折不扣地和警告信中的预言相吻合！”

“没错。”欧文表示赞同，顺便拿出了装烟草的小袋子。

“我认为凶手每次都根据危险的程度来决定警告信内容的详细程度。但是我们不能就默认为他是一个诚实守信的人。”

“那么说,”我又说,“您认定凶手会谋杀一个叫做安娜伊斯·查尔斯的人?”

“恐怕是这样的。”

“而且是在他宣布的时间动手?”

“考虑到他已经实现的六次犯罪，考虑到他毫无纰漏的表现,我认为他不会失信的。他要顾及到犯罪艺术家的荣誉!基于以上原因,我相信他会圆满完成这个看起来不可能的挑战。就在明天晚上,在他指定的时间!”

“那么地点呢?”

“当然是在他宣布的地点。他有可能会在地名上耍花招。”欧文一边说一边转向了维德科恩德警官。“但是我猜您已经仔细研究过这附近的地理情况了,您在整个英国范围内都搜索过了吧?”

“当然了。”警官耸了一下肩膀。“我甚至找来了比我更懂英国地理的专家。我们现在可以肯定地说,在整个英格兰,只有一个村子的名字和哈而伍德相符。那个村子在布鲁克家的附近。准确地说是三英里远。这个地点是错不了的。另外,在哈而伍德村只有一个教堂。教堂的旁边就是墓地。我一会儿就会去那个墓地看看，但是我已经得到了一份简要的报告。那儿没有什么特别之处,只不过那个墓地比同等规模的教堂惯常拥有的墓地要大。那片墓地呈一个大'L'形状,周围的草木旺盛,墓地和附近的树林也没有明显的边界。"

"比一般的墓地大?"欧文吃惊地问,"这是怎么回事?您知道原因吗?"

"哈,这次我可要让您大吃一惊了。我亲爱的侦探先生,我知道原因!"维德科恩德冷嘲热讽地说,"报界热衷于把苏格兰场说成行动迟缓,但实际上,我告诉您,我们也有一点儿好奇心!这个问题也引起了我的兴趣,我得到了相关的情报。在查理一世的时代,'骑士团①'和'圆头党②'曾经在这里发生过激烈的交锋。狂热的'圆头党'当时非常凶残。他们不仅消灭了对手,还屠杀了不少的当地居民。他们认为那些当地人在暗中庇护'骑士团'。没有人知道'圆头党'的猜测是否属实,但是大开杀戒是真事儿:他们在一夜之间就杀掉了一百多个当地人。算了吧,我想这段历史对我们手上的案子并没有太大帮助。"

欧文在专心地填他的烟斗,没有对维德科恩德的话作出评论。他慢悠悠地点上烟斗之后才说:

"要我说,当前最紧急的任务是找到名叫安娜伊斯·查尔斯的人,还有他们家的女佣人。顺便问一句,您破解了凶手在

---

① 骑士团:指英国内战(1642—1651)期间,忠实支持国王查理一世的人。

② 圆头党:指英国内战(1642—1651)期间,支持国会一方的清教徒。

最后一个警告信中留下的字谜了吗？”

警官咧开了一个笑脸：

“当然了，我亲爱的伯恩斯。您真的把我当低能儿了吗？您倒不如问问我能不能数到十！”

“那么您的答案是？”

“从七个里面拿掉六个，就只剩下一个。我们的艺术家凶手现在只剩下一个古代世界奇迹了。也就是位于哈利卡纳素斯的毛索洛斯墓庙，那是毛索洛斯国王的墓地。他的妹妹，同时也是王后——阿尔特米西娅二世为了祭奠亡夫而着手建造了这座惊人的陵墓。她想要用一个奇迹来表达她的哀痛，或者是眷恋。在爱琴海边上，当时最有才华的雕塑家们创造出了巨大的纪念性建筑。他们在地面上树立了三十六根廊柱，又在上面盖了一个金字塔形状的顶盖。最顶上是巨大的马车和狮子……”

“警官，您的文化知识令我赞叹！”

“我只是稍稍打听了一下。”维德科恩德努力装出谦虚的态度。“根据我收集到的信息，就可以轻易地完成字母转换的字谜游戏，而且也不可能有其他答案了。这很明显：把HALICARNASSE中的字母换换位置就是ANAIS-CHARLES。”

“一个很巧妙的字谜。”欧文带着鉴赏家的口吻说，然后吐出了一缕青烟。“这个字母无疑是整个系列中最出色的。这让我有点不安，因为出色的字谜印证了我的一个担忧。我担心凶手打算让他的谋杀系列以完美收场！他将会向我们呈现最精彩的谋杀！”

“绝不可能！”维德科恩德用拳头猛地一击桌面，恶狠狠地说。

“要是我在您的位置上，我就不会这么自信。从他最近的几次行动来看，我们的凶手是越来越大胆了。还有，我敢打赌这个凶手对于自己的成功非常得意。他正陶醉于诡计和机会主义之中。他最近自己动手把画板放到警察的眼皮底下，这就是最好的证明了！对了，您对于这个小插曲做过调查了吗？”

“当然了！”维德科恩德一边嚷嚷一边把胳膊举到了半空中。“我在这儿调查着这个，同时还要跑到别处去调查那个！我要调查最近发生的案情，要调查前一个案情，要调查即将发生的案情。说白了，我在满世界地搞调查工作，就像那首童谣唱的：‘在这儿，在那儿，小老鼠到处跑[①]’。他往那边跑了，他又会接着往这边跑！唉，和那些谋杀案一样，这个小插曲也没有提供什么有用的线索。没有人注意到任何反常之处。我可以理解为什么这次那个凶手缩小了画板的尺寸！他只要把画板装到一个包里，就不会引起丝毫的注意。我们唯一能够确定的就是：这个包裹在下午四点之前还不在那个地方。因

① 一首儿歌，在法国老幼皆知。

为清洁女工在四点经过那里，她并没有看到那个画板。这对我们来说还是毫无用处！”

这个时候，有人敲门。一个穿着制服的警员进来通报情况。他说有一对夫妇今天下午读了报纸之后，就立刻报警说他们的女儿失踪了。他们的女儿是昨天晚上失踪的，她的名字是安娜伊斯·查尔斯……

七月三日的早晨已经过去了。天色阴沉，阴云密布，只有稀疏的几缕阳光给这个午后抹上了一点儿色彩。到目前为止，什么都没有发生。不管是警方，还是嫌疑犯们都心情紧张。

喝过下午茶之后，艾美莉离开了她婶婶的房子。按照维德科恩德警官的要求，她打算今天晚上呆在布鲁克家。一个戴着圆礼帽的人从房子旁边的小路走了出来。对此，艾美莉毫不吃惊。她上午就透过窗户看到过这个人的身影，她当时就想到那可能是负责监视她的警员。那个圆礼帽走了过来，然后礼貌地询问她是否需要叫一辆马车去塞温斯宅第。艾美莉明白他的用意，她冷淡地拒绝了圆礼帽的提议。她说她已经准备好马车了。

那个警员点了点头，还轻轻地抬起帽檐向她致意。他的眼里露出了一丝失望的神色。艾美莉快步走开了，他只好用轻浮的目光追随着她漂亮的身影。无可否认，艾美莉今天很漂亮。她穿了一身蓝色缎带的衣裙，上面装饰着羽毛，配合着蓬松的袖口。一条满是花边的腰带凸显了她苗条的身材。

过了一会儿，她坐进了一辆停在她身边的马车。在路上，艾美莉注意到另一辆马车一直紧跟在后面。那辆马车上唯一的乘客就是那个圆礼帽，他一刻也没有松懈，紧盯着艾美莉……

在塞温斯宅第的门口，艾美莉又遇到了两个陌生的圆礼帽。在前厅里，管家接过了艾美莉的披风，随手递给她一个信封。

“这是今天早上送到的。”管家说。

艾美莉迅速地瞥了一眼那个信封。收件地址是塞温斯宅第，在信封上有一行非常匆忙而潦草的字迹：

“艾美莉·多勒小姐收，烦请布鲁克先生和太太转交。”

她折起了信封，然后把信封塞到了上衣的小口袋里。她接着走进了客厅，发现客厅里只有布鲁克太太一个人。

寡妇的脸色并不好，而且越来越显老了。

“葬礼将在明天下午举行。”布鲁克太太说，“如果这期间没有发生什么新的不幸……我猜警察已经通知过您了吧，可怜的艾美莉？”

年轻的艾美莉默认了，然后坐到了米拉达·布鲁克的旁边。这个时候，房门突然被推开了，米歇尔·丹哈姆走了进来。他随手关上了门。但是门扇很不听话，又弹了开来，进来的是保罗·布鲁克。

“艾美莉,亲爱的。”丹哈姆完全不理会刚进来的保罗。“我必须和你谈谈!”

“您先等等吧,米歇尔。”保罗傲慢地说,“我也有事情要和我的心上人说。我的事情肯定和您的一样重要。”

“您凭什么这么说?”

“米歇尔,就凭我现在是房子的主人。”

在同一时间里,一辆马车正在通向哈而伍德村的道路上疾驶。天空中阴云密布,好像是正在追赶着马车当中的维德科恩德警官和两位私人侦探。他们现在挤在狭小的马车里,忍受着持续的颠簸。他们刚刚去最后看了一眼哈而伍德村的墓地,那个被凶手选中的未来犯罪地点。那片墓地是不规则的形状,包括一个狭长的区域,和教堂的东南面相接。墓地的边界很模糊,因为很多地方都被周围的树林严重侵蚀了。在远离树林的地方,可以看到很多东倒西歪的墓碑,散落在杂草当中。有些地方长着茂密的灌木和矮树丛,想在其中要找到一个墓碑并非易事。但是维德科恩德做了充分的准备,他派人在墓地里分区把手。他派出了十几个警员,其实根本用不了这么多人。维德科恩德很自信,今晚,这片墓地里绝对不可能发生谋杀案!更不要说是谋杀一个指定的人。

昨天晚上,他们去了查尔斯夫妇的家。他们是那个十七岁的女孩儿的父母。按照他们的说法，在七月一日的下午，安娜伊斯到房子附近的一个花园里去散步，然后就失去踪迹了。他们的女儿安娜伊斯不难看：有一头金发，身子很单薄，在唇边有一粒很明显的美人痣。她失踪的那天穿了一身淡紫色的天鹅绒衣裙，还有配套的披肩。他们的女儿很保守，也很听话，从来不和男孩子们搭讪。对于查尔斯夫妇来说，女儿的失踪很离奇。七月二日，他们看到报纸上的告示之后就觉得事态严重了。

维德科恩德很匆忙地询问了几个问题（这不能怪他，因为他的时间实在太紧迫了），也没有发现什么有价值的线索。尽管当地警察在四处搜寻，安娜伊斯·查尔斯还是踪迹全无。

“我不知道在这个可怜的女孩子身上到底发生了什么事情，我也不知道她现在可能被囚禁的地点。但是有一点是肯定的：她不可能今晚死在哈而伍德村的墓地里。她绝不可能在那里被人谋杀，更不可能被我们严密监视着的嫌疑犯所谋杀。”

欧文没有正面回应维德科恩德，而是朝车窗外面望了一眼，“什么鬼天气！我希望今天晚上不要下雨……”

载着他们的马车在一条坑坑洼洼的道路上颠簸着。乌蒙蒙的天色迅速地变幻成了疾风骤雨。他们快到达塞温斯宅第的时候，雨点已经开始噼里啪啦地砸在车顶上。

他们刚一到就发现布鲁克家陷入了一片混乱。维德科恩德发现本应在门口放哨的两个警员并没有站在他们的岗位上。大厅里传来了喧闹的声音,楼梯上也有急促的脚步声。在客厅里,他们发现米歇尔·丹哈姆躺在地上,嘴角满是血迹,一动不动。布鲁克太太和艾美莉都俯身围在他旁边。艾美莉正在抽泣,布鲁克太太倒是很镇定。她安慰艾美莉说米歇尔只是暂时昏迷过去了。过了一会儿,那两个警员冒了出来,后面跟着保罗·布鲁克。保罗的头发乱糟糟的,衬衫的一个袖子被撕开了口子。他的脸色铁青,显得非常恼怒。

“他们刚才打了一架。”两个便衣当中个子比较矮的约翰逊说,“我们被迫进行了干预。但是我们进来的时候,这一个已经倒在地上了。另外那一个看见我们就跑开了。我们最后抓住了他……” 约翰逊又转头看了看保罗·布鲁克,“我看他现在已经冷静一些了……”

“请原谅,先生们。”我们面前的年轻人揉搓着自己的拳头,不慌不忙地说,“我刚才的行为有点儿不理智。我完全没有必要逃走,真是太荒唐了……在我自己的家里,我完全有权利这么对待这种入侵者。”这时候米歇尔开始恢复神智了。保罗·布鲁克朝着对手的方向冷笑了一下说,“他这是罪有应得……”

“保罗!”艾美莉喊了起来。“你真让人讨厌!你做了这样的事情,怎么还能这么说?……米歇尔,我的天啊,你怎么样了?”

画家艰难地站了起来。他用手背抹了一下嘴角的血迹，勉强地笑了一下。然后他凶狠地盯着对手，用轻蔑的口气说：

“这儿没有我的立足之地了。这个畜生刚才的表现已经足够说明问题了。亲爱的，跟我来，我们离开这儿……如果他胆敢强留你，如果他敢碰你一根头发，我保证他会付出惨重的代价。我现在对突然袭击有防备了……”

米歇尔一边说着，一边慢慢地朝对手走过去。而艾美莉则哭着瘫倒了。维德科恩德突然走上来拦住了米歇尔的去路。维德科恩德冷冷地请求年轻人克制一下，否则的话就立刻把他送到警察局里去。

一个小时之后，房子里的空气稍稍轻松了一些。大家一起吃了一点儿冷餐。维德科恩德提醒那两个年轻人说他们都被牵扯在这个案子里。他们好像能够继续相互容忍几个小时了。餐后的饮料被送了上来，但是等待却越来越难熬了。墙上的壁灯已经被点亮了，玻璃罩子里面传出煤气燃烧的声音。

在一片满怀敌意的寂静当中，座钟叮叮当当地敲响了九下。维德科恩德不停地看那个座钟，一刻也坐不住。恼人的风声已经停止呼啸很久了，但是随之而来的寂静反而更让人觉得压抑。

然后是十点的钟声。

“还有两个小时，真让人无法忍受！”维德科恩德的额头上冒出了汗珠，他偷偷对欧文说。“我要发疯了。我们都在这里干等着,什么也不会发生……可是我偏偏有越来越强烈的预感:我们又要面对一个新的命案了!”

“没有办法,我们现在除了等着什么也干不了。”欧文叹着气,也往座钟的方向瞥了一眼。“您准备什么时候出发?”

“马车会在一个小时之后来接我们。十一点十五分,我们就能到达现场。在那儿还要等半个小时……我受不了了,所有这些都是荒诞的。伯恩斯,我还从来没有遇到过如此疯狂和荒谬的情况!”他又压低了声音说:“观察一下您的周围,您认为这四个人当中有哪一个符合谋杀犯的气质?在我看来,那两个年轻人都不够意志坚定,他们干不出谋杀的勾当!他们相互兜圈子,不停地坐下又站起来,他们跑到走廊里去,就是为了避免相互面对面……我无法相信他们之一就是凶手。那个年轻的女孩子怎么样?她像一个惯坏的孩子一样坐在角落里赌气!她比那两个男孩子更加不像是凶手。别跟我说布鲁克太太才是凶手,她这两天好像一下子老了十多岁……您有什么想法,伯恩斯?”

欧文侦探焦躁地摆弄着手上的挂表。他摇了摇头,但是什么也没有说。他的感觉和维德科恩德警官一样:尽管看起来不可能,第七个犯罪奇迹肯定还是会在两个小时之内如期实现……

过了一会儿,欧文在走廊里遇到了艾美莉。她看起来不安而焦虑。但是,她到底是为了即将发生的谋杀而焦虑,还是因为她自己的感情波折？欧文分辨不出来。看着艾美莉苍白的脸色，欧文暗自怀疑她的神经能否经受得住这一夜的煎熬。他觉得艾美莉穿着那身缎子衣裙很漂亮。

“您很勇敢，多勒小姐。而且您很漂亮。”欧文一边说一边欠了欠身。

艾美莉的反应完全出乎欧文的意料。在推开客厅门之前，她用栗色的大眼睛盯着欧文的眼睛，对他说：

“我希望您明白自己在干什么……”

在当时的氛围下，这句话并没有什么特别之处。欧文现在的角色和警察很接近，他多少也要负责监视这个晚上所发生的各种事件。但是经艾美莉说出来之后，这句话还是让欧文感觉有点儿突兀。这句话就像乐曲中的一个音符，听起来并没有什么不妥；但是和完美的调子还是差了那么一点点儿。不过在当时的环境下，这个细节并不引人注目，欧文并没有多加留意。他回到了客厅里自己的位置上，尽力让自己保持冷静。

他们走出房子的时候，天色已经一片漆黑了。雨已经彻底停歇了，空气很凉爽，没有一丝的风。所有的人都钻进了警方准备的马车。

当马车停在哈而伍德村的教堂门口的时候，我已经被焦虑压得透不过气了。那种感觉很难用言语来表达。哈而伍德是一个小村子,已经在雾气中沉沉地睡去了。教堂的钟楼就像一柄凄惨而骇人的利剑，插向黑暗的夜空。但是真正吓人的是教堂周围的墓地。墓地被雾气完全笼罩着,只有星星点点的微光点缀其中。参差不齐的墓碑像是活了起来,它们从杂草中露出头来,组成了一片黑暗的丛林。而点点的荧光在夜空里缓慢地游走,宛如一条长蛇,或者一个游行的队伍。

所有的人都下了车。我们都跟随着维德科恩德警官,一直朝墓地的中心地带走过去。走过一名警员身边的时候,维德科恩德询问了现场的情况。那个警员报告说一切正常。我们最后走到了一个小墓穴的跟前。墓穴上摆着四盏煤油灯，但是我们能够看到的范围很小。雾气好像把灯光都吞噬了，四周一片昏暗。我们能看到的只有远处一圈慢慢移动着的灯光,稍近一些的灯光偶尔会映照出一个警员的身影。

“好了,我们都到齐了。”维德科恩德用灯照着我们。“我们还要等半个小时,在此期间我们都待在这里,不准离开。我知道你们当中的一个是……”

钟楼上突然传来了半点的钟声。我们离钟楼很近,叮咚的巨响把我们都吓了一跳。钟声回荡了好一阵子,接着又是深重而冰冷的寂静。维德科恩德警官继续他的讲话,不过他的声音已经失去了自信。就在这个时候,事情开始急剧发展了。我们听到一阵脚步声,还看到一个灯光跳跃着向我们接近。

“都不要动！”警官大吼了一声,然后用灯笼照亮了跑过来的警员。

“我们刚刚抓住了一个闲逛的人。”那个警员气喘吁吁地说，“他藏在了教堂的后面。他看起来不像是坏人，但是我想最好向您报告一下……”

维德科恩德吃惊地朝我们扫视了一圈。他犹豫了一下，然后下命令说：

“很好。立刻把他带过来。”

过了一会儿，那个警员带来了一个小老头。他满脸的皱纹，身上穿着一件满是补丁的衣服，脚上是一双大号高帮皮鞋。这个老头看起来很和善，而且话特别多。他的辩解很简单：他习惯于在这儿附近散步，每天如此。今天他看到这么多的灯火，感到好奇，想看个究竟。他的话听起来很可信。

维德科恩德盘问一会儿，也就相信了老头儿的解释。警官没有向他透露行动的细节，只是说警方在围捕一个坏人。那个老头说他知道这儿附近住着一个坏蛋。他什么都知道，因为他是这个村子里最年长的人。他比这里的牧师都更了解附近的教民……”

又过了一刻钟，警官变得越来越紧张了。他指示那个警员把老头护送回去。在向那个老人道别的时候，维德科恩德随口问了老人一个问题：既然老头自夸对这个地区了如指掌，那么哈而伍德还有别的墓地吗？

“其他墓地，没有了。”老人说，“可以说是没有了……这要看您怎么定义墓地了……”

维德科恩德感到很好奇，他让老头解释清楚。而老头就开始含含糊糊地叙述当年“骑士团”和“圆头党”之间的血腥战斗。

“死的人太多了。他们最后不得不把一小部分人埋到一个大坑里。说是一小部分，也不少呢。据说有五十多个！当然了，严格来讲，那个大坑算不上是个正经的墓地。不过在那儿有一个纪念性的石板，其实就是一块石头，上面的字迹已经看不清楚了。经过这么多年了，您明白吧……”

尽管维德科恩德的胡须在他的脸上投下了一大片阴影，我还是看到他的脸涨得通红。他大吼一声：“在哪儿？”所有在场的人都被他这一声大喝吓了一跳，包括那些站岗的警员。

“怎么……离这儿不远……”老人摸着自己的帽子，小声地嘟囔。

维德科恩德朝着老人跨了一步，带着威胁的口气重复了他的问题，丝毫没有降低嗓门。老人被警官态度的突变吓得往后倒退了一步。

“离这儿不远……在田地里……很好找，只要看到那块石头就行了。当然，现在是晚上，其实……”

“艾美莉？”米歇尔·丹哈姆突然问，他迅速地朝四下张望。

“艾美莉？”布鲁克太太也跟着喊了起来，她紧紧地拉着儿子的胳膊。“她刚才还在这儿……”

所有的人都开始四处张望，但是很显然年轻的女孩儿失踪了。维德科恩德刚才提高嗓门盘问老人的时候，周围警戒的警员的注意力都转了过来。就那么几秒钟的时间，艾美莉趁机跑掉了。所有的人都没有发现。

突然，远处有人在喊：

“在那儿！有人正在逃跑！”

“抓住她！”维德科恩德咆哮了起来，“她就是凶手！不惜一切代价抓住她！”

20

三个警员跑去追赶那个远去的身影。但是这场追逐并不公平，黑暗对于逃跑者显然很有利。赛跑很快就结束了，没过五分钟，那三个警员就回来向上司报告说追捕失败了。

维德科恩德冲他的下属们发了一通脾气，然后转向欧文。维德科恩德的脸上是一种难以形容的表情，混杂着愤怒、惊慌和犹豫不决：

“我们现在怎么办，伯恩斯？我们是留在这里直到午夜，或者我派人去四处搜索？”他看了一眼自己的挂表，“天哪！只剩下五分钟了！”

“老人家，”欧文突然对旁边的老人说，“您立刻带我们去找这个大坑。警官，请吩咐您的手下留在这里坚守岗位。我们和嫌疑犯一起去找这第二个墓地。快，我们一刻也不能耽误！”

维德科恩德，伯恩斯，和老头在前面开路，我跟在丹哈姆，布鲁克和他的母亲后面，以便监视他们的举动。很幸运，我们脚下的路还算好走，所以我们走得很快。走在我前面的布鲁克太太肯定觉得很吃力，但是维德科恩德警官还是不停地催促那个老人加快脚步。而那个老人总是叨咕说就快到了。其实，这段急行军的路程并不长，我们只用了不到五分钟的时间。

钟楼上的大钟刚刚敲响午夜的第一下的时候，我们远远地看到在一片空地上有奇怪的灯火。

"在那儿……" 维德科恩德用颤抖的食指指向那片模糊的光点。"欧文，那是什么？……"

"就是那儿，"老人气喘吁吁地说，"他们应该就是被埋在那儿附近。在田地的边儿上有一块石头，石头应该就在附近……没错……就在那儿，就是有光亮的地方……"

"好像那儿有一个人……有人点亮了蜡烛！"

"我们快过去……"

我们很快就赶到了一片泥泞的田地里，那里的土很松，显然是最近刚被犁过。

"看！"维德科恩德早就把老头甩在了后面，他喊了起来。"这里有一串很明显的脚印！小心！别踩在上面！这是女人留下的脚印，肯定是多勒小姐留下的……可是，难道我眼花了吗？在那边儿的不就是她吗？"

这时，我们能够看到在田地的中央，在那些烛火的旁边有一个人影。维德科恩德跑在最前面，他肯定比我们看得清楚。我刚才经历了恐慌、混乱、突如其来的变故，而且在黑夜里借着微光猛跑了这么远，我的理性思维已经停止运转了。这些不连贯的情节搅乱了我的思维，以至于我期待看到一些最离奇的事情，正常的景象反而会让我吃惊。

我们在那片又湿又黏的泥地上艰难地前进。不仅如此，还要遵守维德科恩德的命令，不能踩到那串脚印。我们终于到了离烛光几米远的地方。但是呈现在我面前的场景完全超出了我的想象力。

我们发现艾美莉正跪在地上，跪在一具年轻女孩子的尸体前面，她正在哭泣。那具尸体仰面躺在地上，身上盖着少许泥土。一把厨房用刀插在尸体的胸口上。在尸体的旁边是一圈三十六根点亮的蜡烛。在那一瞬间，我搞不清楚到底发生了什么。但是很快，我注意到了各种细节。在我们的周围，很大一片土地都是光秃秃的。经过白天的几次骤雨之后，地面上原有的痕迹都被抹去了，只有刚才艾美莉所留下的脚印。那个死去的女孩子金色头发，嘴角上有一粒很明显的美人痣。她很显然就是那个前天失踪的女孩子安娜伊斯·查尔斯(后来的调查也证实了她的身份)。她脸上僵硬的表情证明她已经死了一段时间了。

“我……我没有杀人……”艾美莉转头向我们申诉说，她的脸上满是泪痕，“我……我没有杀人……”

我们面前的强烈反差是很难描述，也很难让人理解的：那是阴森恐怖，凄惨悲痛和动情的混合体。两个漂亮的女孩子，被不幸所联系在了一起。她们就像是一对姐妹，一个浑身颤抖痛哭失声，另一个直挺挺地躺着一动不动。这个画面既精致又平淡：两个女孩子都穿着漂亮的衣裙，一个是紫色，另一个是蓝色；色泽都很淡雅，很和谐。她们的身影和脚下泥泞的红土地形成了鲜明的对比。

“我相信您，艾美莉，我相信。”欧文走过去用劝慰的口气说，“是您点亮了这些蜡烛吗？”

“不，不是我……”

“肯定是，肯定是您。”维德科恩德警官耐着性子说。“除了您还能有谁！这些蜡烛都是刚点燃不久，而且周围没有任何脚印……”

“不是我，”艾美莉哽咽着说，“真的不是我，我向您保证……我从远处就看到了烛光……您瞧，这些蜡烛已经烧得很短了……”

“真是不可思议。”欧文思索着说，“等等……看，这里正好是三十六根蜡烛。三十六这个数字和位于哈利卡纳素斯的毛索洛斯墓庙里的廊柱的数量一样。不用说了，我们的凶手这一次干得比以往都要出色，他的最后一个奇迹真不一般！他完成了所有的承诺：安娜伊斯·查尔斯体面地下葬了，在准确的时间和准确的地点！而我们的防范措施都白费了！您不觉得他很了不起吗,警官先生?我们应当向这样的犯罪杰作致敬!请注意,在以往的案情中,凶手的主要特点是在现场找不到任何脚印或者其他痕迹,给我们的感觉是凶手是一个带翅膀的生物。但是在这一次犯罪中,'不可能'的表现方式不一样了:让人称奇的不是谋杀本身,因为受害者已经死去很久了;重点在于这三十六根蜡烛,它们代表了宏大的葬礼,完全配得上古代中亚的传奇国王!这些蜡烛看起来已经燃烧了一段时间了,但是没有脚印能证明是有人来点燃了蜡烛!这一手儿太漂亮了!"

"我可不会轻易上当!"警官的眼睛里燃烧着愤怒,他怒气冲冲地说,"肯定是有某个人来点燃了蜡烛,这个人就是多勒小姐。她也是我们这几个星期以来苦心搜索的系列杀手!"

艾美莉还跪在尸体的旁边,她哽咽着试图否认。

"那好,"维德科恩德咬牙切齿地问道,"请您告诉我们,您为什么突然从我们身边跑开了?您又有什么样的特异功能?我们找了两天都没有找到的尸体,为什么一下子就被您发现了?"

"我不能……我不能说!"

"您不能说?"维德科恩德的黑眼睛看起来和恶魔一样凶狠,他冷笑着说,"我倒是能明白地告诉您一件事:多勒小姐,我现在正式逮捕您,我指控您犯有谋杀罪!您被控谋杀了眼前这个年轻的女子,同时还被控谋杀了其他六名受害者!"

21

坐在返回苏格兰场的马车上,我徒劳地想赶走脑子里那个阴森的场景。围绕在尸体周围的三十六根蜡烛在我的头脑里不断地跳跃着,那不是幻影,是我亲眼所见的事实。我们没有做梦,但是整个晚上发生的事情就像是一个漫长的噩梦。那个噩梦的结尾是一个特别让人心痛的场景。逻辑和情感在不断地交锋:我本能地拒绝相信艾美莉是有罪的,但是另一方面,她又不可能不是凶手。她让人心碎的否认显得很真诚,但是无法否认的事实就摆在面前。

马车到达维多利亚路[①]的时候,已经是夜里两点多了。我们的马车穿过拱门,进入了苏格兰场。我对于这个警局已经很熟悉了,特别是那个新哥特式的小城堡。和我同乘一辆

① Victoria Embankment.

马车的是一个和我一样沉默寡言的警员，欧文、维德科恩德警官和“罪犯”在另一辆马车上……

想到“罪犯”这个词，我的理智和情感又翻腾开来了。艾美莉·多勒，看起来是一个如此迷人的女孩子，她会是我们苦苦寻找的可怕的罪犯吗？不可能，我无法接受这种假定。这些谋杀案背后肯定是有凶手在作祟，但是没有人真的相信有超自然的力量在作怪。在我看来，这四个嫌疑人都不像是凶手。如果不是艾美莉，而是布鲁克太太突然失踪又神秘地出现在尸体旁边，我肯定也是一样难以置信。出于不同的原因，我没有办法把她和举世无双的凶犯联系在一起。还剩下两个年轻人……可是，挨个儿考虑一下，他们更不像是罪犯……那么是谁干的呢？

我的脑子里在不停地翻腾着相互矛盾的想法，但是维德科恩德警官生硬的指令把我拽回了现实。维德科恩德他们已经下了车，我看到艾美莉的身影的时候打了一个寒战。她还穿着那件蓝色的衣裙，上面满是泥点儿。两个穿着制服的警员押送着她走过了阴暗的旁门。我能够隐约听到她仍然在哭泣。维德科恩德警官迈着坚定的步伐跟在她的身后。走在最后的是欧文，他的步调显得有些犹豫。

我的朋友欧文被允许旁听审讯，而我只能在走廊里老老实实地等着。我坐在离维德科恩德的办公室不远的一个长凳上。

很快,从办公室里传来了隐约的对话片段。他们的声音不是很清楚,我无法听清他们所说的内容。但是我能够分清楚维德科恩德严厉的声音和艾美莉心碎的辩解声。维德科恩德就像一只暴躁的恶狗不停地咆哮着,他在执拗地重复着他的问题;而艾美莉的声音绝望地反驳着越来越凶狠的攻势。艾美莉的声音越来越微弱了……她还能坚持多长时间?欧文在干什么?我听不到他的声音。他在想什么?

我在凳子上坐了大概一个小时之后,一个和我打过交道的警员走了过来。他站在办公室的门口,但是里面审讯的氛围让他犹豫不决。我们的目光相遇了。

"我过一会儿再来吧。"他善解人意地说,"真可怕,我可不想坐在那个小女孩儿的位置上!我不知道到底发生了什么,但是她还浑身都是污泥呢!"

我对他说我有同感。然后我向他透露了我对于案情所持有的深深的疑惑。

"我刚从那边儿回来,"那个警员点上了一支烟,"我们被迫停止了勘查工作,因为又下起了暴雨。这场雨会把所有的脚印都冲掉。还好,在下雨之前,我们有一个小时的时间勘查了尸体附近相当大的范围。可是,除了你们和多勒小姐留下的脚印,什么都没有。那片土地刚被松动过,所以她留下的脚印很深,不是很清晰。但是,我们可以肯定那串脚印就是艾美莉小姐留下的。那串脚印证明她在五分钟前从我们身边跑开，就直接到了尸体旁边。另外，那串脚印肯定是刚踩上去的，和你们的脚印一样，方向也一样。还有，昨天下午下过几次阵雨，所以，现场留下的脚印都是晚上踩上去的。至于尸体，凶手把尸体藏在那里至少有一天多了。根据法医的鉴定，她死了有两天了。也就是说她失踪后不久就死去了。”

“那么，”我想了想说，“凶手谋杀了小女孩儿之后，又把尸体搬到了这里。他把尸体埋在了土里，然后这几天连续的降雨把所有的痕迹都抹去了。雨水还部分地冲刷掉了尸体身上的泥土，于是胳膊和脸露了出来……”

“没错。我认为凶手肯定是在雨天里搬运尸体的。在烂泥地里走过的时候，他的脚印立刻就被泥水填平了。您明白我的意思吗？”

我闭上了眼睛，阴森的画面立刻跳入了我的脑海。在雨天里，一个身影背着一具尸体走在泥泞的土地上；然后他用手捧起烂泥盖在尸体上，盖在年轻女孩儿俊俏的脸上……

“现在的问题是如何解释那些燃烧的蜡烛。”

“问题？您还操心这个！”那个警员撇了撇嘴，“如果那个女孩儿是凶手，就根本没有什么问题！”

“如果不是她点燃的呢？”

“说实话，这不太可能。我们在现场只看到了你们和艾美莉留下的脚印！”

那个警员说完就走开了。我垂下了头，沮丧而疲惫。我的挂表显示已经是三点十五分了。我朝警官的办公室门望了一眼,我发现里面对话的声音突然降低了。这是短暂的间歇,还是已经平静了一会儿了? 刚才和那个警员谈话的时候,我没有留意办公室里的动静。转瞬间,维德科恩德洪亮的嗓音就打破了我的幻想。这次更糟糕了,他的声音简直是怒吼,把墙壁都震动了。这种架势让我有点担忧。

过了一会儿,办公室的门突然被打开了。我看到维德科恩德像一头愤怒的狮子一样冲出了他的巢穴。他的黑胡子都耷拉着,看起来像是一个出去作案但是不幸失手的恶棍,怒气冲冲又无可奈何。

等他走远了,我站起身,谨慎地走近维德科恩德的办公室,朝里面张望了一下。多勒小姐还在哭泣,她蜷缩在欧文的臂弯里。我的朋友一手搂着艾美莉,另一只手上是一封信。他正目瞪口呆地盯着那封信。

22

我在欧文的家里和他一起喝下午茶。“终于见到阳光了。”他把窗帘拉开来，兴高采烈地说，“这样的天气比前几天的连绵阴雨要好得多，对吗？”

“真正让我觉得心情舒畅的是事情有了转机，多勒小姐终于洗清嫌疑了。”我回答说，“我得承认，在几个小时之前，我对她的命运可不抱什么希望！”

欧文回到了桌子旁边，他给自己又倒了一杯茶。今天我们用上了高等的瓷器茶具，这可是很罕见的情况。

“昨天晚上在布鲁克家里，就在我们出发去墓地之前，她对我说了那句话。我当时就觉得很奇怪。仔细想想，她其实整个晚上都在用怪异的眼神看我。但是我当时不可能理解其中的含义。她对我说：‘我希望您明白自己在干什么’。这句话在当时的环境下显得很自然，所以我没有深究。可是，凶手这一招儿多么狡猾啊！真是神来之笔！我把那封信仔细地看了好几遍，我得说他把我的字迹模仿得惟妙惟肖。他其实用不着这么煞费苦心，多勒小姐根本不熟悉我的字迹。但是凶手肯定不知道这个情况，而且他也不愿意冒任何风险。他的阴谋里容不得半点差错……”

欧文所说的那封信就是昨天晚上管家交给艾美莉的信。管家已经证实了：那封信是傍晚时分，艾美莉刚到塞温斯宅第的时候，管家亲手交给她的。信是前天，从伦敦市中心的一个邮局寄出的。

我无法逐字逐句地复述信的内容。简单来说，信的作者假借欧文的名义，要求多勒小姐协助他的调查工作。信上说欧文的做法已经征得了警方的同意。还说监视墓地的行动其实是一个圈套，目的是让凶手现出原形。所以行动能否取得成功在很大程度上取决于多勒小姐的合作。她的任务并不复杂，但是需要不折不扣地执行。在接近半夜的时候，只要有机会，艾美莉就要悄悄地逃走，如果需要就快跑。然后她要赶到墓地附近的一个地方，作者在信中详细叙述了位置。另外，她会看到指定地点附近有烛光，所以她不可能找不到。接着，她需要扮演一个被当场抓获的罪犯，她要无助而绝望地辩白。不管警官的口气多么凶狠，不管维德科恩德提出多少指控，她都要咬牙坚持住。在欧文让她停止之前，她要一直表演罪犯的角色。这是这次行动中最关键的时刻，警方会留意真正的罪犯的反应。罪犯肯定会露出马脚。

信的作者说这是一个很特别的行动计划,但是要抓住凶手就要付出这个代价。出于“显而易见”的原因,多勒小姐不能向任何人提起这封信。凶手是如此的狡猾,任何一点可疑的行为都会导致行动的失败。这可是抓住凶手的最后一次机会。

信的主要内容就是这些了。但是信上的最后一段话深深地铭刻在我的脑海中。特别是那个巧妙的用词:“亲爱的艾美莉”。这种口气表现出一种过度亲密的关系，甚至是有点放肆。但是凶手肯定研究过了心理学,他对欧文的性格判断得很准确。

> 我全指望您了,亲爱的艾美莉,为了伸张正义,为了那些无辜的受害者，为了惩罚那个卑鄙而残忍的凶犯,我请求您尽一切力量来完成我向您提出的要求。请全力以赴,我敢肯定我们能够实现我们的目标。我也相信您能够保守秘密。不要向任何人提起这封信的内容,对我也不要说!不管看起来多么的奇怪,请务必把这个行动坚持到底!请坚定地说,我们知道自己在干什么!
>
> 您忠实的欧文·伯恩斯

“读完这封信之后,”欧文接着说,“我明白了艾美莉在走廊上对我说的那句话的含义。在执行表演任务之前，她想要得到一点儿鼓励……”

“说起来，她的表演还真够逼真的。”想到昨天晚上发生的事情，我叹了口气。

“而且她坚持到底了。等进了办公室，屋子里只有我和维德科恩德。可是我们的态度没有变化——她觉得有点儿不对劲儿了。她发现自己是在知根知底的人面前继续做戏，这就很荒谬了。看到尸体之后，艾美莉的神经就受到了强烈的刺激，更不要说凶手布置的毛骨悚然的三十六根蜡烛……”

“点燃蜡烛的不是她！”

“不是……这还是一个谜。我们早晚会解开这个谜的。我接着说在办公室里发生的事情吧。在艾美莉看来，我们的朋友维德科恩德警官表演的控告方的形象惟妙惟肖。其实呢，他压根儿就认为艾美莉有罪。最后她承受不住了，说了实话。可是我们花了不少时间才明白过来是怎么回事。她最后拿出了那封信，我们才相信了她。她还留着那封信，真是幸运。在审讯期间，她曾经一度失控：她向我们承认她向我们撒过谎……那是关于她为米歇尔提供的不在场证明……”

“关于下国际象棋那一次？”

“对。他们俩那天晚上确实在下国际象棋。但不是到凌晨四点。米歇尔在大约一点的时候离开了。后来米歇尔也承认了。”

“我就知道！我当时就觉得她的态度有问题！”

“眼看着针对米歇尔的指控越来越多，她最后决定把这场国际象棋比赛的时间推延了三个小时。她认为这样能够帮助男朋友摆脱困境。当时米歇尔对于他离开的时间很含糊，而且她知道米歇尔绝不会反驳她的说法，于是她耍了这么个花招。唉，我跟您说吧，维德科恩德警官可是气疯了！”

“当然了，这是不折不扣的作伪证！”

“我知道。”欧文带着遗憾说，“不过，我相信维德科恩德会尽力把她从麻烦当中解脱出来。我以前帮了警方那么多次，还从来没有要求过报答。现在我有这么个小小的要求也不过分。其实呢，她的伪证对于丹哈姆的处境没有什么大的影响。因为布鲁克被谋杀的那一次，他也有不在场的证据。”

“但是他那个不在场的证据也是多勒小姐提供的！”

“我知道。对于第二个不在场证明，她没有翻供。我们很明确地向她提出了疑问，考虑到她当时的处境，我想她的话是可信的。话说回来了，昨天晚上，不仅仅是米歇尔·丹哈姆，其他人都有不在场的铁证。他们都不可能跑去点燃蜡烛……我们一直盯着他们的一举一动！”

“那么，关于谋杀有什么发现？”

“我们发现了一些情况。安娜伊斯·查尔斯极有可能是在七月一日的晚上被杀死的，她死后就一直被埋在那里。她肯定是被一封信，或者凶手的其他诡计吸引到了那个区域。我提醒您,在那天晚上,维德科恩德警官来找过我们。他说在苏格兰场刚刚又发现了新的画板。谁也没有想到凶手如此大胆，行动如此迅速，以至于维德科恩德还没有来得及做防备。”

“您真的认为是凶手点亮了蜡烛？”

“您说还能是谁!”欧文耸了耸肩膀,“只有多勒小姐有可能这么做。但是她已经向警方供认了信件和她所扮演的角色,她何必要在这个小事上撒谎?不会的,我认为是另有真凶点燃了三十六根蜡烛。他的诡计层出不穷……他已经多次向我们展示了在空中移动的能力!想想看……先是在罗德斯少校的案子里:在暖棚的附近没有任何脚印。那一次是在日光充足的条件下,警方不慌不忙地仔细勘查了周围的地面。接着是约翰·布鲁克被谋杀的案子，他第二次展现出了飞鸟才有的能力。那一次案子发生在夜间,勘查也是在夜间进行的。但是警方的勘查也非常仔细。只有昨天晚上的勘查受到了干扰:当时天色阴沉,而且最后真的下雨了。那些勘查人员后来承认他们这一次调查得不如前几次那么仔细。我还和其中的一个警员讨论了一下。我请他设想一下凶手利用尖底的高跷离开现场的可能性。这个方法很难操作,但是效果很好,在地面上只会留下很细小的痕迹。他们的时间紧迫,他承认可能注意不到这种痕迹。”

我思索了一下,试图在脑海里想象凶手踩着高跷小心翼翼的样子。我最后摇了摇头：

“说实话，我很难同意这种假设！上次约翰·布鲁克被谋杀的时候，我们也曾经假设凶手靠在树木之间挂绳索离开现场。这两种假设都不太现实。”

“我明白。”欧文耸了一下肩膀，然后又说，“但是我想不出更好的解释了……不管怎么说，这个谋杀还是起到了一定的作用：保罗·布鲁克和他的母亲原来没有强有力的不在场证据，现在他们都被排除了！我们都在一起，不可能是他们偷偷点燃了蜡烛！”

“如此说来，那四个嫌疑人都不可能是真凶！”我用一个手势配合着我的惊叹，我无意间碰翻了茶杯。欧文大惊失色，他在最后关头在桌子的边缘上抓住了那个茶杯。

“还好，”欧文激动地说，“您看到了吧，人的性命和物品的完整性往往都是悬于一发……”

“如果不是他们四个，那么就是另有其人？”

欧文的脑门上突然冒汗了。他站了起来，问我还喝不喝茶。与此同时，他已经着手小心地收拾他的茶具了。

“说得不错。肯定是另有其人。”他说，“我认为我们犯了一个错误。在造纸商人遇害之后，我们推测说凶手必定就是布鲁克家里的人。但是我们没有明确的证据。在房子的外围发生了难以破解的命案，凶手来无影去无踪，或者就是能飞来飞去。但是凶手完全可以是从房子外面潜入花园作案！我们已经知道了,那两个警员的监视算不上严密。他们的任务是监视两个嫌疑人的进出，并不是监视房子和附近的区域。要知道,那是一个大房子,需要监视的范围很大。鉴于这些情况,我认为实际上所有的人都有可能作案。他肯定是一个奇人,但是在他的面具之下,我们可能会发现一个完全陌生的英国居民。”

“这种分析是符合逻辑的。但是,我不自觉地感到有点儿失望。我并不是喜欢看到警察逮捕我熟悉的熟人,但是不明身份的凶手会让问题越发地复杂化。凶手可能叫做史密斯或者伯恩,这对案子毫无影响。还有,按照这个逻辑,嫌疑对象的数量和全英国的人口相差无几了。真要是那样,还怎么有可能破案!我们应该用什么条件来甄选嫌疑人?除了疯狂,还有什么动机能够激励一个陌生的英国人干出如此骇人听闻的系列谋杀案?我感觉是经过了漫长的跋涉之后又回到了起点……”

奇怪的是,欧文看起来挺愉快的。

“您打算怎么办？”一段沉默之后,我问欧文。

“当然是继续调查了,阿齐勒！多么可笑的问题！”

“您有了新的线索？”

“没有,我的朋友。没有新的线索！但是我打算改变我的分析方法！”

把宝贝瓷器收藏好之后,他从厨房走回了客厅。他走到壁炉的前面，站到那些优雅的雕像前面。他朝着那些女神笑了起来。

“我亲爱的小缪斯们，你们看起来多么可爱啊！但是我要告诉你们，我对你们很不满意！自从你们在这个家里落户之后，伟大的欧文·伯恩斯就变得徒有其名了。我打算离开你们一段时间。我将会再给你们一个机会来赎罪。我太喜欢你们了，我不忍心断然地把你们撇下。但是欧文老爹要去呼吸一下新鲜空气，要去别处找点儿新的灵感……”

“别处？您打算去旅行？”我吃惊地喊了起来。同时，欧文这番孩子气的矫揉造作也让我难受。

“不是，我刚才说过了。我要换换方法。”

“换什么方法？”

“看那儿，”他指着窗外耀眼的太阳说，“我要使用这个‘活跃的力量’。这个太阳，它的名字既是‘克雷普瑞’，又是‘拉’，还有‘阿通姆’，最好的名字就是‘阿美诺菲斯’。”

他着了迷一样，朝着明亮的白日之神笑了起来。他的笑容让我很好奇。

“您是不是发痴了，欧文？”

“我不会再像现在这样哀怨了。如果理性的逻辑思维不能带来丝毫的结果，我就要求助于神明了。我相信，只有太阳神才能让我找到主色调，看清图画上的底色，也就是这个谜题的答案。”

第三部分　阿吞神（ATON）

23

我前面已经讲过了,为了让读者更好地掌握各种不同的事件,我自作主张在一些章节里使用了第三人称的写法。我知道这种写法有时候会影响故事的连贯性,但是第三人称的写法能够把同时发生的很多诡计都讲清楚。基于以上原因,我打算再做更加大胆的文学探索。因为一些情感上的顾虑(我想不止是这方面的顾虑),欧文只是向我转述着一些很含糊的情节。我会把这些情节重新充实起来,呈现给读者。

欧文到底是用什么非正统的方法找到了这个奇案中的主流色彩?我至今都搞不清楚。为了抵达"光明",欧文的法子您大概也猜到了吧? 他采用的是动人的艾美莉·多勒曾经善意地向他建议过的方法。果不其然,凶手所绘制的阴暗的画卷一点点地被光明所照亮。这要归功于那两个特殊的侦探搭档所进行的推理。我不知道欧文在这个搭档中扮演什么样的角色,我也同样不知道艾美莉的角色。我的朋友振振有词地把功劳都揽到了自己身上,但是我很怀疑他在这件事上是否诚实。他肯定是想重新树立自己的形象。要知道,在这个案子当中,他一直都是在黑暗中摸索。考虑到这些,我不得不重复费洛的那句话(欧文也经常重复这句话,甚至到了滥用的地步):绝美的东西,就像太阳,一旦现身就会遮蔽它周围所有的东西。

尽管他经常嘲笑别人的愚钝,实际上欧文是在嘲笑自己而浑然不觉。到他退休的时候为止,我可以说这个案子是他的侦探生涯中遇到的最大的难题。他不仅面对凶手炮制的七起谋杀案以及其他完全"不可能"的现象,还要搞清楚凶手的真正动机。我已经说过了,在前六个受害者之间存在着配对的联系。但是调查证明,最后一个受害者和前面的六个人毫无关系。所以,我们无法满足于一个疯狂杀手的说法。真的有精力充沛的凶手随意选择受害者吗?未必。而且事实也并非如此。

除了欧文,还有其他人能够破解这个夸张的谜题吗?我想没有人能做到。另外,这个案子也是史无前例的。它一方面复杂晦涩,另一方面在主干上又非常清晰。我认为,尽管这半个世纪以来的犯罪史上有丰富的案例,但是没有一个能够和这个案子相提并论。他的迷人的搭档在某些方面充当了他的导师,她对于解开复杂的谜题也发挥了关键性的作用。我过一会儿就会随意发挥，用想象力来重建这个谜题。

在让主角登场之前，我想要先介绍一些细节。这其中有一些是后来才发生的事情，但是这无关大碍。凶手完成了“犯罪七大奇迹”，他在最后一次作案之后就无声无息了。对于那七桩谋杀案，每一个案子都被判决为“由一名或多名未知凶手预谋杀害”。在最后一个案子当中，墓地上出现的老人纯属意外。艾美莉，米歇尔，保罗·布鲁克，还有他的母亲都不再是警方的怀疑对象。他们每个人都有确凿的不在场证明，所以都被警方排除了。至于艾美莉作伪证的事情，维德科恩德设法免除了对她的指控。因为欧文明确地向维德科恩德表示说：如果维德科恩德不能妥善解决这件事情，今后就不要指望他的帮助了。在最后一次谋杀发生后不久，米歇尔搬到伦敦市去住了。塞温斯宅第也得以恢复了宁静，保罗·布鲁克和他的母亲对此都很满意。在欧文和艾美莉进行“调查”期间，两个情敌很少能遇到他们追求的对象。这个悲惨的案件缓和了他们的热情，大家都对随之而来的平静表示满意。

24

第一课

七月末的太阳把炙热的光芒撒在伊坪森林[1]旁边的一小片草地上。除了树林中鸟儿的低语，这里一片寂静，绝对的寂静。欧文平躺在草地上，眼睛上盖着一块丝巾，一动不动地品尝着太阳神迷人的轻拂。欧文是个健谈的家伙，他经常忍不住要动动嘴唇。在厚厚的草地上，会不时冒出一两句话。比如："悠闲，您是天赋的母亲，多么惬意……"或者是："什么都不干是最引人入胜的工作……"但是艾美莉的手指立刻就会压在欧文的嘴唇上，她用温柔的声音低声说：

"安静，我们还没有准备好。我们必须让精神完全放松……我们要等到脑子里出现跳跃的星星……"

① 英国东南部的一片森林，处于大伦敦区和埃塞克斯郡的边界上。

过了一会儿，欧文被允许睁开眼睛，也可以说话了。强光向他袭来，周围的田园风光也一起涌到了他的眼前。尽管周围有无数的光芒，欧文还是中了魔一样牢牢地盯着艾美莉光彩照人的脸庞。艾美莉朝他亲切地一笑。

“现在，”她说，“我们要开始了。阿吞神与我们同在，他给我们带来光芒……”

欧文想要说话，但是他感觉头脑昏昏沉沉的。他还没有适应这种长时间的日照。刚才他闭着眼睛的时候眼前直冒金光，现在还是一样。

“我们要开始了，”艾美莉又说，“我们从简单的说起。‘亚历山大的灯塔’在我看来是一个很好的脑力锻炼……您觉得怎么样，我的好学生？”

“行啊，按照您的意愿。我对于这个谜题有了点儿想法。不过我先听您说吧。”

“我也有想法。我好像已经想明白凶手的把戏了。”年轻的女孩儿懊悔地撅了撅嘴，“我们说说这个案子吧。我反复研究了我们搜集的报纸上的文章。这些文章有一些共同点：亚历山大·瑞雷是恶习不改的烟鬼和酒鬼，而且喜欢聊天。在案发现场，唯一异常的现象是地上的三个空威士忌瓶子。”

“残余的威士忌肯定都在火灾中燃烧掉了！”

“很正确。那场火灾是由汽油燃烧所引起的，凶手肯定是从灯塔的油桶里弄到了汽油。另外，我们知道在十五个小时的时间里(从下午三点到第二天早晨七点),瑞雷一直是一个人在灯塔上。当时海浪的状态能够保证这一点。如果我们用正常的方式来考虑问题,就应该摒弃飞行人或者其他飞行生物的说法。那么,夜幕降临的时候发生的火灾就必定是用延时装置触发的。凶手最晚是在下午三点匆匆离开灯塔。值得注意的是,种种迹象都表明瑞雷当时是处于'非活跃'状态……但是,他既没有被捆绑也没有遭到拘禁。考虑到这些情况,结合我们已知的信息:瑞雷喜欢聊天,喜欢喝酒,空的酒瓶,汽油,还有香烟……"

欧文用手背抹了一下微湿的额头,他露出了一个笑容。

"您说得很对:这么一分析,谜题就不攻自破了。上午,一个亲切的朋友去灯塔拜访了灯塔管理员。他带了一点儿润喉的东西,以便拉近感情。瑞雷没有理由防备他,他还从来没有遇到过这种好事。两个人喝了起来。但是瑞雷在愉快地一杯接一杯的时候,罪犯却是在假装饮酒。在下午两点左右,灯塔管理员昏睡了过去,酩酊大醉。他通常不会在工作的时候喝醉,但是对于一个狡猾的人来说,把嗜酒的瑞雷灌醉绝非难事。"

"接着,"艾美莉又说,"我们需要发挥一点儿想象力。我们可以想象凶手准备了一个羊皮带,装满了汽油。他在羊皮袋上戳一个窟窿,让汽油慢慢地撒在受害者的身上,把他的衣服都浸湿。我们接着想象凶手把瑞雷搬到了门口,让海风吹干他的衣服。凶手还在瑞雷的脖子和头发上撒威士忌，这样就能掩盖他身上汽油的残余的怪味儿。等瑞雷醒过来的时候，一个老烟鬼的第一反应是什么？”

“他点了一支烟……”

“亚历山大港的灯塔……！从灰烬中重生了！他发现自己被锁住了，就绝望地向外面大声呼救。现在看来，他的行为完全符合逻辑！”

“要是我就跳到海里！”

“瑞雷很熟悉周围的环境。他知道灯塔的下面全是致命的礁石。”

“……就像海妖斯库拉[1]的尖厉的钩子。您说得很有道理，这比恶龙查瑞比德斯[2]的火焰好不到哪儿去。”

“哎呀呀！”艾美莉摇起了手指头，“今天别说什么希腊神话！否则的话，我们从头开始！”

“您愿意重复多少次都行。”欧文又躺到太阳地里，“我呢，我已经准备好处理下一个谜题了。但是我要先向您致意，您的推断非常简洁，我很信服！”

第二课

艾美莉浓密的栗色头发在阳光下闪闪发亮，就像一道金

---

① 斯库拉：在希腊神话中，仙女斯库拉化身为水妖。

② 恶龙查瑞比德斯：在希腊神话中，海神波塞冬和大地之神的女儿。

色的丝线织成的瀑布,一直垂到她的古铜色的肩膀上。欧文直勾勾地盯着她。而艾美莉用一个食指指着伟大的光明之源,她说:

“太阳之船正在碧蓝色的海水上慢慢地前进。金色的光芒稍稍暗淡了一些,但是那些光芒很快又会让人振作起来。有悟性的学生会继续得到灵感。

“关于那个阿提密斯神殿的案子中(确切地说那是托马斯爵士的案子),引人注目的东西并不多:一群人在进行射箭比赛,一个受害者死于弩箭,在尸体周围发现了几个硬币,其中一个硬币在死者的手上。受害者是背部中箭,表面上箭矢来自三百码之外的区域,在这个距离上射中一个人可以说是一个奇迹。另外,伤口的位置显示弩箭好像是来自高处。再考虑一下托马斯爵士是一个古钱币的收藏家。于是我们的头脑里出现了这样的景象:从天空中掉下一些硬币,托马斯爵士弯腰去捡那些硬币……”

“艾美莉,告诉您吧。我好像已经解开这个谜题了。但不幸的是,谜底并不能向我们提供关于凶手的信息。我们只知道这个凶手会正确使用弩箭,他算不上一个专业射手,还有,他非常大胆。不过我们早就知道他胆大包天了。”

“那么您的推断是?”

“如果我们按照正常的逻辑来思考问题,要想成功射中托马斯爵士,必须在足够近的距离上发射弩箭。而现场唯一可行的隐蔽所就是弓箭手们练习射击用的三个靶子。在靶子附近有一棵树，还有几丛灌木，凶手可以靠这些掩护悄悄地接近靶子。完成谋杀之后，他也可以顺原路悄悄地离去。那棵树应该是凶手的主要观察点。弓箭手们来取靶子上的箭矢的时候，他可以侧身或者趴在地上藏起来。那些靶子离弓箭手们有三十码远。这个距离对于弓箭来说是一个很远的距离，但是对于弩箭就不算什么了。如果正确地使用弩箭，在二十五码的距离上，误差可能只有几毫米。也就是说，在三十码的距离上射中一个人并致死并不难。这并不算什么出色的成绩，只要掌握点儿技巧就行了。

“我们可以假定凶手藏在树后面等待时机。那三个靶子中肯定有一个离树木相对比较远，比方说是右面的靶子。等弓箭手们把注意力集中在右面的靶子上的时候，他就爬到左面的靶子后面。这有点儿风险，但是确实可行。他在靶子后面继续等待时机。机会来了！有一个弓箭手射出了非常出色的成绩，所有的人都为他的成绩而喝彩。只有托马斯爵士一个人的注意力被分散了，他正在看天空中的‘金色闪光’。那个闪光肯定是凶手朝托马斯爵士抛出的硬币。他扔了不止一次，前两次都没有成功。这就是为什么有两个弓箭手也注意到了天空中的‘金色闪光’。凶手并不需要扔到很远的地方，但是需要有准确性，必须让硬币准确地落在托马斯爵士的面前。这样受害者就会弯腰去捡地上的硬币，他面对的方向是北面,也就是箭靶的方向。通常情况下,男人都会弯腰去捡地上的东西,而女人是蹲下去捡。等托马斯爵士的头接近地面的时候,他的脖子也就暴露在弩箭手的视线当中了。凶手就在这时候发射了致命的弩箭。受害者受了致命的一击之后还试图要站起来,但是最终向前方倒了下去……他的朋友们听到尖叫,都转头看发生了什么事。他们看到托马斯爵士趴在地上,脖子上有一支致命的弩箭。他们理所当然地认为弩箭来自南边。南边只有远远的篱笆,而且他们看不到一个人影。在受害者脖子上,弩箭插入的角度很特别,这引发了各种猜测。有人说凶手藏在云端上,还有相对合理的说法是说凶手采用了投射法。但是没有人想到我刚才说的那个办法。我认为,要想解释这个看起来无法理解的难题,只有我的办法可行。"

"太棒了,欧文!"艾美莉鼓掌叫好,"您果然不负盛名。您的推断毫无纰漏,而且阿吞神给我的启示也是这样的。我看我们可以继续着手处理下一个案子了……您已经有点子了吗?"

"我承认我还没有任何想法。"

"那好。我请您先陈述一下相关的事件。"

第三课

“与‘巴比伦的空中花园’相对应的谋杀案，”欧文思索着开始叙述，“要我说，这个案子中最引人注目的是受害者死前那些奇怪的说法。她自称很害怕那个即将发生悲剧的地点，也就是那个装饰了花草的拱门。那个拱门上方是一个平台。按照她的说法，那个平台上出现过一个古代王后的身影，而且那个王后有一刻遮挡住了太阳。我觉得受害者的这番话非常奇怪，这段话和凶手的警告信不谋而合：被遮住的太阳，和‘空中花园’对应的是布置了花草的平台，还有萨穆拉玛特王后的传奇……受害者似乎完全理解凶手的意图。

“这只能有一种解释：要么受害者说了实话，要么她在撒谎。如果她说了实话，我们就会面对一个完全不合理的情况。如果她在撒谎，那么她至少应该是同谋。不幸的是，她自己就是受害者。另一个让人奇怪的事情是我们再也没有找到她的朋友的踪迹。刚一开始，可能是出于偶然，也是因为地方警员疏忽了，没有要求她留下姓名和住址。但是我们一直找不到她就很奇怪了：报纸上登出了关于这起谋杀的告示，而关键的证人迟迟不肯露面！

“考虑到以上两个疑点，我认为这个证人值得怀疑。她的证词显然也有问题。只有那两个老人，渥格特和约伯医生的话比较可信。我知道他们年事已高，眼神可能不太好使了。但是他们应该能够看清楚关键性的事件。可是,光考虑他们的证词,我们又走到了死胡同里。”

“那么我们就被迫重新考虑那两个女人,”艾美莉把一朵花插到了她的头发里,“我们要考虑她们的外貌、她们的行为举止……”

“对,应该从这方面着手……一个老人第一次看到两个女人坐在长凳上的时候,他认为那是两个寡妇。他说她们的衣服颜色暗淡,给他留下了这种印象。他还说玛丽·多蒙看起来比她的朋友更胖一些,还戴着一顶帽子,帽子上装饰着艳丽的花朵……两个证人多次提到了那顶帽子……嗯……如果真的像我们猜测的那样,如果两个女人是同谋,她们就能很容易地欺骗两个眼神不太好的老人……”

“欧文,我要提醒您,我们的出发点是说凶手独自作案!”

“别急……让我再回想一下整个事件……多蒙小姐倒在了地上,好像是被巨大的花盆砸中了……证人都跑了过来,他们看到撒落在地上的泥土,花草,还有几块砖头……垂死的人勉强地说出‘女王’和‘阳台’这几个字……她好像在说凶手的位置,于是两个老人到拱门的附近去搜索,那里是唯一的藏身之所……还有她的帽子……这些都是不折不扣的做戏!”

“这很显然!”

“这个时候,玛丽的朋友赶到了!她俯身在垂死者的身上，哽咽着。与此同时，渥格特和约伯的目光都停留在拱门的高处，以及柱子的后面……

“两个老人还说就在他们回到死者的身边之前，他们听到玛丽·多蒙的朋友惊叫了一声。他们认为那个女人看到玛丽咽下了最后一口气！”

“天哪，”欧文突然说，“我明白了。这实际上是在一瞬间变了个戏法。凶手就是多蒙小姐自己。她预先准备好了机关。走到拱门下面的时候，她一拉绳子就把上面的大花盆弄翻了。她尖叫了一声，假装被花盆击中了，以便引起了证人们的注意。等两个老人去柱子后面搜索罪犯的时候，正好她的朋友也赶到了。于是躺在地上的女人拿起一块砖头砸在另一个女人的头上。两个证人听到的惊叫是真正的受害者喊出来的。凶手爬了起来，把她的朋友放到刚才她躺的位置上，然后用帽子遮住死者的头。如果手脚麻利的话，这几个动作花不了几秒钟。接着，凶手俯在死者的身上，开始假装哭泣。我猜想，为了显得比真正的受害者胖一些，凶手先前在裙子下面塞了不少填充物。在她假装哭泣的时候，或者是晚一点儿的时候，凶手把那些填充物抽了出来。现在她们俩的角色对换过来了。躺在地上的才是真正的玛丽·多蒙。接下来，凶手的任务就是继续表演死者的朋友。和那两位老人不同，她避而不谈这个事件的奇特之处。她要让事情看起来就像是一个很普通的意外事故，以便让警察尽量少注意‘死者的朋友’。实际上,她干得还真不错。”

艾美莉钦佩地看了欧文一眼:

“很好,欧文,您又超越了自我!您就像变魔术一样揭开了谜底!”

侦探清了一下嗓子,试图表现得谦逊一些。但是他并没有实现谦虚的效果。

“这正好是我的职业。我对于破解这种诡计是很在行的。不过,还是让我们继续分析案情吧。很显然,凶手在选择目击者的问题上煞费苦心。这是一个很关键的问题,她做了精心的准备。她故意选择了两个眼神儿不好的老人,摸清楚了她们的散步的时间。另外,凶手故意寻找了这个叫玛丽的未婚女子,目的就是为利用她名字中的字母来组成她的字谜。我倾向于认为凶手是一个年轻人,主要是考虑到她的大胆的行径。但也有可能是中年人;稍有一点儿表演才能,又懂一点儿化妆的人都能够骗过那两个年迈的证人。她肯定是仔细地把自己打扮了一番,尽量把脸画得和受害者相似。这样别人就不容易发现躺在地上的不是同一个人。实际上,这个计划中真正困难的是如何和真正的多蒙小姐建立友谊。她需要保证一点:在远处看到凶手假装受伤之后,多蒙小姐必须立刻跑过来。这需要一定的准备工作。比如说自称受到了莫名的迫害,或者是古怪的威胁,或者在案发之前对玛丽说:‘玛丽,我亲爱的朋友。如果我发生了什么不幸,在最后的时刻,我请求您陪在我的身边，为我祈祷。'她具体怎么措辞并不重要，凶手的大意肯定是这样的。因为他只可能使用这一种方法！"

艾美莉对欧文的分析表示赞同，她做了个鬼脸：

"我也不知道为什么，但是我感觉凶手是个女人……"

"您这么想是因为证人描述了两个穿着深色服装的女人。但是一个善于装扮的年轻男子，穿上裙子，戴上帽子，同样可以轻易地骗过两个老人。我以前遇到过更加善于伪装的罪犯，他们的手法比这个更离奇古怪。不管怎么说，我现在觉得思路很清晰，我可以继续分析下一个案子！"

艾美莉笑了起来，她把胳膊举起来，向着太阳：

"阿吞神，您创造了奇迹。您用光明把混沌的头脑转为清醒。请您继续赐予他灵感吧……但是我们不会滥用您的慷慨……感谢您，万能的阿吞神。我们感激不尽……"

年轻的女孩子随后把头往后一扬，发出一阵银铃般的笑声。欧文看起来已经越来越驯服了。

"我们现在要打乱顺序。"艾美莉说，"如果按照时间顺序，下一个案子就太困难了。我认为'奥林匹亚的宙斯神像'更容易一些。欧文……您能解开这个谜题吗？"

第四课

"我保证尽力而为。在这个蔚为壮观的案子里，有两个让我迷惑的特点。其中之一是李恩驰医生对于雷雨的不断增加的恐惧。他似乎在两年、甚至三年前就预知自己的末日。第二点让我迷惑的是那棵被闪电击中的大树。谁也无法预知闪电将会击中哪棵树,对于凶手来说,这属于是老天爷送上门来的礼物。但是从凶手寄来的警告信上看,他似乎早就准备好了,或者是预料到了闪电劈中的方向。这是相互矛盾的!我仔细地研究了一下这棵树的问题。我发现在几天前,那附近还下过一次雷雨,但是并不引人注意。我们可以假定在前一次的雷雨中,闪电已经击中了那棵树。而管理员并不是天天都巡视那片树林里的每一棵树,所以管理员并不知道那棵树已经被闪电劈中了。为了他的下一个'犯罪奇迹',凶手在那片树林里寻找合适的地点。他正巧发现了那棵被劈中的树。根据当时闷热的天气情况,凶手确信几天之内还会有新的雷雨。于是他想到了制造假象,让我们以为那棵树是在谋杀的当晚被劈中的(我们也确实没有仔细地研究那棵树被劈中的痕迹)。他要做的很简单:把附近的一个观望台搬到这棵树旁边,等时候到了就把受害者放到高凳上。他还点上火让我们以为是闪电引起了燃烧。他肯定预先准备了干柴,还有汽油。否则的话他很难在那样的骤雨之后点燃树木。"

"到目前为止,您说的都合情合理。剩下的难题就是受害者的恐惧症……"

"我认为,其实我是一直认为,凶手是把受害者引到了树林里。尽管这听起来不太可能。"

“您是说，他们在某种程度上是同谋？”

“在某些方面是的。我的意思是说李恩驰医生的恐惧症是一个假象……是他搞了三年之久的表演……这真让人难以接受！”

“一旦天气阴沉就把自己隔离起来，每次都把自己反锁上几个小时？他搞这种表演有什么目的呢？”

“为了躲开他的老婆！”

“为了躲开他的老婆？”艾美莉被逗乐了，“可是为什么？”

“为了去见别的女人！”欧文漫不经心地回答。然后他又皱起了眉头，“我记得有人向我提起过，这个李恩驰医生在刚结婚的那几年非常花心……”

“没错。是米歇尔说的。和李恩驰发生争执之后，他告诉过我。但是李恩驰太太明确地警告过她的丈夫。如果不规规矩矩的话，李恩驰医生就要偿还岳父的遗产。那是他开诊所的本钱。”

“正确。李恩驰医生既不想失去诊所，又不想丢掉情人。于是他发明了这个古怪的恐惧症。这样他就能够从妻子身边逃脱几个小时！天哪，这个推断合情合理！刚开始的时候，李恩驰医生的把戏很顺利，但是后来出现了一个敲诈者。我认为这个敲诈者就是我们要找的凶手！”

“很有可能！根据米歇尔的说法，李恩驰医生偷情的事情在酒吧里是公开的秘密。凶手也听到了医生的事情，他当然不能放过这个‘奥林匹亚的宙斯’的理想的人选。凶手细致地调查之后，掌握了李恩驰医生的小秘密。

“凶手开始敲诈李恩驰，他可以强迫医生干任何古怪的事情。比如说在半夜里，冒着雷电在森林里碰头。至于被炙热所扭曲的挂锁，我认为那是花心的医生准备的小工具之一。他每次半夜离开小屋的时候，他都把挂锁挂在门上。目的是防备某一天老婆觉得他避雨的时间过长了，到小屋来探视！”

“这也可能是凶手准备的工具。”艾美莉补充说，“他可能还要求医生在那天晚上烧焦门上的木板。医生还必须让妻子相信，他认为自己就是报纸上刊登的警告信中所指定的下一个受害者！”

“他其实就是下一个受害者！”欧文打了响指，“好家伙！所有的线索都汇集到一起了！我们现在知道李恩驰医生是凌晨三点离开了他的房子。他到达约会地点，最晚是四点钟。暴雨也大概是这个时间停下来的。凶手让李恩驰登上高台，把他打昏，勒死他，然后在他的手上放一个镀金的大象雕塑。凶手找出准备好的干柴，浇上汽油，点火，然后小心地回到家里。没有人看到他的行踪。如果准备充分的话(我们现在知道他准备得很充分)，整个行动最多需要半个小时的时间。”

“欧文，您真是太了不起了！”艾美莉挺直了脖子惊叹道，“我被您的推理艺术所陶醉了！”

欧文没有想到艾美莉会有如此的惊叹，他的身子失去了平衡。他的头往后一仰，无意间看到背后十几米的地方有一个奇怪的身影。欧文根本不知道那个身影是什么时候接近的。她体型肥胖，穿着白底黑斑点的裙子。头上还有两个绿帽子[①]，不过她的帽子和李恩驰太太的不一样。那个庞然大物又朝着欧文的方向走了几步，还朝他不满地“哞儿”了一声。

“我们快走吧！”欧文站了起来，“我可受不了这个愚蠢的化身！”

① 法语中动物的角可以代指绿帽子。——译者注

25

在一座小山的山顶上,有两个人注视着东方。他们的面前是英格兰平原的全景。在这样的凌晨时分,空气还很凉爽,他们面前一片昏暗。他们的注意力都集中在东方,那里的地平线上刚刚露出苍白的微光。周围一片寂静,绝对的寂静。远处传来了一声鸡叫,不久又是更多的回应。但是那些叫声太微弱了,根本无法打破他们保持着的寂静。

天边的乳白色斑点逐渐地扩大开来,颜色也越来越红润。黑夜的帷幕逐渐隐去,天空中冷淡的色彩如魔术般逐渐溶解开来。

"这多么神奇,不是吗?"艾美莉小声说。

"真是壮观极了。"欧文把胳膊放在艾美莉的肩膀上。

"别急,这只是刚开始!注意看随后发生的……"

很快,橙红的色彩越来越浓重。阴暗被推到了一边儿。接着一个金色的盘子，如火的太阳出现了。

“多么壮丽！”艾美莉喊了起来，“看，东方的金色大门即将打开！”

“这是世界上最动人的景象，”欧文转过身望着他的伙伴。他看到了曙光女神正在艾美莉狂喜的眼睛里跳舞。

“阿吞神已经现身了，他即将给大地带来美景……”

“毫无疑问，艾美莉……在我的面前就是美丽的化身……”

“他向我们奉上了才智……您明白吗，欧文？您感觉到他的存在了吗？”

侦探表示赞同，他这次毫不犹豫地把身边的伴侣搂在怀里。艾美莉并没有丝毫反抗，但是她的眼睛始终盯着日神的方向。那双栗色的眼睛也随之染上了金色的光芒。

“我想您很快就会明白，欧文。对我们来说，今天是一个很重要的节日，一个永恒的节日。就像我们面前的不断重复的生命的轮回，亘古以来就没有停止过的。今天，除了阿吞神和我们自己，我们什么都不说。等到了晚上，等太阳神的金船消失在地平线的时候，我们会心平气和，精力充沛。那时，我们就继续思考七大奇迹的谜题……”

第五课

在肯特郡附近的海岸边，高耸的峭壁俯瞰着海面上的如火的色彩。

艾美莉容光焕发，满怀愉悦之情。她拉着欧文的手，品味着拂过面庞的温暖的空气。脚下传来隐隐约约的声音，那是大海的喧嚣。那些即将泯灭在沙滩上的浪峰被夕阳染成了紫红色。

“上一次，”艾美莉说，“考虑到难度，我们跳过了一个谜题。”

“和‘罗德斯岛的巨人’对应的谋杀。”欧文点了点头说。

“您还记得那个案子当中的特别之处吗？”

“当然了，在暖棚附近没有任何脚印，渴死的受害者面前有一个装满水的瓶子，还有一副望远镜。”

“您忘了一点：两根折断的棍子。他们肯定也是很重要的线索。可是，两根折断的棍子又能代表什么呢？那是很普通的铁铲的柄，出现在暖棚里也很正常。两根棍子，两根很结实的棍子……都被折断了！只有一个人有可能这么做，很显然就是罗德斯少校！他为什么要这么做？这个动作表明了什么？”

“狂热，愤怒，绝望……”

“绝望？”艾美莉吃惊地问，“为什么绝望？他的眼皮底下就是饮用水，而且他完全行动自如！”

“您是说他自愿承受这样的苦难？”

“调查已经证明了，没有外来的人接近了小屋。我们必须遵守这个前提条件。不过，我们最好先研究一下受害者的个性……”

“一个‘煮不烂的硬骨头’！”欧文冷笑说，“他是一个烟鬼、酒鬼，还好色……

“而且喜欢打赌！您忘了吗，报纸上曾经报道过他以前的一些功绩！”

“他为了打赌而把自己渴死了？”

“对于普通人来说，这绝不可能。但是对于血气方刚的罗德斯来说有没有可能？如果在他看来赌注足够诱人的话？比如说，有人和他打赌，看他能不能坚持三天不喝水。如果成功的话，他就能得到一些他梦寐以求的东西。另外，那瓶水的存在本身就代表了一种挑战！

“没错，那瓶水放在那儿，放在他的面前。我感觉就是为了嘲弄他，为了向罗德斯挑战……

“从某种意义上说，这瓶水还能够起到激励罗德斯的作用！换作普通人，在这种条件下肯定无法拒绝那瓶水的诱惑。但是罗德斯属于钻牛角尖的那种人；事关他的名声，他会投降吗？

“迫不得已的时候，他会顽抗到底。但是，就像您刚才说的那样，必须是足够诱人的赌注！一大笔钱都不一定能让他动心……”

“您说得对。我认为在这个案子里并不牵扯到金钱。我们还是考虑望远镜和罗德斯色迷迷的眼睛吧……”

“我没有见过他活着的样子！”

“我见过！”艾美莉爽朗地笑了起来，“我可以告诉您，他一看到我，眼睛里就燃烧着欲望！所以，那副望远镜……”

“我一直在想，现场出现望远镜不会毫无理由。它肯定是为了看远处的东西，望远镜只有这一种用途……色迷迷的眼睛，您刚才是这么说的？您的意思是说这里面和女人相关？简单来说，是一个和女人相关的赌约……一个女人以身相许？”

“他狂热地想要得到的女人，一个同意在这个考验之后向他献身的女人。这个女人利用她全部的诱惑力打动了荒淫之徒的心。尽管罗德斯岁数不小了，正在走下坡路，他对自己的阳刚之气还很有信心。在考验期间，为了激励罗德斯的士气，这个女人每天都在暖房的附近出现一两次。她出现在树丛附近，罗德斯能够用望远镜观察她，欣赏她。罗德斯认为自己很快就能得到她了，于是又信心十足了。这可以解释罗德斯的心理状态，他很痛苦，又夹杂着无法满足的欲望，于是他折断了木棍。我认为这个赌约有一个固定的期限。他必须等到一个特定的时刻，比如说第三天的日出。您怎么看？”

“艾美莉，只有像您这样的美人才能让他如此不惜代价……”

年轻的女孩儿笑了起来，她又说：

“很显然，这个女人并不缺乏魅力。她对男人有很强大的影响力，她能够轻易地得到她想要的东西。灯塔管理员和李恩驰医生的表现都充分证明了这一点。在瓢泼大雨之下，在半夜里，有什么办法能够让李恩驰医生心甘情愿地跑到森林里去碰头？除了美女的垂青还有什么更容易的办法？”

“女性的魅力确实能够简化很多事情……”

“好了，我们可以继续讨论下一个奇迹了……但是，我要先提醒您：在凶手的个性中还有一个不容忽视的特点。她美貌如花；她有犯罪艺术家的天分；而且她还有预测天气的本领。在这几次谋杀案中，天公一直在给她帮忙。但是不要忘了，在设计谋杀的时候，她充分地考虑了天气的因素。比如说，在罗德斯少校的案子里，她选择在一场大雨之后开始赌约。随后是连续的艳阳高照的天气，还有凶手选择的地点，这些都不是偶然的。由于日晒，暖棚周围的土地形成了一层干壳。正是根据这个特点，我们断定没有人出入过暖棚。这对于案情本身来说并不是必不可少的，但是这个手笔让我们领略了凶手的追求完美的个性！这个人肯定懂得看天色……约翰·布鲁克的谋杀案更是一个强有力的证据。”

第六课和第七课

“那是最困难的案子。”欧文评论说，他痴呆呆地盯着即将沉入水面的落日。

“不对，好好想想！只要再努努力就行了！把思路放宽一点儿！这个受害者把凶手当做亲生女儿看待，他已经习惯了种种任性胡来的举动！”

艾美莉凑到他的伙伴面前。欧文能够感觉到她所呼出的温热的气息。艾美莉压低了声音向他吐露了实情：

“晚饭后，我到他的房间里找到了他。我知道他晚饭前见到了天球上的四根木棍，我向他坦白说是我用木棍搭成了金字塔的形状。我说如果他按照我的要求做，我就向他解释原因。他已经习惯了我的任性胡来，所以他毫无怨言地把我背了起来。在我小的时候，他就经常这样背着我。您知道的，我并不算很重。所以没有人注意到他的脚印的深度，大家都认为那是他自身的重量压出来的，他本来就很重。等我们俩接近天球的时候，我在他的背上插上了一把菜刀。我把那把刀藏在了短上衣里。您应该记得，我穿了一身自行车运动服，就是为了行动方便，为了后面的一系列动作。

“在他倒在泥地上之前，我抓住了凉棚的最后一根梁柱。爬到凉棚的顶上之后，我立刻找到了预先藏在树叶当中的灯笼。我把灯笼点亮，用一根绳子垂了下去。然后我就到凉棚的另一端，找到枝叶最浓密的地方，勉强地藏了起来。我尖叫了一声，等着米歇尔跑过来。我知道他肯定会跑过来，因为我做了准备工作：他正处在不安之中，只要听到叫声，他肯定会以为保罗在殴打我。他跑过来之后，他的注意力被那盏放得很低的灯所吸引，这样他就不会注意凉棚高处的动静。我很小心地趴在凉棚的横梁上，等着他从我身下跑过。等他跑到尸体前面的时候，我悄悄地滑到地面上。我向米歇尔喊了一声，还朝他快步跑了过去。这样就造成了我从小路上一直跑过来的假象，米歇尔果然认为我是紧跟着他从房子里跑出来的。

“这其实很容易，不是吗？后来我故意滑倒了，就是为了得到先离开现场的机会。我说我的裤子上都是泥，我需要去换衣服……如果米歇尔去报警的话，他会吃惊地发现我的脚印到凉棚的入口处就神秘地消失了！离开凉棚之后，我故意在那附近来回走了几次，把我自己的脚印弄混乱。后来好多人也踩在我的脚印上，谁都看不出什么问题……不过，我特意绕开了死者留下的脚印！”

欧文面如死灰，他茫然地看着落日僵立了良久。他最后转过头：

“那么，直说吧，这七个犯罪奇迹的作者就是您了？”

“当然是了，我亲爱的！”艾美莉又往欧文身上凑近了一点儿，“您想想，还能是谁？好吧，让我再说说最后一个犯罪奇迹，那个关于蜡烛的奇迹！您现在应该明白了吧，对我来说这再容易不过了！因为就是我点燃了蜡烛！这根本不是什么复杂的计谋。很简单，我只要第一个到达现场就行了！我自己准备了已经用过的蜡烛，让别人相信那些蜡烛已经燃烧了一段时间了。我花了一点儿时间把蜡烛插在尸体周围……我唯一担心的是天气。晚上的时候，我注意到天色暂时放晴了，但是不能保证没有阵风。我害怕突然出现的阵风会一下子吹灭很多蜡烛……其实,风吹灭了蜡烛也不要紧,但是那会严重影响现场的戏剧效果。我为了这最后的杰作精心准备了这么久,如果不能尽善尽美,那多让人遗憾哪!”

“为什么,艾美莉?为什么您要犯下这么多谋杀?”

“当然是为了您,欧文,我亲爱的!为了您和阿吞神!”

尾声

艾美莉的最后几句话在欧文的耳朵里嗡嗡作响。她的话听起来很真诚,但是侦探的心拒绝相信那些话。他的理智在搏斗,就像太阳掉进了大海,剧烈地沸腾燃烧着。

“看看阿吞神,欧文!”艾美莉的脸凑到了侦探的脸近前,她低声说,“感受一下他的嘴唇所吐出的温柔的气息,他在向我们揭示真理,他给我们带来生命的阳光……这是永久的灵魂相通,我们的每一个毛孔都能感受到他,我们的无形的意识力量也能感受到他。欧文,您和我都是阿吞神选中的人,就像古时候的阿肯那顿法老王和纳菲尔提提王后。他们是当时最俊美的夫妇,我们也会成为绝妙的一对儿。我们的慈爱会射出光芒,会每天都照耀着阿吞神的信徒们……”

年轻的女孩儿用她纤细的手指抚弄着侦探的颈项。他感觉被一种无法拒绝的温柔所控制住了。他的头脑试图反抗,不幸的是，反抗的力量越来越虚弱。

“听我说，欧文。仔细地听我说。我相信您最后会完全理解的。我在埃及逗留期间，神向我显迹了。您还记得吗？我曾经告诉过您的：我得了重病，别人都认为是中暑了。我长时间地躺在床上，神志不清。我看到巨大的同心圆在我的头脑里不断膨胀。当时，我也像其他人一样认为我中暑了。但是一道神秘的光芒笼罩住了我，那光芒无比温柔，让人感到舒适。它甚至稍稍缓和了我失去父亲所带来的悲伤。我后来才意识到，我是被阿吞神选中了。阿吞神，神圣的阿吞神，每天当我在尼罗河边散步的时候，他都给我带来光明，带来美景。我当时还太小，还无法理解我身上发生的变化。但是后来我看到考古队员被迫参加那些游牧民的宗教仪式，我的意识很快就清晰了。那些仪式很有趣，如此诱人，如此让人陶醉……

“回到英格兰之后，我感觉非常伤心。我被迫告别了埃及的天空，这几乎等同于告别阿吞神。幸运的是，布鲁克先生和他的朋友们想到成立了太阳神俱乐部。在那些俱乐部的活动中，我逐渐地明白了阿吞神给我的启示。我被神选中了，是他赋予我美貌，我确信不疑。但是，身为俱乐部里的祭司，布鲁克先生和托马斯爵士只是无耻的骗子。这您很清楚了。他们的行为就像毒药一样，缓慢地，无情地摧毁信徒们的信仰。我们三个人主持俱乐部的活动。但是我们有明确的等级差别，我是等级最低的。我很快就意识到了问题的严重性。如果我想要挽救信徒们的信心，我就必须一了百了地除掉另外两个祭司。他们活一天就会妨碍我一天。即使他们自愿退休，把主祭司的位置让给我，他们还是会继续造成破坏：他们散布无数冷嘲热讽和亵渎神明的轻蔑言行。所以他们必须消失。但是，我不能简单地针对他们两个人。不管我的手法多么巧妙，警方还是会怀疑到太阳神俱乐部的第三个祭司……那就是我。于是我想到了搞一系列的谋杀，以便混淆视听。

“我越想越觉得这个主意吸引人。我需要实施两桩不可避免的谋杀，而不是一桩谋杀。我还要在核心谋杀周围装饰一些附属的谋杀，这个想法很有创意。如果警方能够在这些‘附属’谋杀中找到相关性，那么‘不可避免的受害者’之间的联系就会变得微不足道。警方会认为那也是凶手的花招，不是真正重要的联系。

“这是一个很好的开端。但是作为阿吞神选中的人，作为美丽的女神，我必须像艺术家一样行事。我要创造一些真正不同寻常的奇观。是您，欧文，向我提供了犯罪七大奇迹的点子。我参加过您就艺术所做的一次演讲。您的气质和名望给我留下了深刻的印象；更重要的是，您的天赋和您在艺术上的感受力都让我陶醉。在那次演讲中，您提到了古代的七大奇迹。您强调说：相反，在这个世纪里，我只见到丑陋不堪的东西。就是这句话给了我灵感，让我想到了七宗神圣的犯罪。除了它们的主要目的，这七宗谋杀实际上也是对您的一次挑战。对您的挑战，没错，欧文，而且我也是要用这奇迹把您引到我的身边。我当时就意识到了，如果我需要别人帮助我完成伟业，您就是唯一的人选。您是唯一配站在我旁边的人……

“剩下的事情就很好猜了。我安排让布鲁克先生邀请您参加了那个圣诞晚会。您应该知道了，在向别人施加影响的技巧上，我是举世无双的。我能够做各种暗示又让人感觉不出，这对于男人特别有效。我和他们说话的时候，他们常常都是心绪不宁……可怜的约翰·布鲁克也不例外。他完全忘记了是我提醒他平整‘冥界之门’附近的地面。对于谋杀他的计划，这是必不可少的。同样道理，我导演了保罗和米歇尔之间的争吵，我挑起了争吵并煽风点火。还有我最后抛出的谋杀挑战：我要求他们为了我去完成犯罪七大奇迹。还有谁能比我更便于引导竞相加价的闹剧？对我来说，确定挑战的内容真是再容易不过了。您记得我说的那句话吗：‘您爱我吗？我真是心满意足……’我就是说给您听的，欧文！两次谋杀之后，您毫无反应。我甚至担心您没有听到我的话！我想最好给您寄去这句话，提醒您一下。我希望您尽快地着手调查这七宗犯罪奇迹。太阳神的女儿用最优雅的措辞，满怀情谊地给她选中的人写信，写给杰出的欧文，侦探中的帝王！”

欧文觉得他在做梦。一个狂乱的梦境，既令人惊叹又极其悲惨。他对于谋杀犯的厌恶让他浑身轻颤，但是他身旁的伴侣用温柔的触摸抑制住了他的情绪。欧文开始机械地说话，好像要证明艾美莉没有看错人，证明他不愧于艾美莉加在他身上的殊荣：

“我要向您坦白，我早就想到这个系列谋杀案中，只有一部分谋杀是对凶手很重要的。我甚至区分出了那些毫无道理的谋杀。”

“我很想知道您是怎么区分出来的，我亲爱的！”

“我研究了那些字母变形的字谜。您肯定煞费苦心地选择附属谋杀的目标，他们的名字必须和古代奇迹的名字相符合。但是，您的主要目标的名字不可能和古代奇迹的名字完全匹配，您的运气没有那么好！那么反过来说，我可以断定那些完全匹配的名字都是次要的附属目标。我发现亚历山大·瑞雷、玛丽小姐、罗德斯少校和安娜伊斯·查尔斯的名字都和古代奇迹的名字完美匹配。剩下的就是托马斯爵士、李恩驰医生和约翰·布鲁克。只有李恩驰医生和另外两个人没有任何联系。相反，托马斯爵士和约翰·布鲁克有联系，所以我认为他们是主要目标。于是我想到了太阳神俱乐部，由此想到了您。但是，说实话，我对于自己的推断没有信心……”

“不过，您已经很成功了，欧文！”艾美莉发出钦佩的惊叹，“没有任何人想到过这一点！”

“我还猜测您不费吹灰之力就能影响别人的观点。您轻易地在两个追求者——也就是米歇尔和保罗——之间培养了相互的怀疑态度。也是您促使了米歇尔来找我告发他的对手……”

“这都是小菜，说实话。在那次晚会上，我当着所有的人向他们提出挑战。等犯罪七大奇迹发生之后，他们就自动成为潜在的嫌疑人。更妙的是，他们两个最后都怀疑对方是凶手。只要几句巧妙的话就能把他们的怀疑转变成确信无疑。您知道，这很容易。只要找到合适的用词……就比如说我操纵李恩驰医生的手法：我向他透露说米歇尔突然开始大手大脚，他立刻就怀疑米歇尔是敲诈者。他们发生冲突是早晚的事情。这个情节其实也不是必不可少的，但是他们之间的冲突达到了我希望的效果。警方的怀疑立刻转向了米歇尔。

“对啦，欧文。告诉我，您对我摆脱嫌疑的手法怎么看？比如说我给警察寄画板的办法？顺便说一句，我每次都是用中间人替我寄出画板，每次都是不同的人。街上有这么多可怜的孩子，给他们点儿好处，他们什么都肯干！当然，除了最后一次，我被迫亲自把画板带到苏格兰场里面！那些画板理论上是把嫌疑指向米歇尔，但是保罗也逃脱不了嫌疑。他有充足的动机嫁祸于米歇尔！这些相互交叉的怀疑一会儿指向这个人，一会儿指向另一个人。这很有趣，不是吗？我给米歇尔提供了不在场的证明，免除了他在李恩驰医生死亡案中的嫌疑。注意，这实际上也为我自己提供了不在场的证据。第二次，在约翰·布鲁克被谋杀的时候也一样！您发现了吗，从那之后，我就完全不受怀疑了。但是我又推翻了第一个不在场证明,我说了实话。这就又把米歇尔加进了嫌疑名单!

"我的最后一次表演,您承认吧,多么了不起啊!我出示的那封信被认为是凶手伪造的,是凶手的诡计的一部分!我在最后一个受害者面前撕心裂肺地痛哭,身边是三十六根蜡烛。我穿着漂亮的蓝色缎子裙子,跪在烂泥地里!我就是要给自己塑造一个非常娇柔、脆弱、无辜的女性形象……当时所有的人都认为那个逍遥法外的凶手是一个机警的、身手矫捷的人。简单说,我就是要让自己和人们心目中的凶手形象完全相反。我甚至更进一步,在解释了假信之后,我仍然坚持说不是我点亮了蜡烛!我完全可以在信上添一句,然后假装是按照信上的指示点亮了蜡烛。这样做的风险要小得多!但是我觉得否认点亮蜡烛的做法更大胆,更刺激。我无法舍弃其中的乐趣!"

"您在玩火,艾美莉……"

"我喜欢冒险,我喜欢和黑暗势力交手。我喜欢在黑暗的深渊边缘上飞翔,更惬意地嘲笑黑暗!我知道我没有任何风险,我受到阿吞神的保护!您还没有明白吗,我亲爱的?"

"您差点儿被烧到,艾美莉。有好几次,如果不是我为您说情,您就危险了。比如说您作假证的事情,还有蜡烛的问题……"

"我知道,欧文!我知道您会帮助我的!我引导着您进行了这场精彩的对弈,您难道不应该帮助我吗?您得承认我一直在进行公平的游戏。我向您提供了所有必需的线索！我甚至提供了更多的信息，我把很多重要的东西放到您的眼皮底下。比如说您总是挂在嘴边上的主色彩问题，那就是太阳的颜色，阿吞神的金色！阿吞神创造了我，给我生存的能量！我做的一切都是为了他！在调查过程中，您没有感觉到他无处不在吗？可以说，他在每次谋杀中都有所表现！您怎么可能注意不到他的耀眼光芒！真相就一直在您的眼前！”

“耀眼的真相，”欧文嘟囔着，他觉得喉咙越来越紧。“我现在明白了，我看不到那耀眼的真相的原因……绝美的东西，就像太阳，一旦现身就会遮蔽它周围所有的东西……”

“您说什么？”

“我是说您太美丽了，我亲爱的。您实在是太美了……您使我完全瞎了眼睛……”

“我属于您，欧文。我只属于您一个人，直到永远！但是，您怎么了？您看起来如此忧伤！您看起来是在哭泣……”

欧文用左手的袖子抹去了眼泪，他的右手仍然紧紧地搂着面前的年轻女孩儿。

“看那儿，艾美莉。在大海的尽头，阿吞神即将消失……”

“我看到了……真壮观……”

“他将要消失了，他不会回来了……”

说完这句话，欧文突然站了起来，匆匆地离开了他的伴侣。

“欧文，我亲爱的。您要干什么？”艾美莉喊了起来，她完全惊呆了。“回来！……您要去哪儿？……回来，我亲爱的！……”

“阿吞神会消失的。”欧文难以辨认的声音最后一次响起，他的身影消失在黑暗当中。

八月底的时候，散步的人在海滩上发现了一具尸体。就在那片礁石的下面，是艾美莉·多勒支离破碎的尸体。谋杀，自杀，还是意外？现场没有发现任何有力的证据，于是死因定为意外。

我绝不相信我的朋友欧文会亲手干冷血的谋杀勾当。出于诚挚，以及其他原因，我愿意用性命担保，像欧文这样的唯美主义者是绝对不会蓄意谋杀他眼里美丽的化身。基于同样的原因，他也不可能把这样的人交给司法部门。除了我——您忠实的仆人以外，他也没有向警方或者其他任何人透露过对于这些案件的分析。借口说我不掌握任何证据，我从欧文那里得到了以上的信息。我请您，读者朋友来判定我呈上的这个尾声，也请您判定相关责任人负有多大的罪责。

艾美莉·多勒带着可怕的秘密离去了。我忍不住联想到那个美丽的黑天使的结局。伊卡洛斯的翅膀最终被烧着了，他坠了下去。那致命的……阿吞神！

国家版权局著作权合同登记　图字：01-2007-612 号

图书在版编目（CIP）数据

犯罪七大奇迹 /（法）霍尔特著；王琢译，—长春：吉林出版集团有限责任公司，2008.11
（古典推理文库）
ISBN 978-7-80762-890-3
Ⅰ.犯…　Ⅱ.①霍…②王…　Ⅲ.推理小说—法国—现代
Ⅳ. 1565.45

中国版本图书馆 CIP 数据核字（2008）第 163772 号

书　　名：犯罪七大奇迹
著　　者：［法］保罗・霍尔特
译　　者：王　琢
策划编辑：张晓辉　杨　洋
特约编辑：伤　痕　ellry dsky
责任编辑：聂文聪
装帧设计：书衣坊・朱赢椿
出　　版：吉林出版集团有限责任公司
地　　址：长春市人民大街 4646 号（130021）
印　　刷：三河市京兰印务有限公司
开　　本：650mm×950mm　1/16
印　　张：21
版　　次：2008 年 12 月第 1 版
印　　次：2017 年 7 月第 2 次印刷
发　　行：吉林出版集团有限责任公司北京分公司
地　　址：北京市宣武区椿树园 15-18 栋雇商 A222 号（100052）
电　　话：010-63106240（发行部）
书　　号：ISBN 978-7-80762-890-3
定　　价：52.80 元
